致敬每一位为强大口才教培品类
和繁荣软实力教育行业所做出贡献的同业者!

一路向上

吴云川 主编

广东高等教育出版社
·广州·

图书在版编目（CIP）数据

一路向上/吴云川主编. —广州：广东高等教育出版社，2020.11
（2020.12重印）

ISBN 978-7-5361-6890-9

Ⅰ.①一⋯　Ⅱ.①吴⋯　Ⅲ.①教育组织机构-企业发展-经验-中国　Ⅳ.①G523.1

中国版本图书馆CIP数据核字（2019）第202351号

一路向上

YILU XIANGSHANG

广东高等教育出版社出版发行
地址：广州市天河区林和西横路
邮编：510500　电话：（020）87554153　38493773
网址：www.gdgjs.com.cn
广州市怡升印刷有限公司印刷
787毫米×1 092毫米　16开本　19.25印张　300千字
2020年11月第1版　2020年12月第2次印刷
定价：58.00元

（版权所有，翻印必究）

# 序 | 从渺小到伟大

很多人觉得都不可思议，口才培训这个小众的品类，从什么时候开始成了气候，并催生出了一个行业，甚至一个产业？无疑的是，未来，这个产业将继续以破竹之势蓬勃发展，连接各行各业，形成产业生态链，创造一种新的环境。未来，它还将有什么令人惊喜的蜕变？我们拭目以待。

新励成就是在这样的背景下应运而生的。它像是从墙缝里挤出来的一颗种子，在天地之间，悄然地自我生长着。很渺小，渺小到很多人不知道都有这样一个公司存在，在浩瀚的商业环境中，我们还活着，并不是因为没有凶猛的大兽吞并，而是太渺小了不足以被看到。

公司在开办的时候需要招人，尴尬的是，经常有人问我们是做什么的，我说做口才培训的，大部分人是一脸迷惑的表情。当年兴起的是各种技能和考证的培训，英语、计算机、驾照、MBA 企业管理等招生信息铺天盖地，唯独鲜见口才培训。可是后来为什么有越来越多的人走进了我们的课堂呢？因为有些人发现，自己拥有了一身硬技能，怀揣各种证书，但事业还是不成功，生活还是不完美，职场屡屡碰壁，遭遇人生瓶颈、障碍重重……

于是我们率先把公司定位为软实力培训，不但有口才演讲课，还开设了人际关系、形象礼仪、心理素质、情绪管理等课程，专门面向职场白领，为他们提供系列职业软实力的培训课程——只有软硬实力兼备，才能获得人生真正的成功！这个软实力的重要性得到了越来越多人的认同，也就此开辟了个人软实力培训教育行业的先河。定位大师特劳特说过，如果你不是品类的第一，你可以创造一个新的品类成为第一！多年后，再看这句话，感触良多！

从 1 家学训中心，到 90 多家学训中心；从几个学员，到近 30 万学员；从一门"当众讲话"课，到自主研发的软实力课程系统，再到配套的专利、出版物及教材，以及软实力教育研究院。随后还开设了为社会培养奋斗型人才的新励成商学院，成立了青少年独立品牌和在线教育品牌的子公司。新励成这一路走来，能一直向上并持续发展，我总结了一下心得体会，也是企业发展中面临的关键挑战因素，主要有四个方面：理念、机制、组织、技术。

### 理念

理念即企业文化，是一个组织的灵魂所在，也是一个企业的生存基础、发展动力、行为准则和核心竞争力。吉姆柯林斯在《基业长青》中写道：基业长青企业的秘密，不是钱，不是产品，不是技术，不是人，唯有经营理念。优秀的企业都是高瞻远瞩的，都有一个比利润更为高远的使命，当向着更加高远、理想主义的目标去追求时，利润自然就成了副产品。

一个企业的价值观决定了这个企业所有的走向。比如，企业的初心和目的是什么？是为了追求利润，还是为了利润之上的追求？企业是如何看待员工、客户、股东和社会的？是善待员工，还是压榨剥削？是欺骗客户，还是为他们带来价值？是向社会索取，还是为社会创造美好？是自私自利只顾眼前，还是力求成为百年老店永续经营？

新励成的愿景和使命是成就个人、幸福家庭、和谐社会；价值观是以学员为中心，以奋斗者为本。

除此之外，"将软素质课程推进到九年义务教育体系""通过新励成商学院向全社会传输奋斗者思想""做中华民族伟大复兴最扎实的践行者"，这些都是新励成的初心和使命所在。

新励成的每个员工即使工作在平凡的岗位，也备感意义伟大，因为我们每天做的每件事，都是在成就个人、幸福家庭、和谐社会。每个人心里都渴望崇高和伟大，渴望能够找到可以为之奋斗一生的使命。平凡的生命只有融入到伟大里面，才会不孤独，才能找到意义。

这次文化升级，是在原来沉淀和积累的精神文化总和之上进行的，即粹取原有的企业文化原浆提炼成新的九大理念和十六大行为准则，保障企业在面临未来挑战和发展中，依然有明确清晰的精神指引和动作标准。

## 机制

有人会说，有了精神的强心剂和驱动力，员工就能自发工作，还需要机制吗？答案必然是"需要"。只要是一个商业机构，就一定需要利益分配的机制。这个机制的外部在于客户、股东、加盟商、投资者之间的利益权衡；内部在于员工与员工、部门与部门的利益协调。比如，员工的贡献指数的评估、绩效考核、奖金分配体系，贡献大的多得，贡献小的少得，奖勤罚懒，使得员工的利益分配基本公平合理。所以说，优秀的领导者通常不急于学习怎么赚钱，而是学习怎么找钱和分钱。利益机制设立必须要跟企业文化建设同时落地，在新励成有这样一句话："不要让雷锋吃亏"，这说明既要提倡奋斗和奉献精神，又要考虑到奉献者的利益，因此一套合理健全的利益分配机制是必不可少的。很多企业开始创业的时候，推崇你好我好大家好，大家一股脑儿先把活干了再说，到年底老板凭感觉分钱。每个人都认为自己的岗位重要，自己的贡献最多，拿到手的奖金却与期望值有落差，这种不平衡心态会使得员工工作积极性不高，公司业绩下降，甚至流失人才。

新励成的核心价值观是"以学员为中心"，所以自然要保障学员的利益。不论是跟学员签培训协议时的学习权利保障，还是不断简化学员交款退款的流程，以及尽量满足学员个性化的需求，分管一线的管理者都有足够的授权机制，充分保障学员的利益，为学员创造价值！

核心岗位的员工年初都会拿到一份《岗位任务责权利协议书》，里面有清晰明确的全年度目标任务达成所约定的岗位职责、人权事权、相关利益分配；基础岗位员工也会有相应的"岗位职责说明书"和对应的绩效考核、晋升标准。而年终奖的发放机制更是与岗位权重、贡献系数、工龄年限、年度绩效等多项关键参数挂钩，由权重占比公式计算得出，严谨合理。

股东的结构比较复杂，有原始创业股东，也有投资子公司的小股东和后来增资扩股的新股东，还有持股平台的员工股东，我们的分配机制仍坚持以保障非原始创业股东的利益为先。企业处于不断的发展中，快速扩张和新项目投资都需要尽可能多的资金，股东需要站在更长远的角度来看待这份投资回报。

## 组织

组织的力量、团队的力量、众人的力量，是无穷的。就像任正非说的，人感知到自己的渺小，行为才开始伟大。

我们从来不塑造英雄领袖，不供奉个人神台，我们共同打造的品牌名字就叫新励成，我们是一个组织、一个团队。每个人分工不同，有的人指挥，有的人执行，有的人冲前锋，有的人保后勤，共同为组织要达成的目标服务。

说到组织和团队，成员肯定是各不相同，性格不同、能力不同、来自地方不同、背景不同、工作方式习惯不同，这些都会影响组织效率。但是如果有统一的企业文化理念、共同的事业价值观、标准的行为准则，同时又有比较良好且合理的机制，就能有力保障组织的高效率运作。

新励成在发展过程中，也面临了从小组织到大组织转变的艰难挑战。任何组织都有两面性，小组织扁平直接、流程短、灵活、反应快、团队凝聚力强；大组织层次架构复杂、流程烦琐、反应迟钝，难以监控。新励成现在的组织管理架构是自上而下，自总部到门店的集权式管理，其好处是通过集权网络，可以获取总部集中的关键资源，公共资源可以低成本、高效地共享和复用，坏处是容易僵化和教条化。

我们还在不断地尝试和实践，希望借用移动互联网和大数据平台软件等，打破传统组织的局限性，让大组织也能变得更敏捷，减少中间层级，赋予一线更多的自主权。相信这一天很快会到来！

## 技术

"技术"实际上就是课程产品的教研和创新。不得不说，我们在这方面一直如履薄冰地走在"无人区"。口才这门学科还没有被定义，没有被研究，没有被标准化，更没有现成的教材和课件，没有讲师培训和考核的方法，没有课程评估的标准，所以十几年来我们只能不断地摸索实践。通过培训几十万数量级的学员，团队积累了大量丰富的现场教学经验，这成了我们后来不断研发、升级、出版标准化教材和编写行业报告的基础，2018年推出的软实力提升课程的SCD体系更是历史性的创新。

除了传统的线下授课交付模式，我们还在探索和开发在线产品的无限可能性，从单品到场景，从录播到直播，从导流到知识付费，从社群运营到OMO（online-merge-offline），甚至VR技术在教学中的应用，我们付出了高额的尝试成本。

公司的快速扩张需要大量专业合格的讲师，如何对新讲师进行上岗培训和考核，我们也不断在总结和改进。运用先进的管理技术和工具，建立一套新讲师人力模型、课程匹配、培训流程、管控表单、反馈、考核、评估体系机制，这套教学管理技术在同行业中也是领先的。

时代赋予了我们机会和运气，让新励成在激烈的竞争中生存下来。接着，我们开始思考，怎样才能更长久、更有意义地发展，可不可以自知很渺小，但依然怀揣着伟大的梦想前行。美好时代的车轮一直在推着我们往前走，一路向上，我们是这个行业从0到1的见证者，也是开荒者、探索者、拓新者、坚守者、捍卫者。在如今的发展形势下新励成有"天将降大任于斯人也"的责任，这个责任就是要做成一个行业而不是一个企业，要开创一个品类而不是一个品牌。我们深知，行业兴，则企业兴；行业亡，则企业亡。品类不存，品牌将焉附？这意味着，新励成作为一个企业，首先要做到最基本的，即生存和发展，我们勉强做到了；同时，还要发展行业的盟友，团结一切可以团结的力量，行业刚兴起时就很弱小，再不团结起来，整个行业必将衰落或消失。所以，一直以来我们不敢掉以轻心，对手从来不是别人，而是自己。如果凭着资格老，以为自己是"鸡头"了，就拒绝帮助竞争对友，结果被跨行业的巨头伸一只手，也许瞬间就会灰飞烟灭。

"把行业团结起来，拧成一股绳，共同做大做强。"这也是演讲家李燕杰老师生前对新励成的期愿。

从渺小到伟大，不止于一个企业有多伟大，而是这个行业必将伟大。希望尽我们的微薄之力，一起携手，一路向上、向正、向善，让整个演讲口才教育培训行业在中国立足崛起、繁荣起来！

新励成教育创始人

# 目录

**驭势而致远　葳蕤自生光**……………………………………… 1

核心三要素……………………………………………………… 3
六大特质………………………………………………………… 3
九大理念………………………………………………………… 7
十六大行为准则………………………………………………… 10
再喙行动………………………………………………………… 16

**艰难困苦　玉汝于成**…………………………………………… 41

品牌诞生………………………………………………………… 43
企业定位………………………………………………………… 45
品牌释义………………………………………………………… 46
发展阶段………………………………………………………… 48
企业公信………………………………………………………… 51

**它山之石　可以攻玉**…………………………………………… 53

口才培训行业的市场分析——姚玉飞………………………… 55
对企业培训的一点忠告——汪中求…………………………… 59
讲好中国故事，是每一个新励成人的责任——颜永平………… 64

一路向上，一路有你——孙朝阳 ········································ 67

演讲与口才，快速发展的朝阳行业——瞿朝阳 ···················· 69

与新励成的缘分——吴易聪 ············································ 82

个体软实力定义与口才定义——陶　辞 ···························· 84

## 蓬生麻中　不扶而直 ·················································· 93

软实力，向你而生 ——吴云川 ········································ 95

生命中最闪亮的十年——詹　歆 ······································ 100

奇迹是努力的代名词——赵永花 ······································ 105

激情与梦想的战略落地——方　盛 ··································· 109

一路向上，感恩有您——吴美玲 ······································ 112

我眼中的"再嗦"——陶　辞 ········································ 119

行动是梦想最高贵的表达——王礼宾 ································· 124

我的演讲奋斗之路——徐　豪 ········································· 128

我的奋斗故事——李晓青 ··············································· 135

先做榜样，再做管理——刘传芳 ······································ 140

因为热爱，所以专业；因为专业，所以深刻——杨巧红 ········ 143

何以为师——杨　哲 ····················································· 147

因为相信所以热爱——张　龙 ········································· 149

奋斗的青春最美丽——葛　星 ········································· 152

梦想与我，就是新励成和我——杨婷婷 ···························· 155

我和我的厦门 LTC——余根春 ········································ 158

新励成，你是伴我远航的巨轮——赵志珍 ························· 162

新励成，我以你为傲！——刘　然 ··································· 165

为自己创造时间——莫广霞 ············································ 168

枪炮可以穿过人的身体，而语言却可以穿透人的灵魂——许细娣 171

有一种信念是爱——刘雨涵 176

为自己的选择负责——苑伊曼 179

我在新励成这些年的成长故事——张金凤 183

感恩有你，励成相伴——李雪生 188

遇见更好的自己——商　楠 195

奋斗路上的足迹——宋少州 198

梦想开始的地方——郭云霞 201

成长需要加点料——吴星星 204

工作，是最好的修行——赵　帅 208

人之所以能，是因为相信能——邓　雄 211

我的第二个家——马艺容 215

我们都是时代的奋斗者——马振鑫 218

最想感谢的人——巢建刚 222

心想事成的秘密——叶微微 225

做你所爱，爱你所做——黄金枝 229

破茧成蝶——詹　静 232

未完待续的故事——肖　彬 235

学无止境，奋斗无止境——朱虹锦 240

常怀敬畏之心，方能行之高远——胡心一 244

唤醒沉睡的自己——黎水秀 247

用初来之心 走未来之路——杨东丽 251

我和新励成的故事——卞晶晶 254

成就个人，幸福家庭，和谐社会——董秀丽 256

与企业文化同在——罗究珠·················································· 259

我与新励成的十年——黄伟娜·············································· 262

# 附　　录　　267

知识产权成果······································································ 269

演讲口才培训行业报告（2019 年）········································ 275

新励成之歌········································································· 295

《新励成赋》······································································ 296

驭势而致远　葳蕤自生光

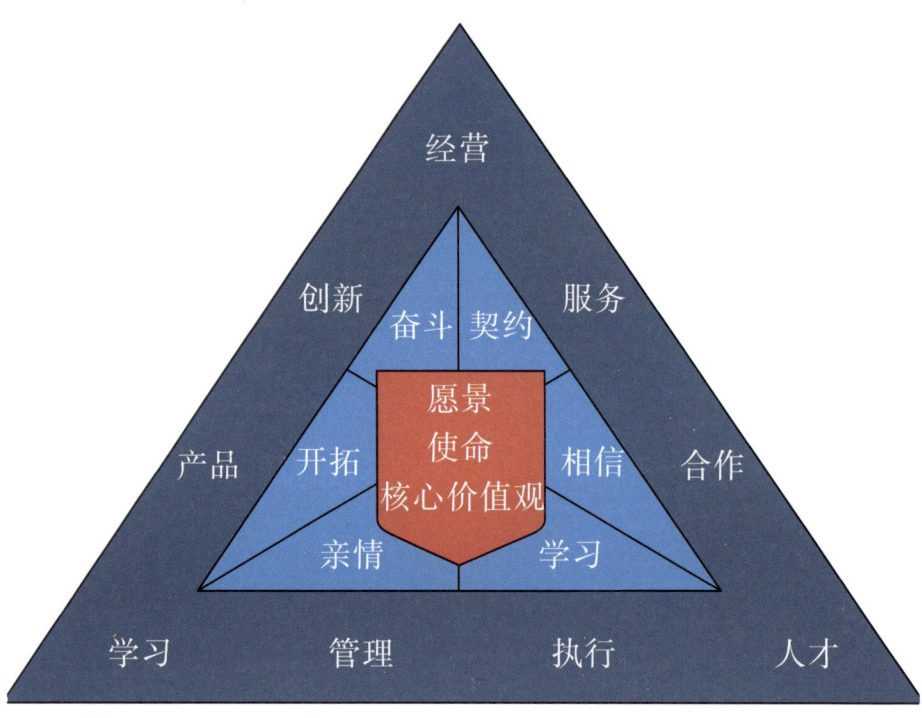

### 核心三要素 | 愿景、使命、核心价值观

1. 愿景和使命：成就个人、幸福家庭、和谐社会

这 12 个字，是新励成人毕生为之奋斗的愿景蓝图，也是我们忠贞不渝的使命。新励成要努力成为基业长青的百年企业，为推动和谐社会做出贡献。

2. 核心价值观：以学员为中心，以奋斗者为本

以学员为中心，为学员持续地创造价值，成就学员梦想，是我们存在的意义。我们今天的成绩源于奋斗，未来愿景的实现也要靠坚持不懈的奋斗，"奋斗"这两个字，已经融入所有新励成人的骨髓和血液里。

### 六大特质 | 奋斗、开拓、契约、相信、学习、亲情

1. 奋斗：坚持艰苦拼搏和自我批判的"奋斗文化"

提倡随时随地都要保持艰苦拼搏的意识和思想，戒骄戒躁。自我批判，

承认自己的不足，是一种勇气、智慧，也是自我发展的一种动力。人人自觉地针对自己思想和行为上的不足，正向反思和检视，从而达到自我发展的目的。

## 2．开拓：敢为人先，勇于探索，开荒拓新的"开拓文化"

我们是软实力教育品类的创造者，是口才培训行业商业模式的开荒者、探索者、践行者。我们要在"无人区"摸索开辟一条可行之路，让越来越多的人与我们同行。

## 3．契约：高度职业化的自律，敢于担当，信守承诺，"说到做到"的"契约文化"

契约精神，简而言之就是守信用，"说到做到"。契约文化的前提是高度职业化的自律和敢于担当的自觉奉献，公众承诺或契约协议不仅是形式，更是源自我们内心深处的强大内在驱动力以及对未来的郑重承诺。

## 4．相信：相信企业发展愿景的实现，相信不断创造伟大奇迹的"相信文化"

新励成成长的历史是建立信任、珍惜信任的历史。员工相信公司提出的远景目标，相信公司每一步的战略布署，相信公司当下做出的决策，相信公司的价值观。同时，公司也百分百信任每个员工，相信的力量无穷大，汇聚起来就能克服所有的障碍困难，创造伟大奇迹。

## 5．学习：持续自我学习和成长，乐于分享和相互赋能的"学习文化"

行业的属性决定了我们要比别人更快、更多、更优质地学习，学习和分享是我们的优势，打造学习型组织是我们快速成长的利器。

## 6．亲情：以规则为前提，相互尊重、共同协作、懂得感恩的大家庭式的"亲情文化"

这也是新励成独特的DNA。爱与规则，有爱有纪律，是新励成创立以来就形成的文化特质。做一个有温度、有温情的公司，虽然在不同发展阶段，员工的感受会有所差异，但每一个员工的温度就是公司的温度总和，每个人都持续给这份亲情加温，不减热度。

## 九大理念｜经营、服务、管理、合作、人才、创新、执行、产品、学习

### 1．经营理念：力出一孔，利出一孔

力是指力气，利是指利益，孔是指专业领域。牢记我们专注和聚焦在以演讲与沟通为核心的口才类软实力教育领域，所有的人合力不二心，个人和企业是利益共同体，齐心协力，其利断金。

### 2．服务理念：动机至善，私心了无

我们要的不是学员的感谢和回报，而是学员真正的进步和改变。只要终始把帮助学员成长、成就学员放在第一位，为学员服务的动机是善意的，我们的心和行为就是坦荡荡的。

### 3．管理理念：反求诸己，推功揽过

公司在快速发展，管理跟不上就很容易出问题，出了问题不可怕，可怕的是管理者片面地看待问题，只从自己的利益和角度出发，推过揽功，解决不了问题。反之，凡事都从自己身上找原因，功劳都是别人的，过错都是自己的，这样的管理者才是智慧的、进步的、得人心的。

### 4．合作理念：主动担责，协同高效

打破部门墙、主动补位。工作中敢于做取舍，敢于担责任。在公司需要的时候，不计较个人得失，挺身而出，主动协同，高效完成任务。我们鄙视"多一事不如少一事""这不是我的事，不是我做的""这不归我负责，你去找谁谁谁"这类消极的合作态度和行为。

## 5．人才理念：基层员工看能力，中层员工看品德，高层管理看价值观

我们希望所有新励成人在思想上高度认同公司的愿景、使命、价值观，在行动上始终与公司的理念和行为准则保持步调一致；我们亦期盼所有的员工都是德才兼备的人才，能够在不同的岗位上充分发挥自己的才华。

我们希望员工了解，在新励成的职业发展路径上，新晋员工偏重于职业素养、能力和实际贡献；在此基础上，中层骨干需要进一步考量品德与奋斗意志，高层管理者的理念和价值观则必须与公司高度一致。

## 6．创新理念：敢想敢干，超越现状

企业发展到一定阶段，很容易陷入过往的经验、现有的成绩和固有的思维所营造的舒适圈里，从而失去创新的勇气，也害怕面对因创新带来的风险。公司鼓励勇敢创新和改良，允许试错和失败，但不主张大刀阔斧地冒进和改革。

## 7．执行理念：速度第一，完美第二

在奔跑中调整姿态。公司发展首重效率，市场瞬息万变，商机转瞬即逝，要想赢在当下，除了要有敏锐的市场嗅觉，还必须要有快速响应、立即行动、行之有效的高效执行力。但并不是说追求速度就不要质量，而是在两者都达到了基准要求的前提下，突出强调速度的重要性。

## 8．产品理念：课比天大，精于自凿

"课比天大"表明了公司对课程产品的重视和评价是高于一切的。所有的工作都是为课程呈现服务，所有的行动都要为课程品质让位，所有的老师都要对课程效果负责。

自凿是自己"雕琢"自己，直到完美。就如同我们把关课程品质，永无

完美，要不断优化和升级，这就需要工匠精神，需要对产品进行不断的自凿和打磨，保持迭代更新和不断精进。

## 9. 学习理念：自成长，互赋能

自我学习是输入，互相赋能是输出。自主学习，自发驱动，自我管理，才能持续自我成长。同时，通过内部和外部学习，及时分享和赋能他人成长，才能实现知识和能力系统的不断自我进化和更新。

## 十六大行为准则

### 1. 敬畏制度，尊重流程

企业的发展是不以人的意志为转移的，企业的生存和发展受制于其内在的规律，任何企业在其生命发展过程中都深刻地揭示着这一普遍规律，即成功企业的生命活动总是基于对事负责制，而不是对人负责制。制度和流程就是载体，可以使企业摆脱对人的依赖。没有一个企业的制度和流程是百分百完美的，而不断暴露的问题则能推动制度和流程达成自我完善和自我发展。

新励成的制度和流程是在发展的过程中逐渐建立和完善的，是有新励成特色和符合企业发展之道的。敬畏制度，尊重流程就是让我们敬畏商业规律，不以人的主观意识随意妄为，即使老板也不行，否则企业永远都是"小作坊"。

### 2. 品行就是通行证，绩效就是话语权

好口才的第一标准是品德，同样，新励成人才培养的第一标准也是品行，即品德和行为。

品行好能力差一点没有关系，因为能力可以培养；但品行差，就算能力再强，在公司也不能长期生存和发展。如某一员工，在给予了教育和改进的机会后，发现该员工仍然损害了客户的利益，损害了公司的利益，甚至触碰了违规犯法的界线，公司不仅会义无反顾地把他辞退，还可能诉诸法律去维权。

没有绩效就没有话语权。绩效包括了业绩、关键指标、岗位 KPI 等工作综合贡献的考核，绩效低就是贡献低，在公司就没有话语权，自觉矮人一等，说话没有份量。所以要想在公司有地位、有威信、说话有人听，就得把本职工作做好，做到卓越，努力提升绩效。

### 3. 凡事有交代，事事有回应

公司提倡"首问责任制"，无论是公司内部还是客户，第一个找到你的

人，你就要负责到底。不能说"这不是我管的事／这事跟我没关系"，而应该先把事情了解清楚后，由你来回复和指引对方解决问题的方法，我们鄙视那种遇到事情就推来推去，或是一拖再拖的工作作风。

任何事情都要有闭环，不论是工作、开会，邮件或微信回复，也不论是同级还是上下级，互相之间交代的工作要第一时间回应和反馈，这也是良好的职业素养。

### 4. 过程就是奖励，管理就是服务

不是工作需要你，是你需要工作。工作最大的激励并不存在于工作之外，而存在于工作之内。劳动中获得的喜悦和成就感不是世上其他任何东西可以类比的。不只为目标和结果而活着，过程本身就是奖励，野心成就不了的，热爱可以。精于此道，以此为生，以此为乐。公司对管理者的要求常有四句话：勤奋的标兵、业务的高手、思想的导师、生活的保姆。一个管理者，就是要给他部门的员工提供愿景，提供梦想，提供支撑，提供资源，提供能力，提供能够帮助员工成长的所有东西。管理不仅是一种职能，更多是一种意识，一个管理者没有服务意识，是绝对做不好一个管理者的。

### 5. 无私才能无畏，有为才能有威

无论是在同事还是在学员面前，凡是以自己利益为出发点的人，也许可以得到一时的好处，却永远失去了在别人心目中的威望和尊重。这句话呼吁大家做任何事情都要秉承以团队、公司的利益为上。尤其是高层管理者，因为高层管理者资源更丰富，信息更广泛，而且监管高层管理者的渠道少，所以高层管理者更要严于律己，以身作则，做好榜样，才能让员工愿意跟随，在团体里面树立威望和口碑。

### 6. 基层要有饥饿感，中层要有危机感，高层要有使命感

这句话是与九大理念之"人才理念：基层员工看能力，中层员工看品

德，高层管理看价值观"相对应的，代表着公司对各级员工的要求，也代表着公司选拔和培养人才的观点。

第一，基层要有饥饿感：在基层工作岗位上，我们的新员工要有渴望，渴望进步，渴望成长，渴望漂亮的业绩。所谓饥饿感，就是在不断进步的阶梯上，总是觉得还有精进的空间，还有追赶的榜样，还有更高目标的挑战。

第二，中层要有危机感：市场不进则退，公司不成长就会面临被淘汰，人也是一样。因此，我们希望所有的中层管理者都要有危机意识与竞争意识，要不断警醒自己，安于小部门的舒适圈必然无法创造新的价值；要不断自我鞭策，乐于担当，勇于挑战，让自己成为公司前进的重要驱动力量。

第三，高层要有使命感：公司的高层领导必然经过了能力、意志和业绩的考验而认同公司的价值观，三观和公司保持高度一致，具有强烈的使命感与持续奋斗的激情，是成为一个优秀领导者必备的基本条件。

### 7. 板凳要坐十年冷，一生专注一件事

聚焦于自己的本职工作与业务方向，专注于工作的品质与绩效。不要急于求成，要追求持续的业务精进，要以工匠精神的标准来衡量自己的每一个工作细节，把手头上的工作做到极致，就一定能够成为行业专家，创造卓越的绩效。尤其是教研部的老师们，更加要有"板凳要坐十年冷（厚积薄发），一生专注一件事（专业与专精）"的意志与定性，潜心专业知识的学习与钻研，用心提高教学水平与课堂品质。我们的未来不能止于仅仅是一名受学员欢迎的讲师，而要以成为行业级的专家作为自身的追求，去浮华，戒骄躁，立本心，追求卓越！

### 8. 受得了委屈，禁得起诱惑，扛得住打击，放得下成功

这是对管理者提出来的要求。作为一名管理者，我们要学会推功揽过，受得了"委屈"，有些委屈是我们成长过程中的良药，能够拓宽你的胸怀，撑大你的格局；禁得起诱惑，不管是外在的利益还是内在的懈怠，拒绝诱惑

能够让我们的意志更加坚定，坚强的意志和韧性是所有成功者必备的前提；扛得住打击，不因一时一事的挫败而消极，才能让我们时刻具备面对困难与挑战的勇气和信心；放得下成功，不沉迷于过往的业绩与成就，轻装上阵，才能让自己保持勤勉与激情，为公司做出更大的贡献。

### 9. 不指责，不抱怨，不说小话，有建议正面提出

负能量是一点一滴积累起来的，习惯了指责抱怨、私下讲小话最终变成思维模式的人，伤害的反而是自己。带有负能量磁场的人，好运气和机会一定会远离他。如果有建议，对事不对人，正面提出。

### 10. 一切为了前线，让听得见炮火的人做决策

让最懂业务的人来做决策。做决策不是一件容易的事情，因为有了决策权，就要承担相应的责任。我们给一线同事授权，让他们能够游刃有余地去处理一线的突发事件，也锻炼了他们在一线的决策能力和责任承担能力。这样能够独当一面的人就可以涌现出来，越来越多的管理者就能涌现出来，这也是对管理者的一种培养方式。

### 11. 自我驱动、自我学习、自我管理、自我批评的员工将被重用

自我驱动的人对工作、对事业有无限的热爱，充满激情，他不需要别人来点燃，他是自燃的。当遇到挫折困难的时候，他歇一歇就能起来，就能重新投入战斗；他不需要领导安慰，不需要别人成为他消极情绪的垃圾桶。他能自觉自律管理好自己，能主动找渠道学习，能适时思考和反省改进，这样的员工在公司一定会脱颖而出，受到重用。

### 12. 讲真话，对事不对人，不做老好人

良好的风气是公司最好的风水。讲真话，讲客观事实，不隐瞒不虚报，

不带个人情绪，不阿谀奉承，不做老好人明哲保身。

### 13. 永远要相信，你做的事情别人一定都知道

这里包含两层意思：一是你做的好事，别人会知道；二是你做的坏事，别人也会知道，这个就是天道。不要怕白付出、白贡献，公司有句话，不会让雷锋吃亏。同时，不要自作聪明，那些钻公司漏洞、占公司便宜、利用职务之便图一己之利的人，终究会得到相应的公正惩罚。

### 14. 如果上级不采纳我的建议，我选择像军人一样无条件服从

军人的天职是服从，作为下级，上级的指令我们也应该像军人一样无条件地服从。这不是唯上意志，而是管理的需要，是执行力的需要。相信上级的判断和决定，尊重上级的经验和职业洞察力，有时你不认同、不理解上级的决定，那是由于层级不同、信息量不同、资源不同、角度不一样。有些背后的原因是你现在的职位范畴看不到的，上级的决策支撑体系也往往超越了你现有的认知，所以，请你相信领导，服从执行。

### 15. 沟通的最差境界就是不沟通，低效率的表现就是信息不对称

沟通是世界上最难的事也是最容易的事，沟通了就容易，不沟通就很难办。上下级要沟通，跨部门要沟通，员工与员工之间要沟通，主管与主管之间要沟通，凡事都要主动沟通不要等着别人来找自己。沟通，信息收集要全面、客观，不要断章取义，偏听则暗。

### 16. 如果希望企业对我"人"性化，我首先要做个企业化的"人"

第一个"人"，是人性化的人，讲亲情、讲爱、讲情面；第二个"人"是职业化的"人"，讲规则、讲纪律、讲职业素质。

# 再喙行动

## —— 新励成董事长赵璧谈文化升级及核心理念

【在整个"再喙行动"的过程中,赵总及公司领导多次作过指示,并就企业文化的核心理念,与文化小组进行了一次专门座谈。现将赵总的一些讲话以专题形式整理出来,从文稿中我们可以看出公司对于文化工作的重视,同时也能体验到赵总对于核心理念的思想轨迹。以下内容主要根据座谈会内容的简报整理,未经本人审阅。(陶辞归纳整理)】

## 一、关于企业文化升级

企业文化是这个企业主要遵从的规则。企业文化听上去比较柔,但是它是严肃的、严谨的。企业文化就应该是一个企业的法,要把企业文化摆到法的高度。只有这样,我们的员工才会更加重视,充分地重视。假如违背了企业文化,做了与企业文化不符的事情,就是违背了这个企业的法,就是没有跟这个企业在一条道上,很难走远。

做企业文化也好，做基本法也好，其实都是在做同样的东西，只是叫法不同。叫法不同，就是导向不同，就是企业文化小组想给大家的感受不同，想给大家画的那条线不同，想给大家留下灰度的那个分界不同。我还希望它是一个很注重出品东西，不是说我们几个人搞几天就能出来结果的，那个不能叫法，法是一个严肃、严谨、持久的东西。同样，我希望企业文化能够在现有的员工中深度地传播，我也希望在未来一代又一代的员工里面能够深度地传承，当然我还有更大的奢望，就是希望它能够往学员、往社会上传递。我特别希望新励成商学院未来能成为一个正能量的源泉，成为思想的源泉，成为全社会奋斗者的源泉。如果我们只是把自己定位在一个教授口才、沟通、演讲的培训企业，这个定位太低了，格局太小了，社会责任太小了，我们要承担的是一个更加宏大的价值体现！当然这么说可能有一点点好高骛远，但我们要朝这个方向去努力。

反观今天的企业，能向全社会输出思想的企业也许只有华为。也许是我孤陋寡闻，也可能是我对华为比较熟悉，在我认识的企业里，只有它在输出思想。我特别渴望未来新励成能做到向社会输出思想、信念，以及奋斗者的整套理念，我们只是以口才培训为契机，为切入点，给社会提供理论研究的基础，不同于数学、物理的理论研究，而是社会学、哲学的理论研究。

回顾制定企业文化的初衷，就是能给全体员工一个行为准则，让大家觉得更严肃更严谨，更愿意去遵从，更主动去遵从，发自内心地去尊重，把它当作我们一生工作、学习、生活的准则。所以，它最重要的前提是这个企业文化一定要做得好，做得正确，做得深入人心。当然做这件事情本身也非常有意义，它可能会开创新励成一个崭新的时代，它可能会为社会提供一套非常棒的理论体系，所以我对大家非常期待，谢谢大家。

## 二、关于愿景、使命、核心价值观

### 愿景和使命

"成就个人、幸福家庭、和谐社会"这12个字，在公司内部早已经被员工深深认同,朗朗上口,而且不光是员工,很多学员都非常认同。

这12个字在内部讨论的时候也曾有过分歧。很多企业,包括一些知名的企业,他们的愿景、使命都是由两句不同的话所组成的。关于这个问题,我们花了很多时间去讨论、去琢磨,最后发现无论是愿景还是使命,我们都能聚焦到这一句话上来。我们有些领导说愿景应该是一种情景,使命是一个过程。其实这句话既是情景,也是过程。

"成就个人、幸福家庭、和谐社会"既是我们渴望通过奋斗,百年之后新励成的一个愿景,也是我们所忠贞不渝的使命。

放眼全球,把愿景和使命合二为一的企业也不少,其中不乏世界500强的知名企业,我们希望给员工一个简单的、统一的标识和信念。所有的管理层、所有的员工都要忠诚于我们共同的使命。

**关于核心价值观**

以学员为中心,为学员持续地创造价值,成就学员梦想是我们存在的意义。这些年,奋斗是个高频词,很多企业家都在提,像华为的任正非也提倡"奋斗"。

我觉得奋斗这个词非常匹配新励成的文化和气质,新励成从成立至今,已经有将近15年的时间了,我们也在行业里面取得了一点点成

绩，如果没有这十几年来我们几百名员工的共同奋斗，新励成是不会有这么快速的发展。

如果我们想成为一个百年企业，还要走 85 年的路程。在这路程当中，我们还能取得更大的成绩，还会攀登更高的山峰，还向往更卓越的成就去冲刺。那么，我们靠什么去冲刺？靠什么去攀登？还是要靠奋斗！

除此之外，我们还要把奋斗精神传递给新励成的学员，尽管很多学员已经是奋斗者了。星期一到星期五的晚课，有些学员可能下了班，饭都没吃，就赶到我们这里来上课，然后上到晚上 10:00，下课后又急急忙忙赶往地铁站乘坐最后一班地铁回家。周末他们本来该陪家人，陪父母或孩子，但是他们坚持学习上课。这无疑是奋斗者的表现。

奋斗不光是新励成员工的写照，也是学员的写照，它是全体新励成人的写照和气质。

## 三、关于六大特质

### 1. 奋斗

奋斗文化是对过往的总结，也是对未来的憧憬。奋斗精神一定是要贯彻、贯穿新励成人的，从上到下，从过去到现在，从现在到未来，所有人。奋斗这两个字，要融进新励成人的血液里，要刻在新励成人的骨头上。

### 2. 亲情

亲情文化，是新励成从 2005 年创业时就自然形成的。刚开始创业的时候，合作伙伴们本身就是很好的朋友、姐妹。创业最开始的几个员工都是女孩子，她们之间没有上下级关系，她们亲如一家，她们之间的称呼不是某某总、某某领导，而是某某姐、小妹这样的称呼。

这是新励成文化的一个基础，是新励成最早也是历史最悠久的一种文化。当然，到了今天，我们做文化梳理的时候，曾经一度想删掉这条文化，为什么会有这个想法呢？当企业发展到一定阶段的时候，文化配置也是需要升级的。

从某种程度上来讲，在做一些决策或者执行工作的时候，亲情文化有时会成为一种阻碍。但是经过再三考虑，我们觉得它正向的力量，还是远远大于它可能会出现的负向的力量。而且这是新励成文化中最悠久的一个部分，所以我们还是把它留了下来。直至今天，公司内部的亲情文化氛围依然很浓。

### 3. 相信

相信文化，是在新励成发展初期的时候形成的一种文化，因为是兄弟姐妹，因为是亲情文化，所以大家在一起，是非常容易信任彼此的。比如，有教师在课堂上的某个案例讲得好，获得了学员的认可，他就把这个案例分享给其他教师，其他教师会直接拿到他自己的课堂上去分享，这是一种相互信任。

此外，员工对公司的信任。比如公司说今年我们要挑战 1 000 万元的销售目标，可能去年才 300 万元，今年就挑战 1 000 万元，怎么可能？但是员工相信公司，公司说了，我就相信公司能够做到，那我就跟着干，用心干。如果他不信任公司能够做到，员工能对自己的业务那块就放松了，如果每个人都放松了，公司的目标就不可能实现。只有每一个人都努力了，公司的目标才能实现，每个人都相信领导的规划、远见，然后都卯足劲去工作，去奋斗，每一个小的奋斗成果、成绩汇聚在一起，就变成了大大的成绩，这个大大的成绩，可能就超出公司的预期，创造奇迹。比如 2014—2017 年时公司提出的"千日之战"，仅 3 年的时间，公司的销售业绩从 1 000 万元变成 1 亿元，从一个普通的培训公司，变成一家新三板的上市公司，这就是相信文化的一个很好的案例。

### 4. 学习

学习文化，在过去的这些年里，我们一直在公司各个部门间、大大小小的会议上强调要持续学习。市场部这些年从最初的短信推广，到后来的百度网络推广，到后来的美团、大众点评，以及信息流、抖音小视频，等等，都在逐步推进。其实坦白来讲，我们的学习真的慢了，我们抖音推广方式落后于整个市场，我们很多时候都只赶上了尾巴，而微信、微博的推广我们没赶上，抖音的推广我们也没赶上，还有裂变。这说明什么？说明我们的学习力缺乏及时性，不能与时俱进。

未来新励成人更要学习，要不断更新和学习证券知识、财务知识，甚至研究中心的学习也要与时俱进。我们推出的企业文化建设，之所以在这么短时间内就能够推出来，一个原因是公司的企业文化建设本身做得还不错，另一个原因是我们的学习力很强。

未来新励成各个部门都要持续学习，以前我们可以跟着前面优秀的人学习，未来呢？我们现在已经走在行业的前沿了。华为有一个词叫作"无人区"，企业走到无人区，前面没有人了，你必须学会自己去学习。

### 5. 开拓

开拓文化，在过去的5年里，我们发展到了有80多家学训中心的规模。有很多员工为了梦想和事业远离家乡，其中很多都是广东人，但他们为了帮助更多的中国人提升软实力，去了祖国的大江南北。

令我印象很深刻的是我们的静姐，她最初是在佛山工作，后来因为公司的需要去了中山，而后又因为公司的安排去了苏州，再后来又去了北京，只身一人开拓华北市场，这就是很典型的拓疆精神。

还有黄伟娜、刘祥宇夫妇，他们让我很感动，刚刚去上海的时候，孩子还很小，他们也遇到困难，但他们迎难而上。在2019年上半年的经营分析会上，上海长宁和浦东的三项重大指标全部都排在公司的前几名，长宁更是三项指标综合排名的第一名。

未来的85年，会有更多的机遇、更多的业务需要我们去开拓，我们还需要更多具备开拓能力的人，像静姐、伟娜、祥宇一样，站出来为公司开拓新业务的人，帮助更多的中国人提升软实力和提升综合能力。我相信再过几年，在全球范围内都会有新励成的学训中心。

### 6. 契约

契约文化，即守信用。这个不光是对新励成的要求，其实也是我们想向社会传达的一个愿望，传递的一个信息。今天的社会，给人的感觉是比较浮躁的，人们更热衷于追求利益，而契约意识可能没有那么强。新励成对这方面的自我要求还是比较高的，这些年获评广东省重合同守信用的荣誉称号就是很好的例证，当然我们内部或多或少还存在契约文化方面做得不足的地方。

比如，因为员工年初、月初承诺的业绩没有做到，我们会采用一些惩罚的手段，如扣钱、降薪、降职等，但我们不希望这么做，还是希望员工能具有契约精神。

我们欧总有一句名言"死也要死在离目标最近的地方"，就是玩命地朝着目标去做。目标是什么？目标就是一个人的口碑、一个人的品牌、一个人的德行。不光是在业绩上，在一些其他的方面，比如课程开发，研究中心要求大家承诺在一定的时间点，完成这个目标。我2019年初在全员面前承诺过，我要新励成的旗帜遍布在全国各个省份，这就是我的契约，要朝着这个目标去努力，我要让员工看到，领导者为了自己的承诺，也要使出全身的力气去实现它。可能有困难，像我们方盛老师说的：拉萨约60万人，我们的软实力课程在拉萨怎么去推广？有没有人报读啊？谁愿意成为我们的合作伙伴？

方法总比困难多，我们做我们所说，说我们所做，这就是新励成的契约精神。

## 四、关于九大理念

### 1. 经营理念

经营理念是"力出一孔，利出一孔"。这句话其实是我在华为工作时学到的，以前理解不深，随着工作经验的不断增加，反而理解得比以前更深刻了。

如何理解力出一孔的意思呢？就是我们要聚焦。新励成所有的业务工作都围绕一个点，即帮助中国人提升口才和软实力，"孔"就在口才，以口才为切入口，提升国民的软实力，所以我们就聚焦在口才这个领域。我们聚焦在与口才相关联的一些学科上，这就是我们的力出一孔。要聚焦，要敢于做减法，不要看着什么热闹，什么赚钱，什么时髦，咱们就做什么，我们要有自己的战略耐性,能够守得住寂寞。

可能这个行业在前些年是比较偏的,之前很多人不一定看好这个行业,但是经过我们这些年的建设,这个行业已经迎来了春天。聚焦在一个正确的价值观,以及有长远发展潜力的产品和领域,相信我们的未来,一定能够让大家满意。保持初心,方得始终。

### 2. 服务理念

服务理念是"动机至善,私信了无"。我们发自内心地喜欢做口才培训,希望学员能够成长和提升,能够在新励成持续地学习,不仅能够自己学习,还能让自己的朋友都来学习。

我们希望未来的新励成能在更多的城市里飘扬旗帜,帮到更多人。同时,我们希望能够请到更多优秀的人才来服务大家,提升公司整体的服务水平。

比如,我们这些年做的卓越会,凡是卓越学员都可以免费加入卓越会,我们会安排很多教师,开展丰富的活动,为大家提供更多的演练和展示的平台;我们2019年举办的全国演讲大赛,全国几千名学员参加,最后有200多名学员从全国各地聚集到广州参加比赛,我们没有收取一分钱的报名费,我们拿利润来给学员提供展示的平台。我们是一个商业机构,向学员收取学费,同时我们也会拿着利润反哺学员。

我们拍了一个微电影,讲述的就是这么一个故事:片中的学员一开始不理解我们,还把我们的员工微信拉黑了,但是当他完成学习后,当他在工作上取得成绩之后,当他在职场上获得晋升之后,他很感激我们,又重新加上我们同事的微信。当再次加上微信的时候,我们流下的是幸福而委屈的眼泪。我们要能承受这种委屈,要坚定不移地去帮助学员。公司之前一起看了一场电影《摆渡人》,每一个新励成人都是摆渡人,都是我们学员的摆渡人。这就是"动机至善,私信了无"。

### 3. 管理理念

管理理念是"反求诸己,推功揽过",就是当遇到问题会从自身找原因。同样我们要求管理者学会自我批评。

当一个人遇到问题或犯下错误的时候，他可能会条件反射地推卸责任。我们提及问题的目的并不是找责任人，而是解决问题，解决问题我们就要找到问题发生的原因。从自身找原因，如果每个人都选择推卸责任，我们就找不到问题所在了。

这次企业文化升级给大家提出了更高的要求，推功揽过就是有了功劳，要推出去。如我们几个人合作一件事情，对于这件事情的成功，每个人都有贡献，也许你是最大的贡献者，但是我希望大家能够养成习惯，把功劳推出去，即"推功揽过"。有问题，我扛；有功劳，让给你，这也是一种美德。当然，有的人会说，过度的谦虚就是一种骄傲，但这里指的是在团队的协作中，在跨部门的配合中，养成推功揽过意识，这样有利于部门团结，跨部门沟通，也有利于达成企业所有部门的共同目标。

### 4. 合作理念

合作理念是主动担责、协同高效。这个文化理念更多是指跨部门协作。这一条理念和管理理念有很多相似的地方，我们希望每一个部门、每一个员工的工作更主动，主动担责。因为现在公司规模日益扩大，内部分工更细化，部门更多。如市场部、网络推广、CRM、设计、自媒体，现在又有了在线部，增加了拍摄、文案等岗位。又如我们加盟部，虽然人员没有市场部多，也包括市场推广，但分工很细。反观以前的工作模式就是各自一块田，自己耕自己的，缺乏互相交流，甚至还形成了一些部门墙。人力资源重复，成本高，效率低。

各个部门可以实现资源共享，我们要打破部门墙，那么，主动担责就显得尤为重要。

### 5. 人才理念

人才理念是基层员工看能力，中层员工看品德，高层管理看价值观。几年前在跟学员分享的时候，我曾经着重讲过这个话题，这源于一个学员的故事。他创业的时候找了一个合作伙伴，因为他是一个营销型人才，所以他选的搭档是一个技术型人才,他们合伙创业,一个负责营销,一个负责技术,前半年做得不错,产品做出来了,市场反映也不错。但是当取得一定成绩之后,他们开始发现各自价值观不一样,企业发展到了后面,大家的想法、战略、思维模式不一样了。营销的人呢,就很想再往前冲,开疆拓土,而技术的人呢,就相对保守一点。其实价值观是没有对错之分的,但是价值观不同的人在一起工作,就不能形成合力。所以,找合伙人,一定要找价值观相同的,这是底层结构。底层结构相同,那么技术、营销、人力资源、财务这些都好办。若底层结构不一样,即便能力匹配了,能力互补了,价值观不一样,使命不一样,也会出问题。所以说,在价值观上,找合伙人必须要找价值观一样的,找使命相同的。再回到底层,我们说一下基层员工,你不能指望每一个员工都跟你有同样的使命,我们很多人说创业者可以为了理想而奋斗,可以不要报酬,但是我们不能要求所有员工都这样。在创业阶段,员工不一定需要有多么伟大的理想,其可能只需要一份薪水养活自己,或者是能够照顾好家庭,其追求的是一份收益,一个安定的生活,只要具备良好的工作能力就行了。

在其岗位上能够创造企业所需要的价值，或者是比别人工作效率更高，在单位时间内创造的价值更多。我们可以提升其职业技能，比如晋升初级讲师、中级讲师、高级讲师，提高其收入，但其并不适合成为企业的主人，或者是你的合伙人。

我们再看中层，在优秀的员工里面，选拔谁来成为中层管理者呢？在优秀员工里我们选择核心骨干，我们要选择的是德艺双馨的骨干。

意识能力强、品德高尚、对行业忠诚、对公司忠诚、对自己的团队忠诚，我们在有能力的员工里选拔品德高尚的人做主管，管理能力差一点都不要紧，他会处处替员工着想，管理能力可以逐步提升。有的人可能管理能力很强，但是品德不好，这就不适合做管理层。所以在能力强的人里面，去挑品德高尚的人。当然，还有很多人并不具备奉献精神和助人为乐的精神，他只想踏踏实实做好本分工作。

而高管和企业家，就在主管人选里去选拔价值观一样的人。价值观一样的人，就是以客户为中心，以奋斗者为本，有远大的理想，有共同的使命，最后，成为合伙人，成为企业的主人。但是如果价值观不一样，即使成为合伙人，也可能给公司制造障碍。因此，在品德高尚的管理层里面，选择价值观一样的，能够为共同使命而一起吃苦奋斗的人，与之成为合伙人或高管。

我们也给员工提供了一个晋升通道或者一个发展方向，有员工问我"怎么样才能成为公司的高管，成为公司的合伙人？"我就告诉他，在基层时你的工作能力好，创造的价值大，你的单位时间内工作效率高，你就是一个优秀的员工。如果你在优秀员工里面，品德是高尚的，你就可以成为主管，在主管这个岗位不断地修炼自己的管理能力，当你拥有反求诸己、自我批判、推功揽过这些能力和品质的同时又认同公司的价值观，追随公司的使命，能够长期不离不弃，那就欢迎你成为公司的合伙人。

公司的人力资源结构虽然在不断完善和发展，但基本上还是基层员工看重能力，中层员工看重品德，高层管理者看重价值观。

### 6. 创新理念

创新理念是敢想敢干，超越现状。这个理念和我们的学习历练是有关联的。公司进入到"无人区",就需要我们主动去学习,不断更新固有的知识,把学到的知识综合运用起来,去做别人没做过的事情,这才叫创新。

有很多人都有创新的想法,但是他们不敢干,不去干,畏手畏脚的。国家这些年也在提倡创新创业,各行各业都要创新。尤其是在"互联网+"时代,一定要创新,要敢于尝试,不要怕犯错,要有试错精神,公司也会预留试错成本。我们过去这些年也犯过很多错,比如说我们在达镖下面开咖啡馆,在香港地区开分支机构,我们还未摸透香港地区的推广模式,就自以为是地拿着内地的推广模式去复制,以为能成功,这就是犯错,但是我们不怕犯错,公司允许犯错,但是公司不允许在同一个地方犯错。我们不要因为怕犯错而不敢去创新,这才是最大的错误。

近年来,新励成有很多创新,现在已经申报了12个国家专利,无论是小狮子、加盟、研究院,还是卓越会、在线,都是在不断创新。我们允许失败,但尽可能做好风控,尽可能地多做一些市场调研、规划、研讨、头脑风暴、多听专家意见,不断试错,不断调整方向,不要怕员工笑话,不要怕行业笑话,更不要怕别人笑话。

比如说加盟,我们就走出了一条新路。但无论创新也好,试错也好,都不能背离公司的初心,不能背离公司的使命,所以又回到之前提到的力出一孔。聚焦核心业务,去创新,敢于试错,敢于承担错误,不要在同一个地方犯错,创新之后取得成绩,就勇敢地"杀"出去。

### 7. 执行理念

执行理念是速度第一,完美第二。我们要知道这个世界上是没有完美的,没有完美的人,没有完美的企业,也没有完美的事情。不是说我们不可以追求完美,我们常说精益求精,但世界上是没有最好,只有更好的。

在做事情的时候,我们首先要追求效率。但这两者的前提是要达到一定的基准线,才能说谁是第一,谁是第二。如果说你为了追求速度,质量很烂,那不行。它一定是都达到了及格线之后,再去谈谁优先,谁不优先。这句话也可以理解为,我们说追求效率,你说我一定要追求完美,等你万事俱备,你的竞争对手可能都已经全做完了,把你的事都代劳了,你可能还没有追求完"完美"。

其实这句话，还有另外一句话可替代"在奔跑中调整姿态"，体现在以下两点：

第一，速度第一已经在新励成说了很多年了，是一种传承。

第二，这句话朗朗上口，逻辑层次清晰。

其实"在奔跑中调整姿态"这句话我们可以把它作为"速度第一，完美第二"的解释及阐述，但是，在这里并不是说要速度就不要完美，精益求精一定是必要的，尤其是对于教学来讲，讲课一定是精益求精的。讲师要通过公司考核，通过授课水平达到认证，才能去讲课。你走上讲台，你一定不是最完美的，那就不断地自我修炼，不断地讲课去精益求精，无论做市场，做研发，做什么事情都是这样，把事情做好了再去追求更高的高度。

### 8. 产品理念

产品理念是课比天大，精于自凿。网上流传一张图，图中有一个雕像在自凿。图片想表达：你想让自己最后呈现得很完美，这个过程是很痛苦的，是要对自己下狠心的，就像拿雕刻刀把自己身上多余的部分给切掉一样，这就是一种自凿，一次蜕变。

我们的企业文化升级工作，"再喙"是同一个道理，就是表达一种自凿的精神。自凿精神就是一个自我修炼的过程。

自凿理念是我们的产品理念，教师和课程都是我们的产品，我们的产品要自我修炼，要想方设法呈现到最完美，所以自凿精神是我们师资培训和产品推出的一个重要的理念，包括我们的课程评审也是一样。现在课程评审教师把课程需求提出来之后，把课程发给研究中心。我们的研究中心和评审委员会要经过很多人的评审，不通过就打回去重新调整，调整完送审。我们有五大评审板块，以确保课程从创课到推销市场的品质，各项指标都在把握之中，这个也是自凿精神的体现。

再说课比天大，世界上没有什么比天还大，课比天大其实是一种夸张的表达方式。这个文化是从教学部的部门文化中提炼出来的，其实在我们这是课程评价，我认为在各个行业，在各个领域，自己的专业都是最大的，如果我是一个做服装的，就是衣服比天大；如果我是一个房屋中介，房源就比天大。每个人要敬畏自己的行业，敬畏自己的职业，敬畏自己的产品，在自己的心里，你的产品就是比天还要大，比自己的命还要大。当你愿意为了你的产品去牺牲自己，去奉献的时候，你的事业才有可能做得大。所以我认为在新励成就是课比天大在别的领域，各自的产品都应该比你自己的天要大。

### 9. 学习理念

学习理念是自成长，互赋能。几年前有个高级讲师曾经问过我："我感觉公司在专业领域里没有人能帮到我了。"他这句话的意思是什么？可能公司没有人比他强了，他的主管要么就是专业不如他，要么就可能不是这个专业出身的。我们的一些专业，比如说演讲艺术、科学发声、形象礼仪，这些可能在新励成也没有足够高的高手来帮助他，他找不到一个准确的定位。其实是一样的问题，在这个行业里，新励成没有人可超越了，下一步该怎么走？

自成长是什么？首先就是要自己去学习。很多人走向社会之后都没有人帮忙的，这就要自学，自己去研究，最后，你可以帮别人，你也可以为这个平台贡献你的价值。如果你很自满，觉得没有人帮你，你已经是这个公司的

老大了，觉得公司平台小，是一个井口，那公司外的人能帮到你吗？外面的教师，我们的老师每年坚持外派交流学习，这就是自成长的体现。所以要自学习，互赋能。我有我所学，你有你所想，你觉得你学的是我需要的，你可以来指导我。

公司规模发展越来越大，更需要全体员工自成长。这个社会一定有很多东西值得我们去学习，有很多专业人才比我们强，我们要互相交流学习，相互帮助，共同成长，这才是我们提倡的。

## 五、关于十六大行为准则

### 1. 敬畏制度、尊重流程

当企业开始谈流程的时候，其实说明了一些问题。比如，企业规模都是从小到大的，可能团队最早的时候只有几个人，领导者、员工都在一个办公区域里，领导有什么事喊一嗓员工都听到，总之有什么问题，当面与领导沟通就把问题解决了。上述这些是小作坊式的、规模小的企业的情境。当企业达到一定规模时，办公人数更多的时候，部门分工越来越细致，层级也越来越多的时候，就不能只靠喊一嗓子解决问题了，领导不一定有那么多的时间和精力，也不一定具备足够的、在各个细分专业上的能力来处理这些事情。这时企业就会更需要制度、流程。

新励成也是一样，从过往一个小公司发展到今天的三板公司、高新技术企业，公司的人数达到400多人了，我们的分公司、子公司也有几十个了，大大小小的部门也有十几个，现在我们开个办公例会，会议室都不够位置坐。所以这个时候就更加需要建立完善的制度，更加顺畅的流程。当然，有时候流程会成为效率的阻碍。有很多人说有了流程，有了条条框框，反而让办公效率降低了。比如，本来我直接找领导就能解决问题，现在要找人签字同意，可能这就要两三天才能完成一件事情。但是我觉得流程是不断优化的，没有流程是万万不可的，谁也不能够逾越制度、逾越流程，都要尊重公司的制度，都要尊重公司的流程。比如，我们需要提前申请会议室，不可以随时想用就占用会议室，使用前先到行政部预约，这是流程，也就是制度。不能说谁的级别高，谁就优先享用公司的资源，他的事就比别人的事大，不能这样。

所以，敬畏制度，在制度和流程面前，人人平等。无规则不成方圆，级别越高的人，责任就越大，规矩就要更清晰。

### 2. 品行就是通行证，绩效就是话语权

我们过往的企业文化中有句话是"品行就是通行证，业绩就是话语权"，在新的文化理念里仍保留了这句话，只是把"业绩"修订为了"绩效"。

品行就是通行证这一点很好理解。在新励成里，没有品德的人，或者是品德低劣的人，就算能力再强，也不能在公司长远发展；如果品行还损害了客户的利益，损害了公司的利益，我们可能还会去诉诸法律。这一点无可厚非，品行就是通行证，只有具备良好的品德，才能在新励成长远地发展。

过往我们是有业绩就有话语权，今天的新励成不再和过往一样，只看到业绩。比如，在2008—2009年的时候，遇上南粤大地的经济危机，公司一度面临生存压力。在那种情况下，如果没有业绩，公司不可能生存得下来，所以在那个时期我们强调的是业绩。今天，新励成有了一点点发展，我们不光是要追求业绩，还要追求绩效，绩效包括了业绩，还包括了很多重要的KPI、关键事件、关键考核。比如，市场占有率、客户满意度、财务指标、法务条款，以及一些战略指标等。

我们要带着战略的眼光，重新审视公司话语权的问题。当然不是说改了"业绩"两个字，业绩就不是话语权，只是更强调绩效，绩效比业绩更全面。

### 3. 凡事有交代，事事有回应

新励成现在的部门分工越来越细了，流程也越来越具体化了，很多事情可能不是由一个人负责，但这并不能说你就可以不做回应，不交代。包括在公司内部，以前方老师也经常批评我说，办公例会提及一问题，本来想着下次办公例会时会有个交代，有个说法，但是到了下次召开办公例会，这问题还没有进展，或者无人跟进。

我们现在也存在这样一种现状，虎头蛇尾。开始干一个事，热火朝天，然后过了一两个星期，发现这件事情在操作过程中遇到困难，就要放弃不干

了。这个就是闭环能力不够。我觉得凡事有始有终，好与不好都要有个结果，有个说法，并不是说没有做好，失败了，就略过了。没做好，我们可以总结经验下次再做，但是你了无声息地结束了这件事，是不合适的。所以无论是客户、同事之间，还是领导分派的事情，都要有个交代。同事之间，跨部门之间要相互尊重。

### 4. 过程就是奖励，管理就是服务

我们有个学员叫曾繁强。如果没记错的话，他是我们卓越课程的受益者。

我们都说新励成帮助了成千上万的人，是一件功德无量的事情。为什么这件事情落在我们身上？我们何德何能，这么伟大的事情落在我们身上？人世间的职业有千万种，我们可以去华为卖通讯产品，我们可以去做外贸生意，我们可以去做一个律师，可以去做会计师，可以去做工人，可以去做成千上万的职业，为什么偏偏这样一个帮助成千上万人的教育事业，落在我们身上？这就是最大的报！

我们应该很知足，很满足，通过做这么一件伟大的事情，不仅我们带来了收益，提高了我们的物质水平，还提升了我们精神层次的满足感。这么多年，一批又一批员工跟着我们奋斗，我看着他们一步步成长，这就是报。我们常说助人为乐，帮到人就是乐。助人为乐就是快乐最高的标准。

每个人对于快乐幸福的衡量标准不一样，有的人以吃喝玩乐为快乐，有的人以获得成就为快乐，有的人以帮助别人为快乐，而新励成人追求的，就是这一种助人为乐的快乐。我们从事教育这一行业。可能我做这件事情的收入不如我去做别的事情，但是做别的事情没有做这件事情快乐，这就是过程即奖励的体现。

管理就是服务是指什么呢？对于 LTC 的负责人，我们常有四句话：勤奋的标兵、业务的高手、思想的导师、生活的保姆。管理就是服务，我做公司的管理者，我就是服务公司员工的。

管理就是服务是要讲给刚刚上任管理岗位的伙伴听的，你走向管理岗位并不代表你就高人一等，只是分工不同，你是要给客户做服务的，把作威作福的"福"，改成服务的"服"。一个管理者，就是要给他部门的员工提供

愿景，提供梦想，提供支撑，提供资源，提供能量，提供能够帮助员工成长的所有资源。管理不仅是一种职能，更多是一种意识，一个管理者没有服务意识，是做不好一个管理者的。服务从高到低，从工作到生活，服务体现在两个方面：一方面，最大的管理者负责买单，这叫服务；另一方面，最大的管理者要帮大家盛饭，以身作则，管理即服务。

### 5. 无私才能无畏，有为才能有威

对于企业的创始人和高管来讲，要做到公私分明。

同样对于员工来讲，要做到尊重公司制度，做任何事情都以集体、公司的利益为上。

无论是公司的管理者、高层、中层还是基层，都要带着无私的心去工作，无私才能无畏。尤其是高层管理者，因为高层管理者的资源更丰富，信息更广泛，而且现在高层管理者的监管渠道还比较少，要让员工尊重你，就要发挥领导的榜样力量。级别越高，责任越大，级别越高，受的约束就更多。

同样的道理，有为才能有威，有为是什么？是有作为，有贡献价值。有人曾经问过我："我虽然是一个七岗的领导，但是大家好像不太服我，跨部门的人也不够尊重我。"我说："好，请问你在你的岗位上，在你的专业能力上，你有没有做出特别有作为的事情？特别有贡献的事情？大家都是有能力，有才华的人，如果你的能力不足以征服我，你的威望从哪来？"所以，有作为，有价值，有贡献，才可能在公司，在部门里面有威望。

### 6. 高层要有使命感，中层要有危机感，基层要有饥饿感

这一句是跟我们九大理念里面"基层看能力，中层看品格，高层看价值观"相呼应的。要让基层有饥饿感，要让中层有危机感。如果员工不产生贡献价值，是不能满足他的基本需求的。必须让员工通过努力工作和创造贡献，获得更多或更高的报酬。

如果干多干少待遇都一样，这样会让不爱干的人慢慢地就真不干了，让爱干的人慢慢地不愿意干了，我们要让员工有饥饿感。以销售为例，销售员的底薪并不高，如果说按底薪算他们的工资，在广州这样的城市，他们要

想活得很好可能不容易，但是通过他们的努力，他们能到能够拿到较高的薪水。这对于公司的人力资源、薪酬体系有一个很高的要求。要让基层有饥饿感，但要提供路径和方法，让员工能满足其对美好生活的追求。

中层要有危机感，我们要给他们提供一个职业成长通道，他们如何能够进阶？无论是职位上的进阶，还是薪酬上的进阶，还是业务上的进阶。如果没有完成公司下达的目标、绩效，一个季度、两个季度、一年，你中层岗位的位置是保不住的，你是需要被轮换的，你是会被替代的，更别说往上走了。让你有危机感就是告诉你，不创造相应的价值就是岌岌可危的。

同样，高层要有使命感。新励成具备使命感的高层还是不少的，但是不是所有高层的使命感和认同的高度都一致呢？这不一定。因此，我们就要提高要求。

### 7. 板凳要坐十年冷，一生专注一件事

板凳要坐十年冷是华为经典的口号，说的是研发人员。最近大家听得比较多的就是芯片，说华为的麒麟芯片，说海思团队一直在做备胎，做了备胎20年终于有机会上场了，他们就是板凳要坐十年冷的杰出代表。在华为的研发体系里面，有很多很多这样的人。可能他做了很多的产品，但产品都没有被公司采用，但他们依然还在研发的一线，孜孜不倦地按照公司的战略目标走。

在新励成，教师要坚持不断地学习，与时俱进，进一步钻研课程，进一步优化课程，使课程与授课者融为一起，人课合一，课比天大。一门课你讲十年，才能说你真正掌握了这门课的灵魂，如果你讲个两年、三年就觉得自己已经是天下第一的话，那就太愚蠢了。这样的案例曾经在公司也不少。

希望我们每一个教师是因为热爱讲课，热爱教育而走上讲台，走到讲师岗位的，我希望大家能够在这个岗位扎扎实实地干五年、十年。我相信无论是谁，无论从事什么岗位，都能成为所在岗位的专业人士。这个时代有点浮躁，认为哪个行业赚钱就是朝阳行业。我希望每一个新励成人都要有战略耐性，对自己从事的工作要有足够的信心和耐心，坚持不懈，板凳要坐十年冷，一生专注一件事，希望大家都能成为这个行业的顶尖专家。

如果每一个人都能专注自己的事业 10 年、20 年，每一个人都能成为自己行业的顶尖专家，每一个人都能把自己的行业梦实现。因为中国梦，就是由每一个行业的梦想，每一个家庭的梦想，每一个人的梦想定格在一起的。

**8. 受得了委屈，禁得起诱惑，扛得住打击，放得下成功**

过去的两三年里，太多员工给我谈委屈了。因为公司内部的管理水平不够，制度的不合理，流程的复杂化，让很多员工受到了委屈。我丝毫不否认，因为我也受到了委屈。受委屈不可怕，我们不要把它当委屈。有些人受了委屈喜欢到处唠叨，委屈要搁在心里，因为胸怀是被委屈撑大的。你受委屈的时候，你可能看不到别人的委屈，而自己受的委屈呢，容易被放大。

不过现实是，未来你受的委屈可能不会少，反而还会增多。越位高权重，你成长得越快，位置越高，可能你所受的委屈就会越多。第一，你要承受得住委屈；第二，不要把委屈拿出来说，把它搁在心里咽下去，让它到你的肚子里，去撑大你的胸怀。

我们还要禁得起诱惑，诱惑有很多，在这里有几个角度的诱惑。第一，是公司给你的权限所带来的诱惑，因为你掌握的资源越来越多，领导对你的信任越来越大，所以你所能调动的资源越来越多，但你得能够承受得起这些诱惑。第二，随着你的能力越来越强，你在工作中能够独当一面，可能外界

对你的诱惑就越大，我希望大家能够承受住这些诱惑。如果你有更远大的梦想，我不仅不拦着你，我还会给你送上祝福，还会给到我的建议，甚至可以成为你的合作伙伴，成为你的合伙人。第三，你要具备评估诱惑的能力，对事情的真实性有判断力。

除了上面三点，还要扛得住打击，没有人能永远成功，没有人说我做什么事都会一帆风顺的，一定会有挫折，一定会栽跟头。但我希望大家栽了一个跟头，摔了一跤一定要勇敢地爬起来。但是我不能接受你们在同一个地方摔两次，那是愚蠢，我不接受愚蠢，但是我们可以试错。

### 9. 不指责、不抱怨，不说小话，有建议正面提出

要懂得自我批评，出现问题，先从自己身上找原因。希望新励成人有什么问题，做得好不好，我们大家都可以正面提出，因为新励成是教口才的，如果连自己都不能够正确地去给别人提意见，那我们也不要干这行了。不要私底下抱怨，不要私底下讲小话，如果对公司有意见，也可以正面提出，这样可以避免同事间相互受到影响。

诚挚地希望大家不抱怨，不讲小话，有建议可以正面提出。如果你的建议没有被对方采纳，其实只是说明对方有他的考虑，你也不要太放在心上，但是正面提出，会比私底下讲小话好很多。

### 10. 一切为了前线，让听得见炮火的人做决策

公司规模越大流程越复杂，决策权在总部，但总部可能没有那么了解一线员工的实际工作决策。所以，公司未来会作出比较深刻、透彻的授权，让一线业务的员工来做决策，让懂业务的人习惯去做决策。当然做决策不是一件很容易的事情，因为有了决策权，就要承担相应的责任。以前很多同事会给我反馈，学训中心、教学部、大项目部他们在一线的时候，会有一些突发的事件，但因为没有决策权，尤其是在一些费用方面，他们可能要层层申请，等到有决策权的人来批复的时候，可能时间都耽误了，有的时候自己还垫了钱，垫了钱之后，公司如果没有理解，可能还要他们自己贴钱，这些都是不对的。

我们会做相应的调整，让一线的员工有权限范围，可以在权限范围内自

己做决策。这个决策，包括一些营销活动。现在市场竞争非常激烈，我们的一些竞争对手可能用了一些恶性竞争手段，我们的市场一线员工如果不能灵活处理工作的话，等到层层审批下来，可能已经错过机会，所以我们要给予员工一线权限，让他们能够游刃有余地去处理一线的突发事件，也锻炼他们在一线的决策能力。要让他们渐渐地有一定的责任承担能力，这样公司能独当一面的干部就能越来越多地涌现出来，这也是对干部的一种培养方式。

未来的 3~5 年，公司的发展压力很大，发展也会很快。如果什么事都让总部来决策，那么走流程的时间长，决策的判断力弱，效率就会低。因此我们要敢于让最懂业务的人、在前线的人做决策，让听得见炮火的人做决策。

**11. 自我驱动、自我学习、自我管理、自我批评的员工将被重用**

自我驱动，即热爱，对工作、对事业无限的热爱，充满激情，遇到挫折困难的时候，稍作调整就能重新投入工作，投入战斗，这是自我驱动的能力。

我相信，未来新励成很快就会有 800 个员工、1 000 个员工、2 000 个员工，新励成的干部可能有 50 人、100 人。所以我们必须培养员工自我驱动的能力，他们会热爱自己的工作和事业，为工作做奉献，不去计较得失。他们清楚工作能给公司带来多少价值，能给学员带来多少价值，能给社会带来多少价值，这就是自我驱动。

自我学习。今天的社会日新月异，每个人的能力都不能够在公司的每个阶段去匹配公司的需求。例如，市场部，八年前我们是短信营销，五年前我们开始百度营销，三年前我们通过自媒体营销，现在要微信群裂变营销，未来还要怎样的营销，没有人知道。如果不是一个自学能力很强的人，他不可能走过这八年，他一定会被替代。

同样的道理，管理者也是这样。如果我们不自我学习，我们也跟不上公司的发展。今天，新励成很多创新的模式，如果不懂自我学习，是跟不上公司发展节奏的。比如，特许经营，以前没有基础，我自己买了一本关于特许经营的书来学习；再比如，在线教育，我以前根本没有接触过，我学过通讯，学过 IT，但是我不懂互联网；今天新励成上了三板，证券方面的知识我不学习也不行。所以企业需要的是具有自我学习意识和自我学习能力的员工，首先要有不断学习的意识，要有学习的能力，好学，不耻下问，多问、多思考，不具备自我学习能力的员工，是不可能跟随企业一起成长的。

自我管理。企业发展到后面，老板不可能天天在你身后追着你来管你，来管着你走；不可能每个月拿着KPI跟你说这一条你做到了，那一条你没做到。不可能管，也管不过来。我们必须懂得自我管理，领导交给你任务，领导不会隔三天两夜就问你干得怎么样？领导只需要知道在单位的时间内，你是否完成任务，所以这就需要你去自我管理。

自我批评。每个人都会犯错误。错了，自己没有认识到，或者是认识了不敢承认，或者承认了，不敢当众进行自我批判，不能去改正的话，这个人就是欠缺自我批评的意识。

自我批评，我觉得其实要求挺高的，但是如果我们的干部能够具备上述四种能力的话，是可以跟公司共同进退的。未来，我们会在高级干部里面找合伙人，就是从上述四个角度去找，四个能力里面具备三个就会被重用。如果很全面，就会成为公司的领导，成为公司的接班人，把公司交给这样的人，才放心，否则心里真不踏实。

所以请大家记住：自我驱动、自我学习、自我管理，自我批判这四个自我，都不容易做到，希望大家努力去达成这个标准。

### 12. 讲真话，对事不对人，不做老好人

如果在一个企业，一个组织里面，连真话都听不到，这个企业就很危险了。我一直给自己设定了一个标准，要么不说，要么就说真话，为什么我很反感说假话呢？因为撒了一个谎，可能后面要用成千上万个谎来圆，而且一定会有一些圆不住的谎，最后崩盘。

工作的时候，不要做老好人，老好人就是坏人，就是口蜜腹剑。你批评他，你指出他的问题其实是在帮助他。我们有几个环节，都是非常好的证明。

教师培训的时候，我每次巡视都只说一句话，考核要严格。你今天是做了好人，可能他考核顺利通过，你帮了他，他很感激，但是会有成千上万的学员恨你，因为他的课没做好。我们批评人的时候，不要去针对某个人，我们对事不对人，不要乱扣帽子。

### 13. 永远要相信，你做的事情别人一定都知道

一个角度就是不要自作聪明，骗对方的时候，对方因为人艰不拆，所以他就顺着你过去了，但是不要认为别人傻，以为你骗别人成功了，其实人家只是不想拆穿，是人家的情商比你高。谁都不比谁笨，谁也不比谁傻，你觉得能忽悠别人，别人只是让你忽悠一下，装傻，给了面子而已，不要给你面子，你还认为自己很聪明。还有一个角度就是你做过的任何努力，领导都看在眼里，你走的每一步都算数。

### 14. 如果上级不采纳我的建议，我选择像军人一样无条件服从

不采纳我们还是要遵从，原因是什么呢？因为层级不同，信息量不一样，资源不一样，看的角度也就不一样了。给你讲，给你解释，可能你听不懂或者是不理解，你就听话照做就行了，这是最简单，而且效率也是最高的。但是别较真，认为"我就觉得我的方法比你的方法好，我就觉得我的创新就比你的好"，你一定要尊重你的上级领导的决策。

同样，今天我们有很多加盟商来加盟，你说你加盟我，给了我加盟费，你加盟费买的是什么？你买的是我的经验，买我过去摔过的跟头，好让你不再摔；买我走过的弯路，你不用再走。我都走了这么多弯路了，总结了这么多经验了，我告诉你这么做那么做，不要这么做，不要那么做，你还不听，非要去尝试一下，那你岂不是白花钱了吗？你买的就是我的经验，如果你又不用我的经验，那你这是干什么呢？

### 15. 沟通的最差境界就是不沟通，低效率的表现就是信息不对称

这句话是指部门细分之后，跨部门之间的沟通问题。员工与员工之间不沟通，什么事都要上升到主管，主管与主管之间也不沟通，然后上升到副总，这期间的效率就很低了。本来两个人充分沟通就能解决的事情，非要事情复杂化，降低工作效率。因此，跨部门之间也要充分地沟通。

### 16. 如果希望企业对我"人"性化，我首先要做个企业化的"人"

我们常说的人性化，应该怎么去理解呢？在我眼里，人性化就是高层要有使命感，中层要有危机感，基层要有饥饿感，这才叫人性化。你对员工的

要求，是有利于员工的持续成长和发展，这才叫人性化。所以我们每个员工希望公司对他人性化，公司以他为本，他就要做一个企业化的人。

新励成是以什么为本？新励成是以奋斗者为本的。我们不是以人为本，我们是以奋斗者为本。怎样的人，才是一个奋斗者，才是一个企业化的人呢？

你符合公司的企业文化，以企业的价值观为自己的价值观，以企业的使命为自己的使命，你就是一个企业化的人。你是一个企业化的人，你就是这个企业所认可的奋斗者，企业一定以你为荣。在新励成想要有长远的发展，首先要成为奋斗者。

艰难困苦　玉汝于成

## 品牌诞生

2005 年，新励成创始人吴云川发现，当时的传统教育存在侧重应试教育而轻视素质教育的问题。中国的应试教育虽然为人们提供了强大的基础知识教育，但推动社会发展和文明进步需要素质教育作为必要的有力补充。吴云川意识到，个人素质教育必须在中国崛起。于是，秉承着帮助国人提升软素质能力的育人之心，她和联合创始人刘慧女士一起开创了新励成教育（前身为广州卡耐基管理顾问有限公司），专心研究和推广软素质教育理念与教学方式。

从蹒跚学步到蓬勃发展，立志推动软素质课程进入到国家对青少年九年义务教育的必修课体系，自 2012 年，公司更名为新励成，以"成就个人、幸福家庭、和谐社会"为愿景和使命，树立起软素质教育行业的标杆，成为口才培训行业的卓越典范。

## 企业定位

新励成以"成就个人、幸福家庭、和谐社会"为己任,致力于在更广大的范围内全面推动我国的个体软实力教育培训事业,系统地帮助个人和企业全方位打造和提升"软实力",填补国内传统教育和培训市场的空白。

广东新励成教育科技股份有限公司成立于 2005 年,2018 年成立青少儿口才培训子品牌,2019 年成立在线教育科技公司,是集课程研发、面授培训、在线教育、内训咨询、模式输出于一体的软实力教育培训综合服务公司。

公司自成立以来一直专注于以演讲、沟通为核心的口才类软实力教培业务,经过十多年的积累与发展,已经形成了遍布全国的学训中心直盟体系及多维共生的软实力教育培训业务链。公司于 2017 年挂牌新三板,是行业内极具规模与影响力的教育科技企业。新励成的专业师资力量雄厚,汇聚并自主培养了业内 200 多名优秀的资深讲师和专职研究员,拥有自主知识产权体系和新励成特色课程产品体系,已在全国 60 多个城市开设了 80 多家学训中心,为数十万学员和数千家企业提供演讲口才、人际沟通、企业管理、团队建设等方面的专业训练。

## 品牌释义

**新励成:创新、励志、成就**

书法是中华优秀传统文化精髓的体现。用软笔书法书写的新励成行书字体,笔画飘逸洒脱,独一无二,体现了新励成是中国的民族品牌,彰显了新励成十几年发展积淀,越来越有民族自信的风采。

**新励成标志(LOGO)的寓意**

LOGO 上半部分:形似一座长城。长城是中国的标志,是中华民族的象征,彰显新励成立志打造软实力教育领导品牌,成为软实力教育行业民族品牌的信念。同时,也形似一顶皇冠,象征新励成潜心推动软实力课程走进九年义务教育体系,通过不懈奋斗希望成为软实力教育培训行业的领导者。

LOGO 下半部分:寓意"对话框",一深一浅的蓝色交互在一起,代表不同身份、不同角色的人在此汇聚,一对一人际沟通、一对多当众讲话、公众演讲互相成就,代表新励成聚焦"说话、表达、口才、沟通"的专业领域。

LOGO 整体外形:形似一个坚韧盾牌,象征新励成坚韧不拔、扎实奋斗的品牌气质。新励成通过潜心研发、用心授课、真心服务为学员提供最优质的学习体验,从而树立最坚实的品牌认知。

综上所述，新励成是一家聚焦口才培训、提升个人软实力的教育企业，我们希望通过全员奋斗成为口才培训行业最坚实、最权威、最具影响力的领导品牌，我们的使命是"成就个人、幸福家庭、和谐社会"，我们将努力成为中华民族伟大复兴最扎实的践行者！

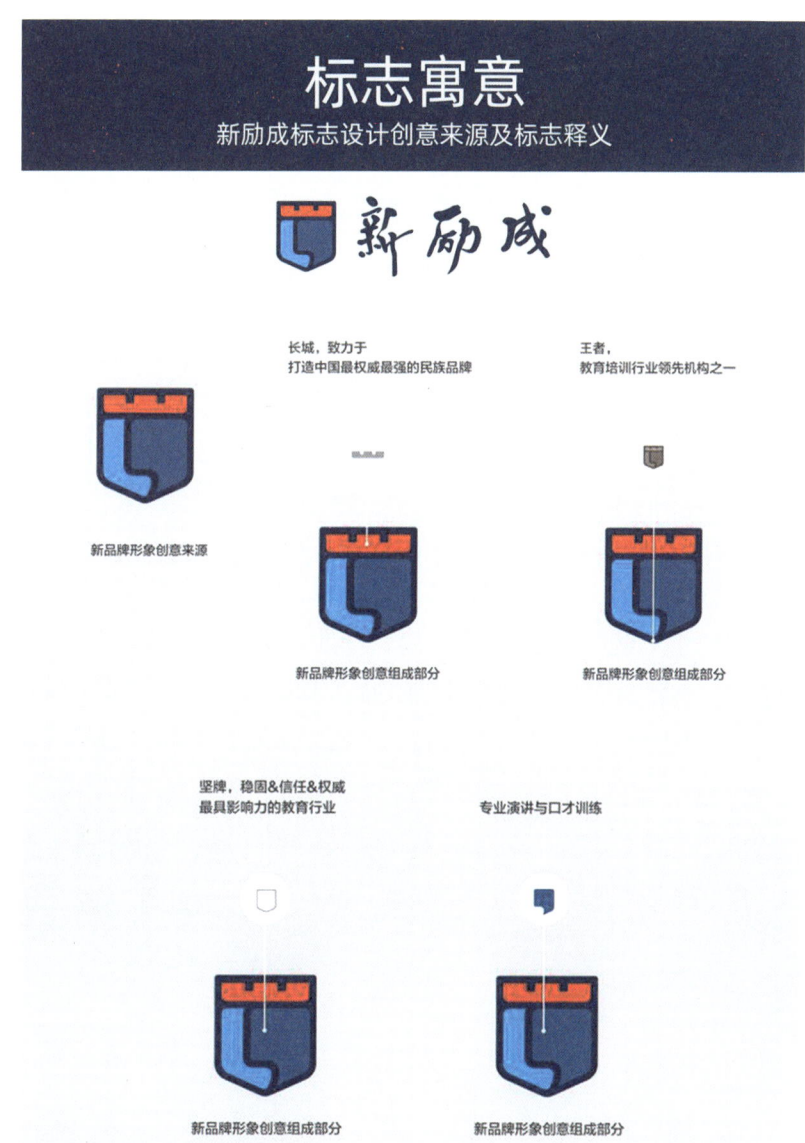

## 新励成学训中心（LTC）

学训中心英文全称：（Learning and Training Center，简称LTC）。

## 发展阶段

### 第一阶段：起步创建，引进卡耐基理念

标志语：学习的最终目的，不是知识，而是行动！

广东新励成教育创建于2005年11月，加盟北京市海淀区卡耐基成功素质培训学校，前身为广州卡耐基管理顾问有限公司，是将卡耐基"当众讲话""人际关系"课程引入到广东珠江三角洲地区的第一家培训机构。

关键事件：2005年12月，北京市海淀区卡耐基成功素质培训学校黄久凌校长给广州卡耐基管理顾问有限公司授牌，第一期"当众讲话"在广州开班。

### 第二阶段：新励成时代，开疆拓土

标志语：帮助个人和企业全方位打造和提升"软实力"，为振兴中华民族、提升国民软素质而努力！

2012年，"卡耐基"品牌更名为新励成。2014年，广州卡耐基管理顾问有限公司正式更名为广东新励成教育科技有限公司。同年，并购北京市海淀区卡耐基成功素质培训学校，课程产品体系全新整合升级，构建从一家LTC（学训中心）到1+N+N家LTC（学训中心）的全新直盟连锁经营商业模式。

关键事件：2013年，新励成第二家、第三家直营学训中心佛山禅城LTC、深圳福田LTC相继试点开业，至2015年，陆续在北京、上海、杭州、武汉等一线城市开拓LTC设点，开启了全国直营学训中心扩张战略。

2017年，新励成招商加盟商业模式启动，成都、沈阳等相继开业试点，开启了全国加盟学训中心扩张战略。

### 第三阶段：千日之战，登陆新三板

标志语：以奋斗者为本。

经过2014—2017年的艰苦奋斗，新励成从广州1家LTC，到遍布全国一、二、三线城市40多家LTC，公司年产值破1个亿元，成功登陆新三板。

关键事件：2017年8月8日，广东新励成教育科技股份有限公司在北京中小企业股份交易中心成功挂牌敲钟。

### 第四阶段：剑指IPO，开创历史先河

标志语：成就个人、幸福家庭、和谐社会。

自2017年新三板挂牌至今，新励成在继续夯实发展直盟业务的同时，聚焦开发在线教育业务（实现线上线下业务联动）和青少年业务，成立了新励成商学院、教育研究院、信息化数据管理中心，从不同的维度保障和推动了软实力教育往更高、更深、更远的专业领域发展；IPO上市是新励成战略目标的一个里程碑，开创中国历史上第一家口才培训机构上市的先河，目的在于扩大品类的影响力，增强品类和行业的信心，丰富品类的历史，最终达到新励成"成就个人、幸福家庭、和谐社会"的愿景。

## 第五阶段：打造百年民族品牌，面向世界

推动软实力教育课程纳入国家青少年九年义务教育必修课体系，打造百年企业，做中华民族伟大复兴最扎实的践行者。

## 企业公信

**2020年10月**
被广州市工商行政管理局评为"广东省守合同重信用企业",连续4年获得此项殊荣。

**2019年11月**
被广东省科学技术厅、广东省财政厅、广东省国家税务局、广东省地方税务局评为"高新技术企业"。

**2019年4月**
被中国管理科学研究院授予"2019全国十佳民办教育培训机构"。

**2016年11月**
被广东省科学技术厅、广东省财政厅、广东省国家税务局、广东省地方税务局评为"高新技术企业"。

**2014年11月**
被广东省企业培训师职业技能竞赛组委会评为"2014年度最佳企业人才培训机构奖"。

**2020年9月**
被广东省连锁经营协会评为"2019年度广东连锁100强"。

**2019年7月**
被《中国商报》《环球时报》评为"中国(行业)消费者信赖品牌"。

**2018年9月**
被广东省连锁经营协会评为"2017年度广东连锁50强"。

**2017年12月**
被广东省连锁经营协会评为"2017年度广东十大特许经营品牌""2017年度广东最具投资价值特许品牌"。

**2015年9月**
被中国市场研究中心评为"中国质量服务信誉AAA级企业""中国著名品牌"。

**企业公信**

它山之石　可以攻玉

## 口才培训行业的市场分析

姚玉飞

自 1999 年我国首家演讲培训学校在北京成立以来,演讲口才培训行业在中国市场化运营已经经历了 20 个年头。根据《中国演讲口才行业报告》数据显示,目前全国演讲口才培训机构已超过 3 100 家,市场规模超 30 亿元,整个行业在走向专业化和市场化。从目前市场实际情况来看,口才培训行业还是以传统的线下培训为主,各地分散着众多小机构,其中部分机构依靠打造名师的方式,建立了区域品牌口碑。但目前在行业内,课程成体系、运营有标准、体量上规模的机构仍然屈指可数。

在宏观经济景气指数仍然走低的形势下,针对不同人群的职业教育培训以及提升个人就业能力的需求会越来越突出,各类职业技能和考证报名人数屡创新高。目前,演讲口才培训的主流市场还是在成人领域,它既有职业技能培训的特点,又能满足部分企业培训的市场需求。职业技能培训是为了获取专业技能,更加注重实操能力;企业培训的目的是为了提高企业整体运营效率,可分为企业管培和企业内训。

除此之外，新生代家长对孩子能力培养的诉求直接影响素质教育培训市场的赛道热度。根据《2018年中小学生减负调查报告》显示，2018年家长对孩子的各方面能力培养有明显诉求，其中家长最关注"逻辑思维能力"（57.2%）、"与人沟通、合作的能力"（43.7%）与"解决实际问题的能力"（43.6%）。而传统家长看重的应试技巧和能力培养占比只有13%，这说明家长对于孩子学习能力的关注变得更加科学与多元化。家长的教育消费需求影响培训市场的产能供给，2018年素质教育最热的赛道为科创教育与生活素养教育，这也印证了家长对于孩子能力培养诉求的实际情况。

教育培训行业整体上依然是优质供给稀缺的行业，保证师资和服务的标准化也是口才培训行业必经之路。口才提升只是整个演讲口才培训课程所需要达到的目标之一，以个人口才和形象气质为外化，以个人成长为内涵的改善是衡量口才培训机构培训质量的关键指标。我们认为口才培训行业的存量

市场主要来自于基于工作和生活需要的成人需求市场，增量市场则来自基于素质教育和线上模式的低龄儿童需求市场。

一般来讲，我们认为市场供需在快速变化，针对新的消费人群必然会出现新的产品和服务。近些年来，随着城镇居民消费水平的不断攀升、家长观念的开放、政策扶持，少儿素质教育逐步从应试教育的补充业态走向主流，迎来行业高速发展期。我们可以观察到付费者和使用者在变化，目前素质教育的付费人群主要由"80后"和"90后"中产家庭构成，实际用户年龄以"05后"和"10后"居多，并有继续年轻化的趋势。新生代家长和儿童对互联网和在线产品的使用习惯明显高于以往用户群体，创业者需要有意识地在研发产品和服务时，满足新一代的"90后"家庭跟"05后"孩子对于素质教育的需求。一方面，家庭教育消费需求多元化，通过技术进步和在线化手段实现；另一方面公共供给（师资、内容、载体）不足是长期趋势，为创业者提供机会。

新励成教育作为一家拥有15年历史的口才培训机构，已经发展为集课程研发、面授培训、在线教育、管理咨询于一体的教育培训公司。其旗下"三大课程体系""七大王牌课程""三大高端课程"以及各具特色的服务课程，形成了"参与、快乐、实效、授能"的教学特色。目前新励成作为口才培训行业的第一品牌，已在全国近50个城市开设70多家分支机构，为数十万学员和数千家企业提供演讲口才、人际沟通、企业管理、团队建设等方面的专业训练。

从市场影响力、运营标准化、课程研发能力、财务规范上来看，新励成作为头部品牌已经走在行业前列，但演讲口才培训市场还处于行业早期，市场集中度不到10%，成人培训市场和少儿培训市场的需求都有待开发。特别是面对90—95后新白领人群和05—10后低龄人群需要新的沟通方式和沟通范式。因此，课程产品开发和市场运营方面，如何跟上时代步伐并利用新的流量平台做出产品特色是一个需要行业共同努力提升的话题。

整个培训行业的趋势是线上和线下加速融合，通过使用教育科技应用拓宽学习场景。移动互联网技术和移动终端设备的普及，使得学习场景不再局限于线下的实体物理空间，并且授课方式和教学流程也得以改进。口才培训行业正在经历这一过程，虽然目前仍然以传统线下培训为主，但以新励成沙发大学、趣口才、呱呱口才等主打在线学习的口才培训品牌也逐渐获得消费者认可。素质教育属家庭消费升级范畴，目前素质教育付费人群以"85后""90后"中产家庭为主，他们拥有稳定的在线消费习惯、较强的消费能力、线上消费意愿强。素质教育用户以"05后"学生为主，互联网新生代人群对在线平台的天然接受能力强，口才培训行业的年轻化、在线化是必然趋势。

基于多鲸资本对于教育培训行业的持续观察和研究，我们认为围绕个人成长的软实力教育是未来终身学习的主流，而演讲口才培训是提升个人软实力的重要方式之一。随着中国社会经济发展进入新阶段，在学科应试教育之外，对于自我审美、情商、以及团队意识的提升需求和学习会成为提升中国综合创新能力的关键助力。

# 对企业培训的一点忠告

企业管理专家、畅销书《细节决定成败》作者 汪中求

这些年来，畅销书《细节决定成败》对国内的新观念带来了冲击力，"汪中求"的系列畅销书《精细化管理》也在企业管理业界产生了一定的影响力。近千场的系统培训课程所具有的执行性形成的品牌力，加上企业人出身所具有的亲身体悟产生的亲切感和始终坚持"讲真话，不忽悠"的务实作风，使自己十几年如一日坚持研究和推广的精细化管理成为一股时代的潮流和管理的风气。

作为一个从业 20 多年的管理培训者，我对国内的培训界，尤其是对以企业为主的培训界有一定的了解。一直很想把这些所感、所思、所悟对业内人说一说，适逢培训界比较知名的新励成公司准备出版给业内人阅读的《一路向上》，就此借汤下面了。

## 一、企业要明确培训的界限

培训是提升员工素质和技能的一种有效方法，但它并非是解决企业所有问题的万应丹，而是有界限的。例如，与激励相关的工作积极性问题，只有通过调整分配机制才能解决，通过培训是解决不了的，否则就会将培训变成了一种让人极为反感的强迫灌输，根本不可能达到培训效果。再比如，员工的个性特点与职位的匹配，与其花费金钱和精力进行培训，不如根据其个人特长，调换与之相适应的工作岗位，使人岗匹配，方能人尽其才，才尽其用。

## 二、培训要与企业战略需要相匹配

企业根据战略目标来匹配人力资源。企业发展壮大的内在驱动力，除了要求不断增加人员数量外，更要不断地提升以管理水平来体现的竞争力，而竞争力是以人员的素质和技能水平为基础的。这就要求企业要根据企业发展的需要，不断地通过培训来提升员工的素质和技能。企业不同的发展阶段会

有不同的培训需要，有不同的主题；而且，即便是同一主题，不同层级、不同岗位的员工，会有不同的理解和需要，所以培训的需求是千差万别的。不可以由领导者个人的判断提出培训需求，更不可以以领导人个人的好恶来决定培训内容。

### 三、企业管理培训必须讲求时效、实效

就企业来说，管理培训要符合企业提升个人技能和管理协调的效率要求。企业通过创造价值增值以追求利润的本质属性决定了企业的效率要求，即在有效配置资源的前提下，充分地利用资源，使资源的利用价值最大化。作为企业活动之一的管理培训也要符合并体现企业的这种效率属性，要讲求时效、实效。所谓时效，就是要能够充分地体现与企业发展战略相匹配的员工实际需求；所谓实效，就是能够让员工有所触动、增加应知、强化应会。

### 四、于时效之中见长效

为了满足企业培训的时效性，企业就要对培训进行有效的组织。这种有效组织就是事前有准备，事中有措施，事后有评估反馈。

这些年来，在大量接触企业的过程中，我深深地感觉到企业培训存在大量的浪费，表现在培训之前没有调研，没进行培训需求分析，培训缺乏针对性，课程选择随机性，还有培训现场没有评估和培训效果没有事后跟踪等。其主要原因是企业培训的组织性、规划性不足。要解决这个问题，就要基于人力资源战略，对培训进行长期规划，于时效之中见长效，而不能仅凭一时的感悟和冲动，盲目地进行心血来潮的培训，更不能为了完成部门任务做培训。企业培训要在针对性、实用性中体现计划性、系统性，在计划性、系统性中把握针对性、实用性。在培训的组织实施过程中，强烈建议企业培训按如下步骤展开：

（1）培训需求调研。

（2）培训系统规划。

（3）培训实施计划。

（4）课程内容及形式设计。

（5）培训师的考察与挑选。

（6）培训组织与实施。

（7）培训效果评价。

（8）培训规划和计划的修正。

其中，前五个步骤应该拿出比较充足的时间和投资来做，如果企业的人力资源部门不擅长做这些，也可以请专业机构外协完成。让员工的素质与技能通过培训走上健康发展的提升轨道，这比盲目展开的培训要节省得多，也有效得多。

对于企业发展来讲，时机可以等待，有时也需要等待，但员工的技能与素质的提升不能等待。机会总是青睐有准备的企业。对于能力不足的企业，遇到机会也可能辨识不出；即便有了认知，也难以抓住。因此，提升员工素质是永恒的硬道理。

## 五、选择优秀的培训师，不一定选择大牌

对于培训来说，培训师就是最重要的资源，如果培训不具备相应的知识和技能，要想达到培训效果，无疑是水中捞月，徒劳伤神。

在我看来，国内的培训师队伍也是良莠不齐。优秀者不少，但滥竽充数者更多。有的培训师理论功底不错，但对企业不甚了了，想把己所不能传递给员工并通过员工将理念转化为能力，实在是有些困难；有的确有一些实践，但缺乏归纳总结的能力，讲的都是一些个人经历和个性化的认知，不具备普遍意义；有的是拿极其简单的事情做过于细化的演绎，所做的培训只是在灌输一个非常基本的理念；还有的培训师名头大、身份多，"演讲"中"演"得非常不错，但实际传递的培训内容甚少，效果甚微；有的是以营销中的推销技巧为内容、以"成功学"为幌子、以激励现场学员为主要形式、以场面热烈为追求效果的培训，除了误人也产生不了价值；更有甚者，在专业化要求极高的今天，居然还能够全才到战略、营销、人力资源、财务、创新管理、执行力、企业文化建设等所有一切专业精通，除了忽悠，只能是培训"乞丐"。

培训界有太多所谓的"专家"，前后矛盾的理念、未经验证的方法、自己都不会操作的工具，让盲目的学习者无所适从，更有甚者被所谓的成功学误导，使得学习者为了所谓的成功而放弃了服从、规则、合作和团队，成为瓦解企业凝聚力的一种破坏力量。

所以，要想企业培训获得实效，在有效组织的前提下选择正确的培训师非常重要。在这方面，我的主张是，选择优秀的而不一定是"大牌"的培训师。宁可拿大牌的培训师的价钱，请优质的培训师。这样做，一则可以保证培训效果，二则作为企业也可以通过平等协调，向培训机构提更合理的、有针对性的要求（如培训机构必须为企业做一天的调研，培训师的课件要经过企业审核等）。

企业培训注重的是效果，如果效果不好，免费又怎么样呢？免费也可能

是一种浪费，浪费了参训者的时间。如果成本困难，可以把培训压缩，分批轮训。

小企业要注意培训成果的传播和共享。如有些好的课程可以让一部分员工先去学习，学习完之后回到企业传授给没有受训的员工，至少已学习者要传讲所受培训 60% 以上的内容，把听课的笔记存档并以电邮或内部网站公布的形式传播给其他人，等等。

### 六、员工培训永远是企业最有价值的投资

大家都知道，在人、财、物等生产产品、创造价值所需要的资源中，唯有具有能动作用的人才能够实现价值增值，其他的财物等只不过是通过加工过程将其价值转移到新的产品之中而已，成为新创造价值的载体。也就是说，唯一能够创造价值、实现价值增值的是人。所以，对于企业来说，最有效的、有价值的投资是对人的投资，而投资人的主要方式之一就是培训。从这个角度来说，企业培训的重要性，无论如何强调都不过分。

日本有一家企业招人总是"先到先得"，根本就没有选择这一说。我很惊讶地问其中的道理，这家企业的老板回答我："招聘人需要挑选是对自己企业的培训体系不自信。"

国内有一家已经达到"文化治理"境界的企业——德胜洋楼，在员工的选择上根本不看重学历，就是基于他们自身的培育和培训体系的优势，硬是把一批以外来务工人员为主体的队伍带成了一支适应现代企业需求的职业化团队。

## 讲好中国故事，是每一个新励成人的责任

清华大学"演讲与口才"课程主讲教授、中共新励成党支部书记　颜永平

在 2018 年的全国宣传思想工作会议上，习近平总书记围绕讲什么中国故事、如何讲好中国故事、怎样展现好中国形象作出深刻论述，提出明确要求。特别是党的十八大以来，全面深化改革风生水起，全面从严治党激浊扬清，中国经济发展亮点纷呈，中国与世界的互利合作不断推进，亿万中国人民埋头苦干，为讲好中国故事提供了更多、更新的鲜活素材。

习总书记以巧妙高超、生动形象的叙事技巧，易懂、易记、易传播、易接受的讲述方式，为我们率先垂范，我们还有什么理由不努力增强演讲语言的表达能力本领，讲好中国故事呢？

伟大的时代孕育伟大的故事，精彩的中国需要精彩的讲述。"讲述好中国故事，传播好中国声音"，弘扬中国文化，凝聚中国精神，设计中国智慧，展示中国形象，提升中国人的软实力，是我们每一个新励成人义不容辞的责任！

"一个故事胜过一打道理"。在信息时代，谁的故事能打动人，谁就能赢得更多听众，产生更大影响。讲好中国故事，就要培养一大批身体力行，言行一致，能说会道的人才，这就需要我们加强对人民群众软实力的培训和提升。往年高考很多省市的作文题是写一篇演讲稿，这是提升我国青少年软实力和语言表达能力的一个最好的风向标，可以说是我国自科举制度以来的历史性巨大突破，为语文教学和软实力的培训敲响醒世之钟！这也是对我们演讲口才教学培训机构事业发展的一个极大促进。随着演讲口才地位的提升、作用的加大、社会的重视，演讲口才不仅会为高考加分，更会为人生加油，为未来喝彩！

十多年来，我们新励成人一路向上，一路高歌，一如既往地在做一件事情，那就是为个人和企业提供自信心训练、演讲、沟通、心理素质、人际关系训练，全方位打造和提升国人的"软实力"，为振兴中华民族，提升国民软素质，讲好中国故事，传播好中国声音而无怨无悔地励志前行！

2018 年 11 月 4 日，旨在贯彻和学习新时代中国特色社会主义思想和党的

十九大精神，动员广大演讲爱好者为改革开放呐喊，为新时代发声的"新时代·新励成·新风采"全国演讲大赛总决赛在广州隆重举行。参赛选手来自28个省、直辖市及港澳台地区，总人数逾1 000人。这次全国演讲大赛，是新励成人积极向上，服务社会，回报学员，报效祖国的一次大型的公益活动。

2019年7月6日，新励成与羊城晚报主办的"致敬时代·讲力未来"中国演讲口才培训行业20周年庆典，在北京梅地亚会议中心圆满举行。这是中国演讲口才教育艺术界的大喜事，不仅促进了全国演讲口才培训机构间的沟通交流，加强了演讲培训同仁的团结协作，提升了演讲口才培训的社会地位，还推动了演讲口才培训行业健康、持久、快速地发展。这是一次创新的盛会，交流的盛会，团结的盛会，承前启后的盛会，更是一次载入中国演讲口才历史史册的盛会！

十年磨一剑，泰山不可挡！今天的新励成已经成为中国口才培训的领导者、全国演讲事业的促进者、演讲口才艺术的研究者、中华民族复兴的奋斗

者、民族优秀文化的传承者、公益活动的奉献者、时代正能量的赞美者、讲好中国故事的践行者！

在新的形势下，每一个新励成人一定要担当职责使命、锤炼能力本领，才能将中国故事精彩讲述，让中国形象深入人心，不断提高国家文化软实力和中华文化影响力，为我国的演讲口才及软实力事业的发展做出更大贡献。

2019年，是我们中华人民共和国成立70周年的日子，我们创造了激动人心的中国奇迹。以习近平同志为核心的党中央团结带领全国各族人民，将中国特色社会主义事业推进到了新的高度，新的征程。我们已经到了倾听中国声音的新时代，我们已经拥有了国际话语权的新风采！

雄关漫道真如铁，而今迈步从头越。那么，新励成的同仁们，让我们携起手来，响应习近平总书记的号召，撸起袖子加油干，甩开膀子拼命干，放开嗓子高声喊，为奋斗者摇旗呐喊，为劳动者唱赞歌，在新时代里不忘初心，砥砺前行，一路向上！去"讲述中国故事，传播中国声音"，弘扬中国文化，凝聚中国精神，展示中国形象吧！

## 一路向上,一路有你

**广东演讲学会创会会长　孙朝阳**

十几年前,我与新励成邂逅相识,并相约相知,一路向上。记得最初和新励成相识,是因为创始人吴云川,当时的她刚刚开始发展广州的卡耐基。因为要做中国的演讲,所以,我选择了新励成,一个新的起点、一个新的历程。十几年,一路走来,一种向上的力量,始终在新励成激荡,一路向上的力量,来自于一份责任。

中国的演讲事业真正起步,也就是近十几二十年的事情。当我们意识到,语言表达、演讲口才是一种软实力的时候,我们顿然醒悟,真正体会到人际沟通中演讲口才的重要性。我们不能仅仅把演讲口才理解为能说会道,更重要的是应该上升到沟通的高度,因为一个人的成功,80% 通过沟通,20% 通过专业;而一个人沟通力的表现,80% 是通过语言表达。如果一个人的成功,80% 靠情商,20% 靠智商,那么一个人 80% 的情商表现力是通过语言。

而在我们认识的语言概念中,不能片面地理解成有声语言,它还包括了态势语言,或者更大范围的叫无声语言,因为无声语言不仅仅包括态势语言,还包括了文字语言、网络语言,比如说我们俩是 QQ 好友,当你发来一个悲伤的表情,我发给你一个拥抱的表情,你回给我一个快乐的表情,我们完成了一次沟通,但这不是有声语言,而是网络语言。

正是因为有这样一种责任和使命,新励成才一直坚持,坚持让每个人都拥有这样一份软实力,能够构建幸福的人生、快乐的人生,能够提升幸福的指数,为家庭、为社会造福,这就是一份神圣的企业使命。

### 向上的动力,还来自于:热爱

新励成,聚集了全国的很多演讲爱好者。大家互相认可,互相欣赏,互相鼓励,互相进步,教学相长,营造了中国演讲圈浓厚的团结向上的氛围,这并不多见，而且这于企业的发展愿景不谋而合，因为新励成也很想做团结天下演讲人、天下演讲是一家的伟大事业。

**向上的动力，还来自于：专业**

因为专业的事要专业的人去做，演讲是一门专业。演讲，是专业的人去研究、去实践，形成专业的知识。这一点，很多人是有误区的，认为最不必学的就是说话，而事实上最应该学的就是说话。我们说演讲的知识，需要专业；演讲活动的组织，也需要专业；演讲的教材理论、师资，以及市场推广，也需要专业。

在专业的领域，新励成应该是向前、向上迈了很大的一步，有自己独立的教学体系，有专门的教学队伍，有专门的教案。在专业的道路上，希望新励成能够继续一路向上、向前！更希望新励成在董事长赵璧和董事会的带领下一路向上！

一路向上，是一种愿景，是一种使命，是一种文化，也是一种精神，但愿在一路向上的路上，我们并肩前行。

## 演讲与口才，快速发展的朝阳行业

资深投资学者、申万宏源证券投资总监　瞿朝阳

英国前首相丘吉尔曾说过"一个人可以面对多少人，就代表这个人的人生成就有多大"，美国国学大师卡耐基认为"一个人的成功，15%是靠他的专业知识，85%是靠他的口才交际能力"。华人演说家刘景澜直言："口才的好与坏，直接决定生活品质的好与坏，同时将影响下一代的成长与未来。"

演讲与口才作为我们的基本素养和职业技能，在当今对于个人综合素质要求越来越高的经济社会中，显得尤为重要。拥有好口才的人，必善于交流和沟通，处理人际关系游刃有余，无形中就提升了自己的气质和内涵，这样的人无论在哪里都会受到欢迎，从而能争取到更多的机会；演讲能力强的人不仅可以充分展示自己的情感、知识，让自己的才华获得更多人认可，还可以不断促进自己成长，为成功奠定基础。可以说，演讲与口才能力是个人软实力的重要表现。

演讲与口才对于现代人生活和工作的重要性催生了人们对于提高演讲与口才能力的诉求，当众讲话与口才能力的培训教育也开始兴起。

### 一、演讲与口才培训市场概况

#### 1. 行业发展加速，已呈现出高速增长的态势

智研咨询发布的《2019—2025年中国口才培训行业市场运营态势及发展前景预测报告》显示，近年来我国口才培训的需求人数稳定增长。2011年我国口才培训人数约401万人，截至2018年已达1 630万人。市场均价则从2011年的1 848元/人增至2018年的2 179元/人。随着培训人数的增加与市场均价的提高，市场规模也日益扩大。2011—2018年以来保持了年均20%以上年复合增速，2018年我国口才培训市场规模已达355.2亿元，较2017年的199.3亿元增长25.60%。

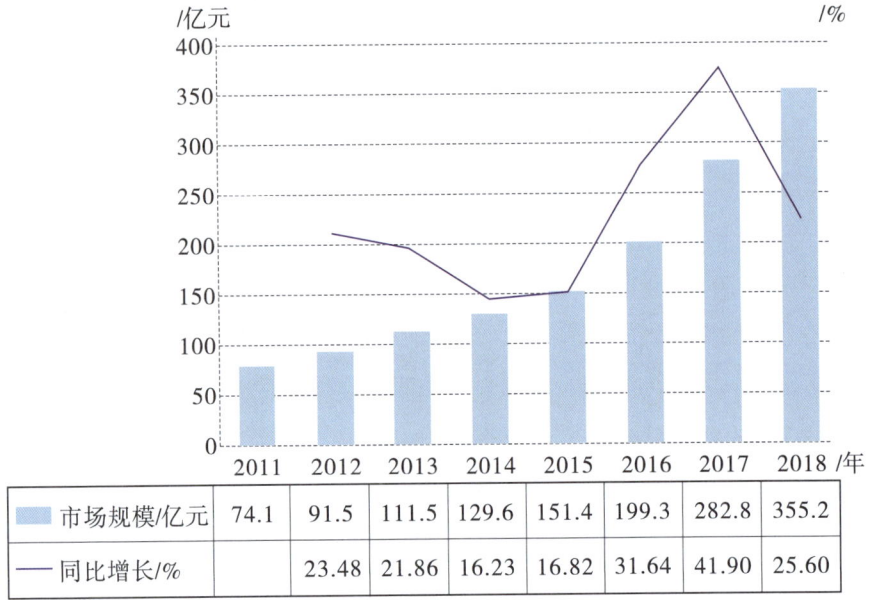

2011—2018年我国口才培训市场规模情况（数据来源：智研咨询）

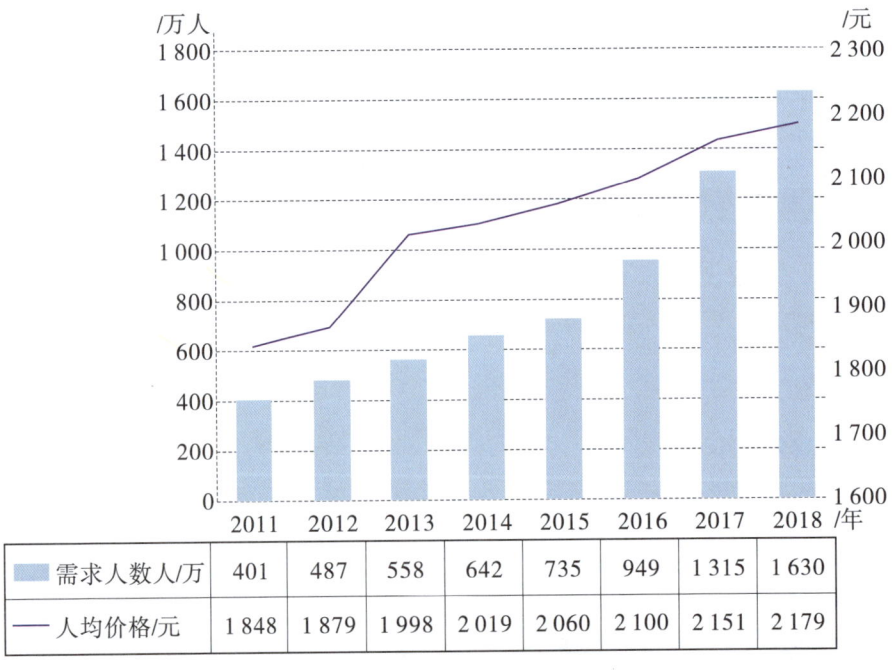

2011—2018年口才培训需求人数及市场价格行情走势（数据来源：智研咨询）

## 2. 培训市场的内容、主体、模式等逐渐丰富和多样化

演讲和口才培训分类可以主要分为心态类训练（胆识训练、自信心训练等）、语言类训练（语音美感训练、清晰表达训练等）、表现类训练（即兴演讲、公众演讲、汇报总结等）、沟通类训练（销售沟通训练等）。

演讲和口才培训主体可以分为成人与青少年。其中，成人培训市场的主要对象主要包括企业家、公司高层、业务精英及对演讲与口才感兴趣的大众，以帮助他们应对面试、职业发展过程中的口才提升需求；青少年培训则主要面对4~14岁青少年，致力于提升青少年的演讲与口才能力，提升青少年的自信心。而随着国内经济水平的不断增长，国内家长对子女的素质教育投入增大，作为提升青少年基本素质的口才培训重视度也不断提高，少儿口才培训市场近年来也增长迅速，在口才培训的总体市场中占比也提升较快。据智研咨询统计，2018年，少儿口才培训占整体市场的57.83%，而与成人相关的面试口才培训行业规模仅占整体规模的23.79%。

演讲口才培训的经营模式也日益多元化，主要可以分为学校培训模式和社会培训模式。学校培训模式主要利用学校内的教师资源进行培训，课程内容主要为国内外最前沿的管理科学理论知识和经典案例。社会培训模式主要为跨国培训公司或国内培训公司提供的口才培训服务。通常情况下，此类培训更加侧重于实务管理技能的培养。

而根据培训课程内容所有权的不同，口才培训行业的经营模式又可以分为自主培训模式和平台培训模式。自主培训模式是指培训机构自己开发课程，聘任讲师，销售课程并集中培训的模式，该模式的主要特点是培训讲师是与培训机构签订合同的正式员工，培训课程的所有权也归公司所有。平台培训模式主要是指培训机构搭建培训平台，聘用第三方机构的专业讲师为学员授课。在该模式下，培训机构负责培训课程的推广和销售，培训会场的布置和培训学员的组织和后勤服务，而口才培训则由第三方机构的专业讲师完成。

此外，根据培训渠道的不同，口才培训行业的经营模式还可以分为线上

培训和线下培训。线上培训主要是指利用互联网媒介进行培训的业务模式。线下培训主要指在特定场所，讲师和学员面对面进行培训的模式。目前，线上培训虽然发展较快，且未来发展前景广阔，但现有的技术条件尚不能完全解决线上培训的应用场景问题，培训的用户体验相对线下培训还有所不足，特别是线上培训缺乏线下培训的课堂气氛，从而影响培训效果。

### 3. 我国演讲与口才培训市场仍处于初级阶段

据新励成的研究报告统计，在以美国为代表的发达国家，每年学习口才与交际课程的人数超过 300 万人，每 107 人中便有 1 人在学习口才和交际的课程，直接推动的经济效益超过 3 500 亿美元（折合成人民币 2 万多亿元）。而现阶段我国演讲口才培训的市场容量为 810 亿元，其中成年演讲培训市场规模在 648 亿元，青少年演讲培训市场规模接近 162 亿元。也就是说，美国演讲口才行业的市场规模和市场容量是我国的近 25 倍，直接推动的经济效益约是我国的 700 倍。

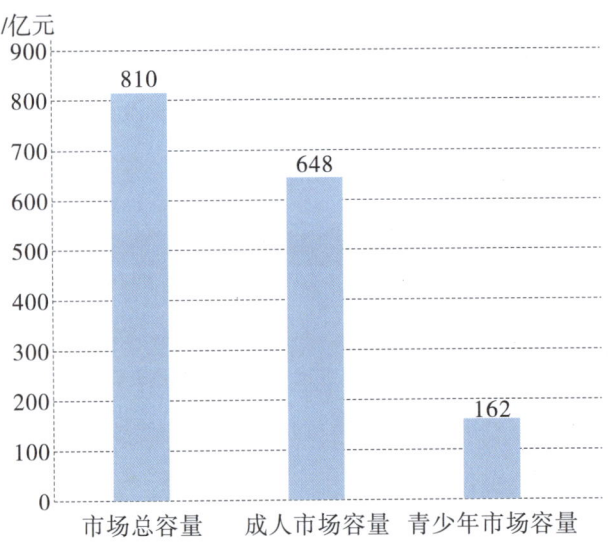

**我国演讲与口才市场容量（资料来源：新励成研究报告）**

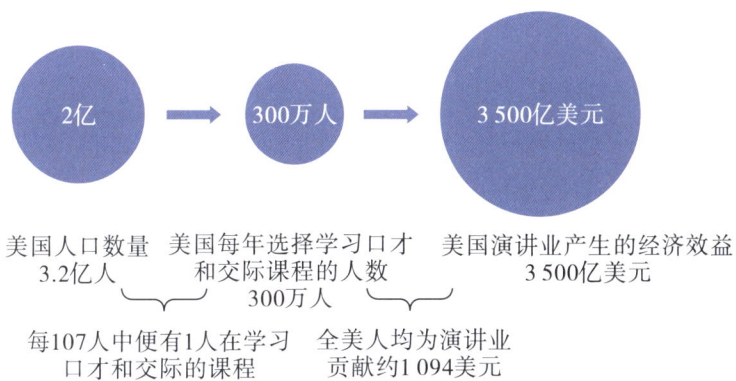

美国演讲行业经济效益（资料来源：新励成研究报告）

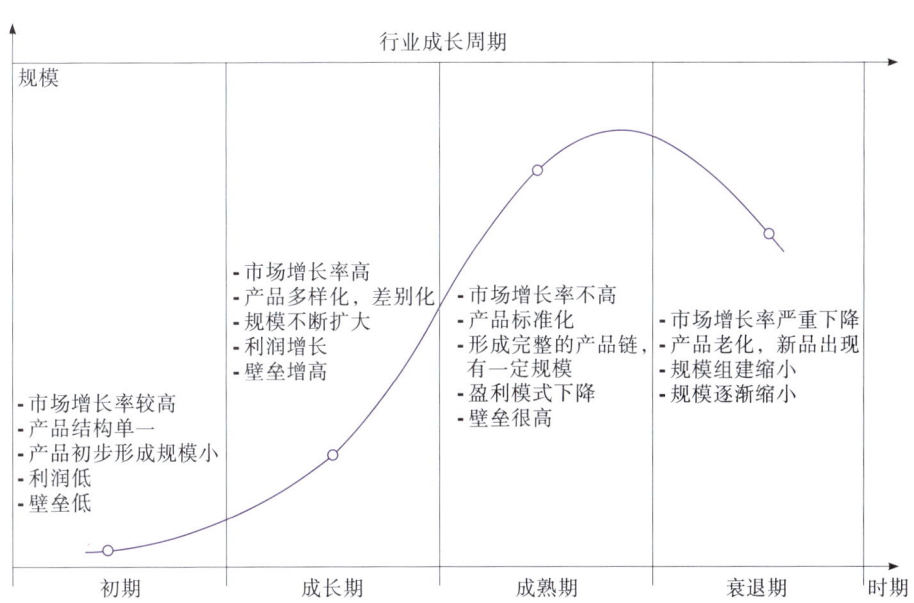

我国演讲与口才培训行业处于初期

我国与美国演讲口才行业的市场差距如此之大虽然有多方面原因，如美国人从小就被鼓励公开发表意见，国内大部分孩子被培养成了只会思考不敢表达的人。口才培训的内生需求自然小于美国，但更重要的原因还是经济社会发展的不同阶段造成的，如经济越发达，竞争程度越高，对于人的综合素质要求也越高，对口才培训的意识和需求也就越强烈，这一点从国内不同区域市场的表现也得到了例证。如新励成的报告指出，从演讲口才培训的区域消费者关注程度来看，呈现出明显的地区差异，其中北京、上海、深圳、广州、重庆是关注度最高的五个城市，而这五个城市也是口才培训市场最活跃的地区，也就是说口才培训呈现出明显的城市差异性，且和我国经济发展的差异性基本一致，经济相对越发达的地区对于口才培训的关注度越高，欠发达地区尚有较大潜力可挖掘。

可以预计，考虑到近年来我国地区间人均GDP差距的水平正处于快速缩小阶段以及经济社会发达程度的普遍提高，我国演讲口才市场也将进入到快速成长期。

## 二、演讲与口才培训市场格局与竞争态势

经历了20多年的发展，我国演讲口才行业的产业链格局初步形成。

演讲口才培训行业产业链上游主要是智力机构（师资）和讲师自然人，以及教学培训场地、办公设备、IT服务和软硬件、耗材等。口才培训行业的上游物质设备市场竞争激烈，中游培训机构对其的依赖性较低，而师资尤其是演讲口才名师由于在市场和消费客户中有很大的影响力，培训机构对于师资的依赖程度高，在产业价值链中也就容易占据重要位置；中游是各类培训机构，大型的且有品牌优势的培训机构更容易获得消费者青睐，产业链的地位就会比较高；口才培训行业的下游则为最终消费客户，包括企业消费者和个人消费者。通常情况下，客户的口才培训需求随着企业或个人自身的发展需求而同步增加。

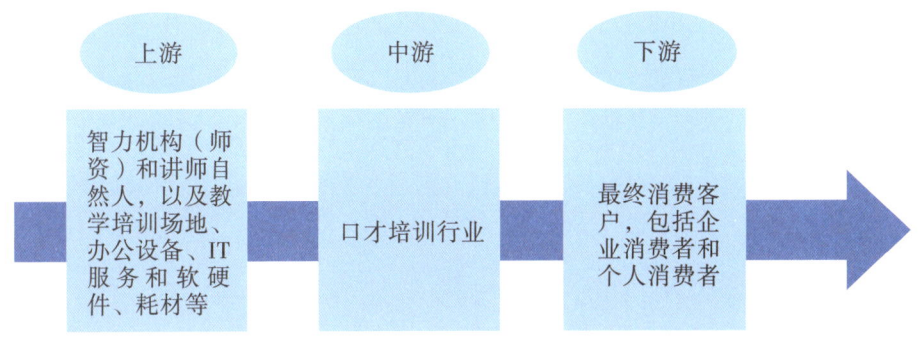

**口才培训行业产业链构成**

而从中游培训机构交付培训服务的角度来看，产业链还可以细分为上游的内容提供，中游的内容创造以及下游的内容交付环节。其中，考虑到口才课程设计所需要的各种内容原材料，包括各类教育图书、影像资料等不具备垄断性、可大量获得的东西，除非具有独特的内容 IP 资源，否则上游的内容提供也难以成为培训机构的壁垒；中游的内容创造则容易成为产业链的核心，这是因为培训机构花费大量的人力物力去研发独具特色的口才培训课程体系，这一方面可以减少培训机构对于口才名师的过分依赖，另一方面使得消费者有更大意愿参与公司的培训，从而有利于实现业务的规模化扩张；下游内容交付在当前新技术日益普及、消费者选择权增大的背景下也在产业链中日趋重要，如当前线上口才课程讲授 VR 直播可以更高效地给更多消费者带来更完美的体验，人工智能技术的应用可以针对消费者口才的训练提供更个性化的培训和指导，从而大大提高课程的实战效果。

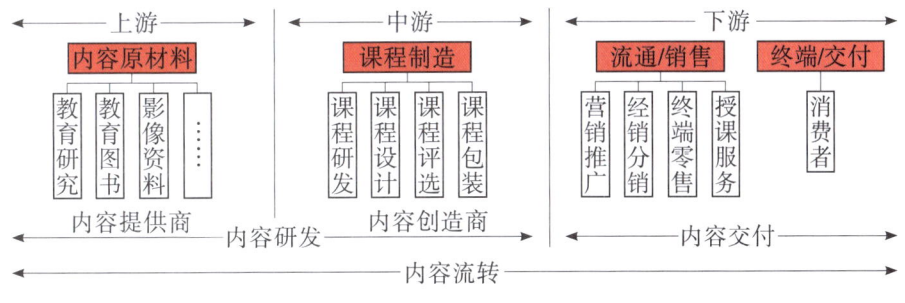

**演讲口才培训机构产业链**

从价值创造角度来看，利润率主要往上游具有独特内容 IP 资源、中游具备强大课程研发能力、技术密集型的培训机构倾斜。下游随着互联网和人工智能等技术的发展，价值创造存在着颠覆式的创新迹象。那些善于利用新技术改善内容交付的信息密集型培训机构将容易在产业链中获得溢价能力，获得更高的利润率。

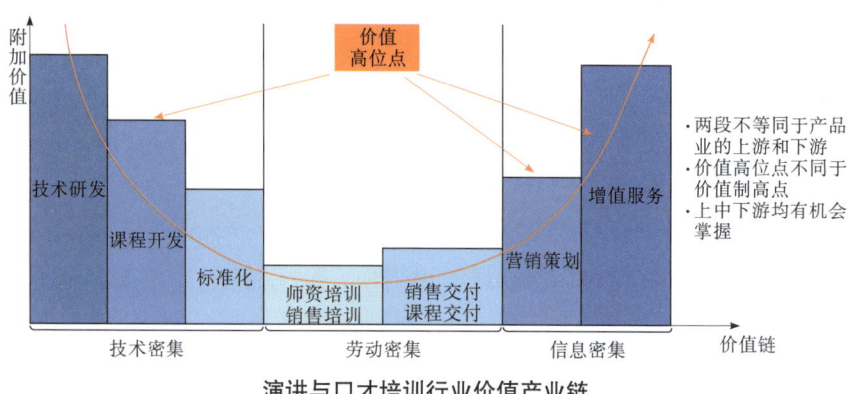

**演讲与口才培训行业价值产业链**

我国演讲口才培训行业的产业链格局虽然初具规模，但是存在的诸多问题也限制了行业的发展。

一是演讲口才行业缺乏监管机构和相应的秩序、政策，行业缺少相应的秩序和标准化。据新励成调研报告显示，40% 的消费者认为演讲口才行业缺乏规范性。演讲口才市场鱼龙混杂，也就容易导致顾客对于相关产品的信任度低，恶化了产业发展生态。

二是演讲口才行业大部分机构轻研发、重营销导向明显，停留在产业链的价值低端竞争。这就容易导致产品同质化严重，市场低价恶性竞争现象突出，产业总体难以提高竞争力。

三是由于演讲口才行业入行门槛比较低，中小培训机构数量众多，产业集中度很低。据新励成报告指出，截至 2018 年，我国演讲口才培训行业工商注册机构接近 3 100 家，其中 93.8% 的机构注册资本在 0~100 万元，500~1 000 万元的接近 1%，1 000 万元以上的仅 0.8% 左右，这也意味着，国内演讲培训机构以小微型机构为主。而相反，国外成熟市场以中大型培训机构为主，以美国为例，演讲口才业发展起初只有不足 40 家企业，历经 25 年的发展现已超过 400 家，其中 4~5 家占据超过 80% 的市场份额。由此可见，行业集中度的缺失容易导致产业竞争环境、秩序的恶化，产业发展难以进入到高水平竞争的良性循环轨道。

### 三、演讲与口才培训市场未来的发展趋势

尽管我国演讲口才培训行业存在发展中的诸多问题，但是鉴于市场发展的红利空间仍然巨大，那些适应了行业发展趋势，把握了行业发展先机的培训机构将获得更大发展空间。

如我国与美国演讲口才行业的市场规模和市场容量有 25 倍的差距，在我国人口是美国 4 倍的情况下，理论上预测未来演讲与口才培训市场规模也将是现在的几十倍。而从以下现实的驱动因素来看，演讲与口才培训市场的增长空间也很巨大。

第一，演讲与口才市场的成熟与当地的 GDP 水平高低有直接关系，其背后的重要原因是 GDP 水平越高，服务业占 GDP 比例也越高，而服务业主体通常是人，服务产品的交付广泛涉及到人的交流，口才也就更加凸显其重要性。在近年来，受益于地区发展，政策鼓励等因素，我国中西部经济增速普遍快于东部地区，这也使得全国地区经济差距日渐缩小，经济富裕程度的提高以及由此带来的人们对于素质教育的重视，都会驱动中西部原本落后于东部地区的演讲口才行业出现更大的增速。而由于中西部地区人口基数大，也会驱动我国演讲口才行业整体呈现快速发展的态势。

第二，演讲与口才市场的发展环境日趋成熟。如我国的人均 GDP 已接近 10 000 美元，未来几年也将逐渐接近人均 GDP 13 000 美元的高收入经济体门槛。在当前我国经济面临技术变革与产业变迁的转型升级阶段，对人才素质（创造性、复合性、高感性、高体会等）的要求较高，而不再仅仅局限于专业能力，这对教育产业升级提出重高要求。演讲、口才、沟通等软

素质教育逐步得到人们的重视，人们对于演讲与口才的学习热潮也就容易兴起。如近年来，各电视台纷纷制作了大量的演讲类节目如《超级演说家》《开讲啦》《少年说》《我是演说家》等，吸引大量的观众观看与参与，由此预计今后演讲口才行业的市场需求态势将更加强劲。

第三，演讲与口才市场面临较好的政策扶持环境。如当前教育培训行业的发展得到了国家的大力支持。出于培养未来综合性人才的考虑，国家出台了一系列产业政策，其中着重强调素质教育培训和促进民办教育的合法性。由此可见，作为素质教育基础的演讲与口才也必然会成为政策青睐扶持的重点。如 2019 年全国高考语文作文题要求考生用演讲稿的文体写作文，就透露出重要信息：未来中国教育改革的方向或许会更加重视学生包括演讲口才等个人素质能力的培养和开发，提升学生的演讲口才能力。简而言之，演讲与口才培训今后无疑将面临极好的政策发展机遇。

第四，人口社会环境的变迁有利于提高演讲与口才市场的渗透率。如我国政府提出全面二孩政策，为儿童和青少年教育打开了增长空间，素质教育的支出必然增加；我国已拥有全球数量最多的中产阶级（已超过 1 亿人），到 2030 年，这一数字将达到 4.8 亿人（占总人口的 35%），从中产阶级对教育的消费意愿来看：中产阶级是最热衷教育消费，也更加注重为子女提供优越的生活和教育环境的，作为能全面提高综合素质的演讲与口才市场必然面临较好的社会发展环境。

行业发展的巨大机遇也将驱动演讲与口才培训行业进入新一轮的扩张，但对于一家培训机构而言，仅抓住行业外部的发展机遇仍是不够的，还要领先于同行，驾驭行业发展内生的趋势，这样才能获取未来行业发展的更多红利，成为行业的领先企业。这些推动行业发展的内生驱动力量包括以下三个方面：

第一，行业的规范化、标准化今后有望呈现加速发展的趋势。原因有三个：一是追求教育消费升级的消费者对于演讲口才培训服务的精细化、质量都有了更高标准，客观上驱使培训机构进行变革，改变过去课程水平参差不齐、服务质量没法保证的局面；二是为了适应更广泛地区的消费者快速膨胀的演讲口才培训服务需求，培训机构需要建立企业内部的标准化、规范化服务体系，才能满足规模化扩张的诉求；三是目前行业已经有一批先行机构，如新励成等认识到不规范的市场给行业发展带来的阻碍，以及消费者对于演讲口才行业的认知程度较低导致行业扩张困难等，并开始采取多种措施着力改变，如通过构建行业内的企业联盟实现师资共享、课程共享等来建立行业发展的新秩序。

第二，移动互联网等新兴技术的普及正在深刻地改变各类教育服务的生产、交付方式，作为素质教育分支的演讲与口才培训也不例外。一方面，移动互联网时代下，用户的消费行为更多关注演讲口才教育学习的便利性，学习也更加趋于碎片化、场景化，这也迫使培训机构更加重视线上教育，由此将重构演讲口才行业的产品形态与教学方式。例如，新励成通过以 APP 为核心的在线学习平台建设，构建了以"一个中心，两个臂膀"为基本框架的线上新媒体传播矩阵，满足学员不同层次的学习需求；此外，新励成创立了线上教育"沙发大学"品牌，研发了一系列线上场景化关键能力课程，为职场人轻松赋能软实力；另一方面，移动互联网改变了传统教育产品服务的交付方式，传统培训机构等渠道的力量削弱，明星授课者的地位开始凸显，这也促使不少拥有大规模客户使用人数的自媒体和媒体机构或个人进军演讲口才培训行业，由此驱使传统口才培训机构适应时代需求，主动孵化、培养明星讲师，为消费者打造明星讲师的课程 IP 矩阵体系，如新励成推出的多位大咖讲师课程满足了多层次演讲口才爱学者的需求。

当然，不仅是移动互联网，正在兴起的虚拟现实（VR）、人工智能等技术也都将深刻改变演讲与口才培训行业。如口才在线授课中，AI 教师的引入可以通过语音识别、多模态情感分析等手段代替传统的教师随时观察口才练习者的动作、语态，帮助练习者提高演讲技能；再如 AI 教师还可以根据演讲者的知识水平和认知能力，推荐合适的演讲内容，并通过观察演讲者的表现更新每次的内容推荐，从而循序渐进地引导演讲者提高演讲水平。而目前市场中已经出现了类似这样的口才 AI 老师。如智伴小 Y 便携机器人是由广州智伴人工智能科技有限公司最新研发推出的一款针对 3~9 岁儿童，以口才训练功能为主卖点的儿童教育机器人。智伴小 Y 专注口才训练，内含五维递进学习法、三维立体训练内容，可实时跟踪儿童的训练进度，并根据大数据监测反馈，给予儿童最专业的发音训练和科学系统学习指引，从而有效提升儿童的口语能力。对此技术的影响，口才培训机构应高度重视，从负面角度来看，AI 口才机器人的应用今后会逐渐取代传统简单的口才培训需求；从正面角度来看，口才培训机构也可以充分利用 AI 机器人技术，一方面替代传统的讲师教学，从而降低培训成本，提高运营效率，另一方面赋能讲师，提高其培训的效率。

第三，随着演讲与口才在经济和社会生活中的地位日趋重要，它也因势渗入人们生活的各个应用场景，这在扩大演讲口才培训市场需求的同时，也带来更多的行业新竞争者。如由于口才培训变为很多消费者的刚性需求，各类型的职业教育培训机构都顺应趋势开发口才融合各种专业的课程，如"口才＋领导力艺术""口才＋营销策划"等，它们的进入也使得口才培训行业与其他职教领域融合加剧。作为现有的口才培训机构，也必须适应这种趋势，在课程开发、交付、推广等环节，甚至是在组织模式上积极地转变，如可与诸多细分行业的职教机构建立战略联盟，双方共同在行业的"口才＋"的课程开发、推广等方面发力。

## 四、演讲与口才培训行业龙头扩张发展可期

广东新励成教育科技股份有限公司成立于 2005 年 11 月，主要面向成人、青少年，为其提供当众讲话、演讲艺术、人际沟通、心理素质等方面的软素质教育，为企业的经营管理、业务开展、团队建设提供咨询与培训服务，是集课程研发、面授培训、在线教育、管理咨询于一体的教育培训公司，是演讲与口才培训行业的龙头。

### （一）教学体系先进完备，教研实力引领行业

经过 15 年发展，新励成通过引进、融合及自主研发，成功打造了"三大课程体系""七大王牌课程""三大高端课程"等各具特色的课程体系，形成了从课程研发、课堂教学、教师培训、学员评价、赛事组织等完备、标准化的体系，填补了我国传统教育和培训市场的空白。新励成的专业师资力量雄厚，汇聚了业内 200 多位优秀的资深讲师和专职研究员，处于行业绝对领先地位。新励成还计划组织起草行业标准，规划行业认证体系，以自身的进步来推动行业的发展。

### （二）产品品牌优势显著，市场影响与日俱增

新励成自创办以来，始终坚持以自营体系为主，注重教学的品位和质量。经过多年积累，不仅具有了众多世界 500 强企业与社会知名人士的服务经历，还收获了众多演讲与口才行业的精英加盟来共同发展。与此同时，依托领先的行业地位，它还组织了多场全国性的演讲大赛，在推动行业发展的同时，也使自身影响力不断增强。

### （三）全国市场布局完成，业务扩张与时俱进

新励成学训中心整体战略是在一、二线城市以直营点为主，三、四线城市以加盟点为主，在全国主要城市设立子公司负责当地市场的开发和服务。公开资料显示，到目前为止，新励成已在全国近 50 个城市开设近 90 家分支机构，为数十万学员和数千家企业提供演讲口才、人际沟通、企业管理、团队建设等方面的专业训练。

目前，新励成已启动第二轮融资计划，以支持公司未来的快速发展。我们相信，借助资本的力量，新励成将秉承"成就个人、幸福家庭、和谐社会"的使命，筑梦启航，快速成长为演讲与口才行业的航空母舰。

## 与新励成的缘分

*高地生活创始人 | 大观思想大会发起人　吴易聪*

时间过得很快,转眼间,距离和新励成结缘(2017年4月的大观思想大会)已经3年多的时间了。时间也过得很充实,这3年多的时间为我们留下了太多美好的、共同奋斗的记忆,很充实。

与新励成的伙伴关系经过三个重要的发展阶段。

第一阶段:惊讶。受制于主观和视野,当我第一次听说有这样一家机构,以帮助学员当众讲话、提升口才为主要业务,能够做到这样的规模,并且登陆资本市场,是非常惊讶的。真的有那么多人会在"说话"上遇到困难吗?真的会有那么多人要来学习如何更好地"说话"吗?

第二阶段:尊重。慢慢地,开始有机会和新励成的学员深度地交流,发现原来真的有那么多人会在"说话"上遇到困难,真的会有那么多人要来学习如何更好地"说话"。而且我发现新励成给予学员们的不仅仅是表层上的教学和训练,还有更深层的对每个人来说都无比珍贵的关爱、支持和陪伴。这些关爱、支持和陪伴给许许多多的学员带来了能力的巨大提升和生命的深刻转变,我尊重这样的企业。

第三阶段:共同成长。随着彼此了解和互动的深入,"成就个人,幸福家庭,和谐社会"的理念在我们之间产生了巨大的共振,最终在2018年5月开花结果,"IP:心智财富"课程正式推出。肩负着共同的使命,向着共同的目标,我们希望通过这门课程能支持更多的学员发现自己的心智财富,探索生命的可能性和价值,还有什么比志同道合,共同成长更令人期待的关系呢!

"说话"是我们与世界的沟通方式,更是我们贡献世界的重要能力。在国外生活和工作的近十年时间里,我感受到了西方开放和高效的沟通,同时也深深体味到东方和谐与沉稳的智慧。如果能够通过开放和高效的沟通,把东方和谐与沉稳的智慧表达和传播出来,将是一件非常棒的事情!如果能够通过"说话"这样一个与世界交互的方式,提升每一位学员的心理状态、自信心和价值感,帮助每一位学员更好地整合和归纳他们的天赋/优势,知识/经验,经历/成就,使命/愿景等心智财富,为每一位学员探索有趣、有意义和有价值的人生赋能,这将是一件非常棒的事情!通过每个人的蜕变影响一个家庭或一个组织,通过每个家庭和组织的蜕变影响社会、国家乃至整个世界,这不正是新励成"成就个人,幸福家庭,和谐社会"的使命所在吗?这也是新励成的每一位奋斗者正在为之努力的。

学习和成长犹如攀登一座山峰,山脚下有众多的学生,再高一些有学徒,再高一些有专业人士,再高一些有专家,再高一些有高手,山顶上有少数的大师。我们在生活和工作中慢慢地积累了很多知识、经验和技能的碎片。但如果我们沉溺于这种碎片式的浅层体验中,我们也终将只能活出一个碎片化的人生。有明确和清晰的方向,系统性地打造我们的知识体系和能力图谱,心怀山顶上少数的大师对这个世界的一份感恩和担当,把我们的每一次演讲打造成一个作品,把我们的每一个创造打造成一个作品,把我们的家庭和企业打造成一个作品,直到我们能将我们的人生打造成一个作品。收集、整理和呈现了属于新励成这个组织的企业文化方面心智财富的作品。相信它能够让你一窥新励成成功背后的秘密,也能够在如何打造自己企业和组织的文化部分给到你一些启发。

# 个体软实力定义与口才定义

新励成创新创业教育研究院院长　陶　辞

## 一、个体软实力的定义

2020年新励成研究院发布定义，个人软实力是一种通过调用自身内在和外在的各种关系，改变生活样态的能力。软实力可以通过后天习得，有别于学历文凭和专业技能，它包括思维力、学习力、沟通力、影响力、领导力和情感力等。

软实力其实是对自身资源的一种调用和整合能力，通过直接或间接作用于对象，以促成功利性或者情感性的结果，这种能力的最主要体现，是一个人的沟通能力和水平。关于软实力这个概念，我们也可以用自在社会和人类社会的逻辑来理解或者作为分类的框架，同样也可以从社会关系的角度，来认识和理解软实力。

软实力（soft power）这个概念，由哈佛大学肯尼迪政府学院的约瑟夫·奈教授首创。1973年，约瑟夫·奈与罗伯特·基欧汉合著《权力与相互依赖》奠定了国际关系理论中，新自由主义学派的理论基础，而后在1990年出版的《注定领导世界：美国权力性质的变迁》一书中明确提出了"软实力"这个概念。

在这个背景下，软实力概念的提出，是相对于国内生产总值、城市基础设施等硬实力而言的，在分析一个国家的综合国力的构成要素时，通常分为有形和无形的力量，或者成为硬实力和软实力，约瑟夫·奈教授将综合国力分为硬实力和软实力两种形态。硬实力是指支配性实力，包括土地面积、人口、自然资源，军事、经济和科技力量等；软实力则分为国家的凝聚力、文化被普遍认同的程度，以及参与国际关系的程度等，是一种导向力、吸引力、同化式的实力，一个国家思想的吸引力和政治导向的能力。

软实力概念最开始的提出，是一个相对宏观的概念，是国家层面的概念，而随着这个概念被社会广泛的认可和研究，它已经逐步从宏观层面延伸到了微观层面，从国家到区域，到各种社会组织、企业、群体和个人。

约瑟夫·奈教授曾说"软实力和硬实力同样重要,但在信息时代,软实力变得比以往更为重要",而在信息时代,越是在相对和平的环境里,软实力就越的重要,软实力的提升能为社会创造出更多额外的财富,无论是物质财富还是精神财富,无论是宏观还是微观层面。

为了更好区分和应用,我们将软实力分为"个人软实力"和"群体软实力"。个体软实力指的是不同属性的个人所具有的软实力。群体软实力指的是以一个人为基本组成单元,而形成的群体所具有的软实力,人数可以是3～5人的群体、一个家庭、一个工作室、一个小组织等,也可以是一个企业、国家,甚至可以是人类整体。

关于软实力,有些问题是要作为前提的,比如软实力和硬实力的关系;它们的边界;精神和物质的关系如何,在什么情况下,谁主导谁等。

实力这个概念确有新的内涵。对于这个问题的疑惑,主要在于我们有时将软实力和硬实力的概念,直接与无形和有形的概念做对等,这导致我们会误以为软实力是无形的,硬实力是有形的。相对于无形和有形的概念,软实力和硬实力其实属于另一种范畴,也就对应着新的内涵。

软实力和硬实力并非对立的关系。我们有时候会将软实力和硬实力的关系,理解为类似计算机软件和硬件的关系。其实不然,计算机软件作用的发挥,往往以硬件为基础,这与软实力和硬实力的关系很像,但反过来计算机软件对硬件的作用就不明显了,而软实力不然,软实力不仅可以促进硬实力的发展,有些时候甚至也可以成为硬实力发挥作用的基础。其实,软实力和硬实力是一个人综合实力的两个方面,是一种对立统一、相辅相成的关系,在不同的情况下,互为基础、互相促进,相互包含又相互转化。

理解软实力和硬实力的关系,我们需要有一个讨论范畴,马克思说:"人,是所有社会关系的总和"的范畴内,我们继而就可以讨论它们的边界了。软实力和硬实力之间的边界感,很像导体和绝缘体之间的关系,在一定范围和条件下,有些物质就是绝对的导体,有些物质就是绝对的绝缘体,而虽然在一定的范围内,稍微改变条件,有些物质就会在导体和绝缘体之间转换,并不是绝对的导体或者绝缘体,绝缘体在某些外界条件(如加热、加高压等）影响下，会被"击穿"，而转化为导体。

其次，我们在"人，是所有社会关系的总和"这个范畴下进行分类，有些特质就是绝对的软实力，基本难以量化且不直观，比如思维能力；有些特质就是绝对的硬实力，相对容易量化且比较直观，比如身高；有些特质就没有那么绝对，比如讲演能力，可以量化但并不容易量化，能力如何展现的也比较直观，如果对于演讲者或者课堂上的老师，讲演能力就是硬实力，是直接决定讲课效果的能力，而在一个程序员组成的团队中，硬实力是语言、编程，讲演能力就变成了一种软实力，并不是直接促成编程结果的能力。当我们谈论软实力和硬实力的时候，其实还应该有一个中间地带，一个因条件改变而可软可硬的地带，这个地带我们叫做弹性实力。

所以，软实力和硬实力共同组成了一个人的综合实力，但一个人的综合实力包含了硬实力、软实力和弹性实力（可变的硬实力和软实力）三个部分。我们现在重新理解软实力和硬实力的关系，软实力和硬实力都是一个人综合实力的子集，同时，他们之间对立统一、相辅相成，在一定条件下，部分内容可以完成相互转化。

软实力包含一个人的综合实力，包括软实力、硬实力和弹性实力。我们现在所说的软实力并非单一概念，同时还包括了可在软硬实力之间转化的弹性实所以，软实力包含软实力和在一定条件下可以当做软实力的弹性实力。

软实力和软性能力是有区别的。软实力往往是对结果有价值的，能间接或者直接促成某种结果的实实在在的力量或者能力，能够实现某种结果的力量或者能力。相比较而言，软性能力，只是一种能力，它不一定能够促成某种结果，能力和结果之间，还是有鸿沟的，有能力不一定有结果，但有实力，大概率会实现结果。

最终，我们锁定"软实力"这个概念有两个用意，一是软实力是能够间接或直接促成结果的能力；二是软实力的内涵包含软素质。

软实力受先天和后天的影响。一个人的思维、思考的能力或者智力，很大程度上是受先天影响的，比如父母身高条件好，其孩子不一定具备较好的身高条件。无论一个人的软实力还是硬实力，某种程度上都受先天的影响。

当然，先天也不一定是充当决定因素，综合结果不存在单一因，都是复合因。就如同国家的软实力是可以发展的一样，个人的软实力同样事可以发展的，因为软实力的发展是一个人基于自身不断与社会产生关系的过程，回到马克思的那句话"人，是所有社会关系的总和"，总和是一个不断发展的结果，而且不是一个简单相加的结果。

影响一个国家软实力的因素有历史、文化、政治、经济、艺术以及对应阶段的硬实力，如基础设施、国防科技等。同样，影响一个人的软实力的因素也会有家庭背景、文化、知识，以及个人的思维、信仰、心理、人际关系，甚至与学历、财富等相关联。

先天和后天因素都会影响一个人的软实力，先天决定某种可能性，而后天促成一种必然性，但我们应关注一个人后天软实力的发展，这也是软实力教育培训存在的意义和价值。

"忒修斯之船"是最为古老的思想实验之一。它最早出自公元1世纪普鲁塔克的记载，是一种有关身份更替的悖论，整个悖论表达如下：

海上有一条航行的船 A，组成这条船的零部件有 N 个。船在航程中不间断替换部件，直到船体上的 N 个零件全都被替换。那么，维修后的船是否还是原来的那艘忒修斯之船？ 如果用忒修斯之船上取的老部件重新建造船 B，那么船 A 和船 B 谁才是忒修斯之船？

这是个哲学问题，涉及到整体与局部的问题，如果套回到软实力教育，我们改变的并不是简单的知识，而是改变一个人调用这些知识、处理这些知识的方式，甚至在改变一个人底层的人性结构，如果一个人接受软实力教育培训成功，那么他可能再短时间内完成一个原来很长时间才发生的改变，或者原本一生都不会发生的改变，这其实是改变了一个人，那么这个教育伦理问题是，他还是原来的那个他吗？软实力教育培训的结果并不单单是知识的累加，而是对一个人深层次的重塑，信念甚至是信仰、思维方式、逻辑、心理素质、人际关系、沟通能力、学习能力、管理自己的能力等。

如果一个人自己愿意发生这些方面的改变，那就符合教育伦理。同样，在竞争激烈的现今社会，如果一个人在短时间内发生这些改变，也的确会对其生活和工作质量产生促进的作用。

硬实力和软实力的区分。硬实力相对比较容易判断，常常是有和无的判断，判断标准相对单一，容易量化，倾向于直观可以判断，相对于功利性结果来说，往往起到直接作用或决定性作用，比如学历、证书、语言能力、身高、收入等；相对于情感性的结果来说，往往不起直接或者决定性作用。

软实力相对来说不那么容易判断，常常不是有和无的判断，而是多和少、好与坏的判断，判断标准也相对立体，不容易量化，相对于情感性的结果来说，往往起到直接或者决定性的作用，比如信念、心态、思维、管理情绪的能力、沟通的能力、处理关系的能力、学习能力、审美能力等；相对于功利性的结果来说，往往可以起到间接性的作用。

软实力对于人的意义重大，我们可以说软实力的提升，对于人的精神生活和物质生活质量都有促进作用，同时，应用性更强的表述，是在生活和工作中，对于功利性和情感性的结果都有积极的促进作用。

当你和别人聊天时，别人特别喜欢你，也喜欢和你聊天，往往起决定作用的是你的沟通能力，而非你的学历，这是一种直接的积极作用。

当你和别人交易时，能否谈成的关键在于，你是否有交易的筹码，但即使你有足够的交易筹码，也可能会因为你不会沟通，而把这个项目谈崩，如果你的沟通或者谈判能力很好，不仅有助于谈成生意，也有助于人际关系的良好建立，这是一种间接的积极作用。

软实力改变了我们什么呢？软实力的提升，会改变一个人的生活样态，我们面对这个世界的心态，我们面对各种生活难题时的情绪，我们的幸福感，相由心生，软实力既会改变我们的心，也会改变我们的面相。

一个人软实力强的关键体现在链接的能力。"人，是所有社会关系的总和"，也可以这么理解，人每时每刻的状态，都是自己调用关系去处理关系的结果，人会面对与自己的关系、与他人的关系、与环境的关系、与世界的关系，甚至于与信仰的关系。

我们也可以这么理解，人发展的过程，就是不断创造新的关系总和的过程。创造关系的过程，最重要的能力是沟通的能力，沟通就是一种链接，良好的沟通创造良好的关系，无论是与自己沟通、与他人沟通、还是与所信仰的沟通等，沟通是创造新的关系总和的充分必要条件。

一个人软实力的集中体现就是他的沟通能力，沟通水平能反映出一个人的性格、心态、情绪、思维、礼仪、知识等信息，即沟通（能力）是一个人最重要的软实力。

## 二、口才的定义

**口才的定义：口才是一种通过口语表达影响他人的才能。**

如果一个人笔头上有功夫，我们会说这个人文笔好；如果一个人的话说的漂亮，我们会 说这个人口才好，但一个人的口才好并不只是指他说话说的漂亮。

口字，甲骨文字形，象人的口形，本义指口腔器官，嘴。后有延伸，意指连通、出入的 地方。也就是说，口是可进可出的地方，当我们说一个人口才好的时候，大意指这个人的嘴 上功夫了得，但人进行表达时，嘴往往是只说不听的，是只有出没有进的，如果口才的口单 指人的嘴，这口字的"进出之意"就有短了一半的感觉。

口才好，有些时候指的是人的表达好，但表达是单向的，是可出不进的；而有些时候口 才好也是指人的沟通好，沟通是双向的，是有进有出的，但嘴这个器官在沟通的时候并不承 担"进"的角色。

我们要系统的理解口才、定义口才，就要好好理解这个口字。人有五官，有 七窍，窍就窟窿，窟窿就是口，在人的七窍中，相较于嘴，耳朵才是"进"的角色，"会说 的不如会听的"指的就是在沟通中，听的重要性。

除了口出耳进之外，眼睛作为七窍之二，才是真正可进可出的口，有时人们在沟通的时 候，都无需言语，只需要一个眼神，沟通完成了。眼镜作为心灵的窗户，是可以独立完成沟 通的器官。同样我们能从鼻子中感受到的，除了说话本身需要的呼吸换气之外，我们还能从一个人的呼吸中，感受到他的情绪和心理状态。

也就是说，口才好并不单指一个人说话说的漂亮、辞藻华丽、口吐莲花，不单指一个人 的口语能力，如果从沟通的角度，口才好还包含会听的部分、会看的部分和会感受的部分。所以，口才的口，并不单指人的嘴，还包括五官等。

口才，除了口，还有才，这个"才"指的是才能。如果说到才能，我们就要面对两个问题：先天和后天；显性和隐性。

说话的能力，对于绝大多数的人来讲，是与生俱来的，只要是正常生活在人类社会中的人都可以，差别只是说哪种语言。但随着人的成长，把话说成怎样的效果，那就因人而异了。我们可以这样理解，语言的能力是先天决定的，但能力是否变成才能，是受后天影响的。

生活在不同的文化里，不同的家庭背景、不同的教育程度，读过的书、走过的路、见过的人和风景，甚至于不同的年龄段所导致的不同的人生态度，都可以影响一个人的语言感觉和能力。但是也不能否认，就如同用些人有绘画的天赋、运动的天赋等等，有些人就是有语言的天赋，天生好口才。

何为才？备而未用，是为才。语言的能力，更多的是一种隐性能力，只有一个人开口说话的时候，你才能判断出他的口才如何，但他的口才不是在跟你说话那一刻才练就的，而是在跟你说话之前就已经具有了，就如同游泳、开飞机的能力一样，不下水、不上飞机，你是很难判断他是否拥有这种能力的。

"口才"二字，由"口"和"才"组成的。口不单指嘴，好口才也不单指会说，还指会听、会看、会嗅、会控制呼吸和心理状态等。老话说"艺多不压身"，口才是可以一生拥有的能力，并且是一种可以通过后天习得的能力，也就是说，好口才是可以通过刻意练习而获得的。

对于口才的刻意训练，单单训练如何讲话是肯定不够的。《鬼谷子》有言"口，乃心之门户。"人的心和口一直是相关联的，有什么样的心境，就会说出什么样的语言，如果心门是闭塞的，嘴也是不容易张开的，口才不是嘴皮子上的功夫，而是一种内外兼具的能力。

基于此，口才的训练也不能只是单单停留在嘴皮子上，而是要经由单向的表达和双向的沟通两个途径，对说、听、看、情绪、情感、心理和思维等等多个方面进行训练，我们常常称这样的能力为软实力，因为这些能力的确可以对很多结果造成决定性的影响。所以，对于口才的训练，外在的是语言呈现，内在的是一个人的软实力综合。

口才训练的产品体系，应该是以软实力为实质内核，以口才为主要形式的课程矩阵，新励成的课程体系（SCD）便是基于此而设计的。

口才，主要有"讲演"和"沟通"两种表现方式，在主客体之间，单纯的"讲"或者"演"都是单向输出的能力，复合的"讲"和"演"也都可以由沟通的方式来实现；沟通是双向的，是一种因变而变，又万变不离其宗的能力。

如果简单而言，口才，就是一种口语能力，但决定这种能力算不算"才能"的，还有很多硬软实力因素的影响；一个人的语言感觉不仅是长期习惯的积累，同时也受临时性因素的影响。

之所以，这种绝大多数人都具有的能力，可以算作一种"才能"，那一定是因为这种能力实现了一些好的结果，而非一些的坏的结果，如果总是祸从口出，也很难说一个人的口才很好。

更好的理解口才，要先理解这个"才"。

以讲师为例，讲课能力是一个人非常高阶的综合语言能力；课程要精彩，讲师要有内涵也要有配套的语言技能，这种授课的语言能力中，既包含"讲"、"演"，也包含"沟通"。

我们通常评价一位讲师的课程讲的好不好，要看站在学员的角度时，我们是否"愿意听、听得清、听得懂、受启发、能使用"，愿意听是情绪和心理，听得清是语言本身和声音，听得懂是逻辑，受启发是内涵和深入浅出的延伸，能使用是内容的质量能够用于指导实际的工作或生活，包括行为上的，也包括思想上的。这五个环节做好了，我们就可以说一个讲师的课讲的很好了，算是有讲课的"才"了。

如果从学员回到讲师的身上，课程的最终目的是实现教学结果，所以，无论课程的过程和内容怎样设计，最终都是为了实现预设的教学结果。同理，语言无论怎样处理，最终也要实现语言预期的结果，单纯的表达情绪感受也好，为了对方开心也好，为了让对方难受也罢，为了演讲精彩也好，为了谈判顺利达成也好，语言只要说出来，就一定会有对应的结果，只不过有时结果可控，有时结果失控。

从结果是否符合预期的角度，我们可以这样认为，无论语言怎样处理，你想要的结果和预想的结果之间的差距，便可以认为是语言的"才"，差距越大，才越小，差距越小，才越大。所以，口才中的这个"才"，是通过语言的处理后，一种预想和现实之间的差距，这个差距，即为"才"。

口才，是一种通过口语表达影响他人的才能。这种能力，以讲和演的能力为主，以听、看、其他感受和思维的能力为辅；以软实力为隐性的内核，以口语技能为显性的呈现；简言之，口才，是人的一种口语才能。

蓬生麻中　不扶而直

## 软实力，向你而生

吴云川

我始终相信，一个人从事着他现在所做的职业，不是无缘无故的，不是偶然的，而是他生来的使命驱动所在。

我从小就喜欢演讲，喜欢被人关注和聆听。我的学习成绩不算很拔尖，但因为我爱演讲、擅表达，经常参加公众活动而脱颖而出。班主任选我当班干部，鼓励我一次又一次参加各种演讲和讲故事比赛，从那时起，我就爱上了站在讲台上的感觉。站在讲台上我的创造力和想象力可以无限地发挥。记得四年级时，每天课间总会有一群同学围过来听我讲故事，即使那些故事都是我临时编出来的，每天讲一集，总有同学听得意犹未尽会来问我下一集的结局，其实我都没想好，但是蛮得意的。因为我是中队长，所以每次班会我一看到有不喜欢讲话和害羞的同学，我都会请他们上来当众演讲或唱歌，看到同学一次又一次的改变和突破，我比自己考了满分还高兴！

这样的画面在我的人生中只有两次，一次是小时候，一次就是在北京卡耐基学校的课堂上。26岁的我，突然欣喜若狂地找到了人生的方向，原来还有这样的学校、这样的课程，和我小时候的梦想一模一样！当我看到在卡耐基的课堂上，通过公众演讲的练习就能让一个个胆怯上台、无比痛苦的学员，在短时间内克服紧张的障碍，变得比较放松和自信，甚至到最后热爱上演讲，这让当时的我狠狠地下了决心，我也要推广这样的课程，办这样的学校！

### 一个不为人知的品类，一个极为小众的行业，如何从 0 走到 1

下了这样的决心不难，创业可能也不难，难的是，比较尴尬的是，经常有人问我们是做什么的，我回答"成功素质培训"或者"演讲口才培训"。在那个年代，大多数人都会有一脸不解的表情，这算是什么培训品类呢？三百六十五行里面好像没有这样的门类，当时比较盛行的是计算机培训，如北大青鸟；英语培训，如新东方；MBA 培训，如中大清华，这样的培训简单易接受，学完之后有证书，硬杠杠的。我们呢？首先打广告的时候说不清楚，之后学员上门还要费力解释半天。学员半信半疑报名上完课程，因为没有证书和标准，有时效果跟其预期相差甚远，不满意，还要退款；就算效果满意，大多数人学完后出了门也不会转介绍，因为不好意思跟别人说因为我有讲话障碍，所以在广州卡耐基学校学习，这情形就像去了趟整容医院，偷偷地去，偷偷地回！

那时候宣传的渠道很单一，花钱最多的就是报纸硬广，几大主流报纸都得轮流登，不过广告分类也比较尴尬，虽然都是培训机构，但是分在艺术素质类、技能类还是语言类，每次都跟报社广告部费劲地去沟通和解释。后来经过尝试，放在职场技能提升类效果最好，报社也就把我们归为"职场充电加油站"之类的。

就这样不伦不类地在各种培训类别中夹缝生存了两三年，积累了一些学员和口碑。听说创业公司平均寿命是 2.9 年，记得和我们同一年创业的好几个计算机之类的培训公司被竞争对手"黑了"不得不关门，而我们却搬到了更大的教室上课，还扩大了门面。现在回想起来，不是因为我们当年做得有多么好，而是因为渺小而幸运，这个品类实在是太小众，没有同行进入，自然也没什么竞争对手了。

我们的起步就是这样一个境地，不为人知，极为小众，没有人定义我们，就像初生的孩儿没有名字一样，越长大叫着越尴尬。

### 时代为我们定义，软实力教育应运而生

中国人民大学新闻学院教授喻国明指出："一个国家是存在两种实力的，一种是硬实力，一种是软实力。硬实力通常是指国家的GDP、硬件设施等，而文化、制度、传媒等被称为软实力。"国务院根据十八大提出软实力的概念，下发由各领域和学术界专业人士组成了中国软实力研究院，主要从地方产业升级转型、城市营运、企业精细化管理升级和职业教育等方向进行个人、企业、地方三大软实力提升系统的探索与研究。

在这样时代的背景下，全国上下都在建设文化软实力、政府软实力、企业软实力、女性软实力、青少年软实力等等，通过沙龙、论坛、讲座等各种形式进行成果展示和推广。

启发和触动我重新定义我们的品类是"个体软实力教育"源于我们的一个学员，他是一个知名杂志的编辑，他来我们这里学习的原因是因为他一当众发言，手就会控制不住地抖动。他在课堂上分享，小时候成绩太好被同学孤立，从此不喜欢与人打交道，只喜欢与文字打交道，看到人多的时候身体和情绪就会有反应。他说，从小到大，他获奖证书累累，专业硬能力自信满满，唯一的短板就是与人相处、口头表达、心理素质这些软能力障碍，给他造成很大的困扰。

我当时就在想，一个国家有硬实力和软实力之分，一个人有没有硬能力和软能力呢？硬能力很容易理解，我们从小到大的应试教育，学历文凭，专业技能，这些能迅速帮我们找到职业方向，获得专业领域上的成就。可是我们生活在社会群体当中，得体的形象礼仪、良好的人际关系、群体沟通、与他人合作、心理素质这些软能力也同等重要！

硬软能力同时发展，才是既成功又幸福的完美人生，缺一不可！可惜在我们现有的应试教育体系中，还没有学习和训练软能力的课程，那我们可不可以抓住机会作为应试教育的有力补充？虽然软能力在当时文凭和证书致胜的年代还不被重视，也算不上刚需，但它一定会随着时代的发展、社会的进

步、人与人合作的密切链接而越来越突出。人们在强壮了自己的一条腿后，因为另一条腿跟不上而严重失衡、屡屡碰壁，他一定会想到强壮另一条腿。

带着这个想法，我去请教了好几个知名的管理专家，有精细化管理专家汪中求、企业管理专家盖烈夫、商业模式定位专家李天。他们一致认为"个体软实力教育"是个细分的品类，如果以前没有这个品类，现在我们可以创造和定义一个！而我们做的这些以口才和沟通为核心的延伸课程就是非常精准的软实力课程。

定义了所属的品类和定位后，我们所有人都欣喜若狂。2012年，我们正式的把"广州卡耐基成功素质培训中心"更名为"新励成软实力教育培训中心"，公司名"广州卡耐基管理顾问有限公司"也更名为"广东新励成教育科技有限公司"。

新励成，谐音新历程、新里程，喻义将开辟教育培训行业新品类新里程，成为个体软实力教育领域的开拓者和领航者，同时，也是行业标准的制定者。文化墙上的公司使命也改成"帮助个人和企业全方位打造和提升软实

力，为振兴中华民族提升力国民软素质而努力！"我们深知，我们做得不是一个品牌，而是一个品类，未来我们肩负的责任不仅是把企业做好，还要把行业和产业兴旺起来，推动个体软实力课程成为国家对青少年九年义务教育的必修课程，让个体软实力教育在中国迅速崛起和发展，真正为振兴中华民族提升国家软实力而努力！

### 成就个人、幸福家庭、和谐社会

一个人一旦找到了使命和有意义的事业，全宇宙都会来与他同行。自从我们找到了事业的定位和方向。冥冥之中就吸引来了很多贵人和同盟，教育行业战略咨询顾问方盛老师加入进来，设计了直营分教点的商业模式，并启动佛山、深圳为试营点，正式开启了LTC的标准化运营的连锁模式；中国演讲协会的副会长、清华大学演讲与口才课程主讲颜永平教授，中国演讲界泰斗，共和国四大演讲家中的李燕杰教授、彭清一教授相继成为我们公司的终身荣誉顾问。其他，还有徐豪、詹歆两博士夫妻留学归来加入新励成、刘慧毅然决然辞去铁饭碗的公职全职投入到公司、以及赵璧放弃了世界500强公司发展的机会全身心助力新励成……

我相信，这么多人团结一心齐力来做这个事业，是因为大家心中都有一个共同的愿景，成就个人、幸福家庭、和谐社会，让软实力教育推动中国正向进步和改变！

15年做一件事，中途会有很多疲累、心塞、困惑、迷茫、无数次想放弃，每当这时，我的脑海里就会出现两个画面，一个是我小时候热爱演讲自信大方的站在讲台上声情并茂讲故事的画面，一个是我在北京卡耐基学校上课时看到一张张紧张陌生的面孔变得生动舒展放松的画面。

摸摸自己的初心，幸好还在；抬头看看梦想，就在不远处；只差坚持和努力，一路向上，继续前进！

## 生命中最闪亮的十年

詹 歆

2010年11月28日,那天是我与新励成故事的开始。一切源自"信任",那年有着留学经历的我就职于厦门一家外贸公司,一次参加广交会,与闺蜜兼同学吴云川相聚在广州,我问她"你在做什么?"她说"做培训",那是我第一次接触教育培训,听起来感觉不错,上有老下有小的我随即问了一句"如果我来做,工资多少呀?""我是总经理工资四千,给你五千吧。"嗯,我一听,这"老板"不错,成交!回去厦门立刻辞职了,而那时我在外贸公司的待遇是月薪2万,公司配车并提供住房,我父母当时认为我"疯了"。

带着这份信任,我开启了故事的篇章……

我任职的是企业内训部经理,第一天上班,我数了数,发现全公司加上老板一共才十几个人,我心里一惊:"果然是小公司"。转眼到年终总结,当年的公司收入是197万。当时刘志欣老师提出了一个大胆的想法"2011年,

公司收入目标要做 600 万"，我看伙伴们眼睛都直了，反复在说："刘老师疯了。"2011 年 4 月，公司引进了一门演讲课程，老师是全英文教学，正好可以用上我的优势，我开始协助招生部的工作。我第一次接触的学员是来自中山的宋先生，电话响过一声后就挂断了，我回拨过去问"请问有什么可以帮您"，他说"我自己开厂很多年，可是我一上台讲话就非常紧张，就连跟陌生人讲电话都会紧张，所以我拨一下电话就挂断了"。当我成功地把他带入我们的课堂，帮助他自信地站在人前讲话，我发现原来这份职业可以这么伟大，能成就个人。

2011 年 5 月的一天，云川跟我说"我决定把你调到销售部做经理"，我睁大眼睛看着她，我可从来没干过销售管理啊，可是就这样一干就是近十年，回顾这十年，我想跟大家分享几点：

### 奋斗

对于销售管理，我毫无经验可谈，接手一个二手团队更是难上加难。我记得刚接手的时候，销售部的四朵金花联名上书给总经理质疑我的管理能力，火爆脾气的我唯有全情付出。记得在干销售管理工作的前两年，我基本都是全年无休，周末的时间只要伙伴们需要，我必定随叫随到。"奋斗"这个词很简单，做起来却不容易。有人问我，七年的留学生涯让我收获了什么，我会毫不犹豫地回答，我收获了"吃苦"！我来自工薪阶层家庭，2003 年元旦，我的父母举债 18 万送我留学英国。我白天学习晚上工作，连续每日工作 18 小时在那时都是家常便饭，我没有时间思考累不累，我的脑子里只有"责任"。所以，我觉得奋斗的前提是有明确的责任感和责任心，敢于"吃苦"。

### 奇迹

奇迹 = 坚定的相信 + 强烈的责任 + 持续的努力。十年的销售管理实现了直营公司销售额 197 万到 1.3 亿的增长，回顾十年离不开一感二心。一感就是目标感，在团队培训的时候我经常会讲"做你所说，说你所做"，诚实于内心，而忠实于承诺。二心就是"爱心"和"狠心"。爱员工，把员工当伙伴、当家人，其实人的一生很长亦很短，有缘能在一起共事的伙伴其实比跟自己真正的亲人陪伴的时间还更长。伙伴们给了我"简单粗暴"的标签，可能是我的性格的特质吧。

工作中我坚持爱和规则并存，坚持严格才是大爱。因为深爱，所以对每一位伙伴都非常严格，也很"狠"，因为我知道如果我不对他们狠，市场会对他们更狠，不在家里冬练三九夏练三伏，面对真正的困难的时候就会不堪一击，一时的仁慈也许就阻碍了伙伴的成长和未来的发展。

**热爱**

热爱是什么，热爱就是爱的程度很深。热爱是一切奋斗的源泉和动力。近十年，有很多伙伴问我，为什么这么多年过去了，我依然一工作就热情满满。我记得，深圳公司刚成立的时候，一位伙伴跟我讲："詹姐，我好羡慕我的同学，她工作就是工作，下班就是下班，下班后绝不谈工作。"我现在依旧清晰记得我的回复："我在英国电信工作的时候，上班就是上班，下班就是下班，2年的时间，我没有在工作以外的时间接过一个工作电话，但是我离开了，因为我没有热爱。今天我的工作状态是7/24，我的工作和生活高度重叠，我依然很快乐，累并快乐着。"我想这一切的快乐应该就是源于热爱吧。热爱的根本是什么呢？对于我而言，我想给大家讲个故事：

我曾经有一个学员是广州番禺的电工，穿着打补丁的裤子来报名学习一卡通的课程。我问他到底为什么愿意花这么多钱来学习，他说因为"不会说话"太苦了！不久之后再次见到他，他握着我的手感谢我把他带进课堂，当年见到领导都绕道，可如今升职做了部门领导，这是跟持续地在新励成学习和成长息息相关。

这样的学员故事几乎天天都在发生，有的"人际关系"好了，有的"会说话懂沟通了"。我想热爱之一就是爱学员吧。

热爱之二是爱产品，看到我们的课程产品帮助学员变得更好、更优秀、更幸福、更卓越，给了我们足够的信心和力量不断将产品做深、做强、做大。

热爱之三就是爱团队，从2011年接手的四人团队到今天的几百号伙伴，公司的营业额从当年的197万（2010年）到2018年的1.5亿。这期间我们有太多的故事。帮助学员越来越多的时候，我们发现一个教学点已经不能满足学员的需求。从2012年开始做连锁，那个时候我们缺人才也缺资金，团队五个姑娘，一个去了佛山，一个去了深圳。那个时候我们没有场地，借其他机构的场地办公，很多时候快餐店就是我们的临时办公点，我们在里面招聘、画图纸、规划蓝图，想想又能帮助和就近方便一个地方的学员成长，内心就是无比激动的。

## 选择

我认为选择跟努力一样重要。选择一份热爱的事业并扎根下去，就必定能开出绚烂的花朵。回首这将近10年，我几乎没有业余爱好，我的工作和家庭是我生命的全部，可是我发现我的生活充实富足。就在前天，赖丽齐（最早的四朵金花之一）说："在新励成就是最好的工作。"这其实也说出了我的心声。我很庆幸那年我选择相信我的闺蜜（合作伙伴），做出我人生最正确的选择。

说起选择教育培训这个行业，其实早在英国留学的时候就结缘了。那个时候的日子很苦，我先生拿出家里仅有的400英镑去伦敦参加了安东尼罗宾老师的课程，随后持续参加各种培训，包括托尼巴赞等知名导师的课程，所以他一直热衷于培训事业。当我决定加入培训行业的时候，其实他已经进入了深圳珠宝行业培训领域，之后我们赵董惜才如金，用他的个人魅力吸引我先生也加入了新励成，这一干也是近十年。

2012年，我们的顾问导师方盛老师提出要发展就必须开疆拓土，我们是坚定不移地信任方老师，于是立即行动选定离广州最近的佛山和深圳，在仅有的五位伙伴中选了能力相对较强的派去了佛山和深圳。事与愿违，当佛山选址完成的时候，派去佛山的小伙伴说家里要求她回老家发展。可分点还得照常营业，初创的公司在没人的时候家人最好用，于是我给我姐打电话，她毕竟四十出头，换城市换工作是非常大的挑战，家里还有一个念中学的女儿。特别感谢我的父母为了支持我们两姐妹的发展，替我姐承担了照顾孩子的工作，怀着忐忑，我把静姐也成功带进新励成，转眼也七载有余。静姐也秉承着新励成的奋斗文化，坚持"我是一块砖，哪里需要哪里搬"。公司快速发展阶段，静姐从佛山派去中山，又被从中山派去苏州开拓疆土，最后华北需要大发展的时候，又义无反顾替公司扛起华北大旗。当新励成加盟合伙人，爱出者爱返，最后静姐在北京找到了自己的爱人，并且吸引她的爱人成为了新励成加盟公司合伙人，开启人生事业成功、家庭幸福的新篇章。

我在想是我们成就了工作，还是工作成就了我们？答案是坚定的，必定是相互的，成人必达己！

这十年在新励成，我是这个平台、这份事业和产品最大的受益者！这十年，是我生命中最有意义、最充实的十年，也是最闪亮、最快乐的十年。我将用第二个，第三个……十年来继续为之奋斗。

成就个人、幸福家庭、和谐社会！

## 奇迹是努力的代名词

赵永花

2008 年 4 月,我有幸加入新励成,做的是出纳工作。加入公司后得知,公司的创立是源于创始人吴云川女士在 2005 年发现英语培训、计算机培训、管理培训这些硬技能的培训铺天盖地,唯独没有演讲口才、人际沟通、心理素质这类软能力的培训。这些能力在学校里不教,进入了社会又没得学,但是在我们的职场甚至对我们的人生都起着至关重要的作用。

听后我就震惊了,这位和我年龄相仿且年轻貌美的小女子,竟有如此智慧和格局,内心的敬佩之情油然而生,原来小女子也可以有大情怀。

后来我又陆续看到优秀的各行各业非常多人士来公司上课,我内心莫名地好奇,为什么他们如此优秀还这么努力好学?带着这份好奇我开始从咨询老师和讲师处寻找答案,发现原来越优秀的人越爱学习,越追求成长和进步。

人是环境的产物,和身边优秀的同事和学员在一起久了,也受大家影响

了，我慢慢地开始在工作之余投入学习。后来在公司举行的一次演讲比赛中我意外地获得了二等奖，还得到了评委和同事们的众多赞美，这给当年做财务工作的我很大的信心，对演讲也产生了浓厚的热情，并且喜欢上了舞台。内心深处隐隐地有个声音说，为什么我不可以做讲师呢？当你拥有梦想和使命的时候，上天都会帮助你，不久公司内部招聘讲师，机会来了，我怀着忐忑又激动的心情报了名，经过漫长的等待迎来了考核。

人的一生中
一定会遇到
某个人
打破你的思维
改变你的习惯
成就你的未来
这个人称之为，贵人

在公司内部讲师选拔考核结束后，创始人吴总的一番话改变了我对自己的认知，她说："没想到你讲得这么棒，感觉你就是为舞台而生的。"这句话给了我强大的信心，带着它每天开心地学习、备课、不知疲倦，努力做到最好。我一直坚信："没有等出来的美丽，只有拼出来的辉煌。"

起初做讲师时有三年时间没有过休息日。每天都在备课和讲课，以及奔波在往返校区的路上。还记得当年总是第一个到公司，早上7点出门，坐40分钟地铁，8点到公司一头扎进课室站上讲台，面对着桌子板凳开始演练授课，1小时后才听到同事们上班打卡的声音。

还记得有一年春节回老家，北方冬天的早晨格外寒冷，为了不吵醒熟睡中的家人和年幼的孩子，我一个人悄悄起床裹上厚厚的毛毯去三楼阳台备课，冻得瑟瑟发抖。就这样日复一日地坚持学习和备课，我的课程终于得到了学员和同事的好评。

记得第一次登台授课讲的是周末班"人际关系"集训课程，怀着激动兴奋又忐忑的心情来到教室，发现课室里座无虚席，一问才知道有 38 人，当时我惊呆了，分校和学员也太给力了吧，听说那是当年有史以来最多学员的一门课。而我唯有全力以赴用心对待每一个学员和每一个课程的知识点讲解，在课间和休息时间耐心为主动来询问问题的同学解答。两天的课程接近尾声时，我在课堂问大家还有什么问题么，听到大家说："老师，我们本来带着很多困惑和问题来的，但听了您两天的课程问题已经解决了""老师，我想问一下，您的个人辅导多少钱 1 小时？我想买您的一对一辅导""老师，您还讲授其他课程吗？什么时候有，我们要续报课程"，那一刻，连续站着讲两天课带来的所有疲惫瞬间消散，同时我也深深明白了"台上一分钟，台下十年功"的深刻含义。

作为一名传道授业的讲师，要想帮助到大家，需要私下认真学习，具备扎实的专业知识，还要用爱心、真心和耐心对待每一个来到课堂的学员。带着这样的信念一直坚定地走下去，往返在广州、深圳、佛山三个城市，经常白天在深圳，下午下了课晚上飞奔到佛山，只为帮助更多的人，日复一日，年复一年，慢慢地，影响和帮助的学员也越来越多。

在领导的帮助和伙伴们的共同配合下，我创造了公司一个又一个的奇迹，被伙伴们亲切地称为"战神"和"奇迹文化的代表"。小伙伴们都好奇地问我秘诀，我记得我的分享是"其实没有什么奇迹，奇迹不过是努力的代名词。唯有持续的努力和坚持才能创造卓越的成果！"

"有人说，10 年太长，什么都有可能会变；一辈子却太短，一件事也有可能做不完。"是啊，时光飞逝，转眼 11 年过去了。11 年时间，一个在襁褓中的婴儿成长为少年；11 年时间，乡村能变成一个城镇；11 年时间，新励成由 1 家校区发展成 70 多家校区，10 几个人到现在的 500 号人……

一生中
一定会
遇到一群人，
他们会

点燃你的激情，
觉醒你的自尊，
支持你的全部
称之为，团队

还记得几年前，我刚负责教学部管理工作，除了自己大量的讲课以外，还有很重要的工作是招聘和培训新讲师。周末和周一、三、五晚上讲课，周一、周五白天手把手地培训和严格考核新讲师，晚上和周末他们来到我的课堂听课学习，考核通过后，我再利用下班时间亲自带他们去挑选职业装和皮鞋。看到他们一个个褪去稚嫩青涩，变成职业又专业的讲师，感觉到仿佛我自己家的孩子长大了的开心和喜悦，从没感觉这是工作，也没当他们是下属，亲如一家的亲情文化，为我们的工作带来了满满的爱和能量，在公司这样有爱的亲情和分享文化下，涌现出了一批批优秀的讲师教学团队，为全国的校区和学员赋能！

一生中
庆幸遇到
一件事
唤醒你的责任
赋予给你使命
成就你的梦想
称之为，事业

一群人，一辈子，一件事。很幸运我遇到了这样一群可爱的、有使命、有情怀的团队和一份伟大的事业，怀揣着"成就个人，幸福家庭，和谐社会"，我将不忘初心，坚守使命，为学员做好课程品质及服务，帮助更多的中国人提升自信和口才，我们紧跟伟大的习主席"一带一路"的号召努力让新励成走向全世界，让世界听到中国的声音！

## 激情与梦想的战略落地

方 盛

我最早见到吴云川女士的时候，感觉她就是一个年轻时尚的女企业家，充满创业者的激情与梦想，对员工有着强烈的事业感召力。坦白说，那个时候的企业规模小，新励成的前身，并不具备展翅高飞的基本条件及资源基础。所以，能够完成从卡耐基到新励成的蜕变，本身就是奇迹，是奇迹文化最根本的体现。

当时的我，还是一个自由职业者，给一不同行业的些企业及事业单位做战略规划咨询及营销企划服务，服务的客户中也有教育培训类的企业，但吴董所描绘的事业，于我而言是全新的，是此前未曾接触过的。

基于对客户负责任的基本工作准则，我去听了一次课，那是一个下午的课程，我坐在后排静静地体味课程本身的逻辑与结构，体会课程对学员能产生帮助的点，感知学员在课堂上的融入程度。那次课程的老师是詹歆，那次课程于我而言，是一场震撼的心灵之旅。

坦白说，我自己做过多年的教师，也有过长时间的执教经历，但还是第一次触碰到这类能够进入学员内心深处的课程，我当时的感觉是"像一片光，照亮了暗夜的黑"，是震撼。所以，我后来一直说，新励成的课程是有灵魂的课程。

就此，我们达成了一致，作为一名企业管理顾问，开始了我在新励成的一段"成就"之旅。

我们创立了新励成的品牌，规划了机构的连锁经营策略，也快速地开始了初始的规模化扩张，然后，经过多年的努力与拼搏，终于有了现在的新励成。

复盘新励成的成功之路，有一种力量至关重要，那就是"相信的力量"。这种相信源自于强大的内心，源自于自信，源自于对事业的执着。这种相信，是双向的，企业信任我，信任我的专业，而我也相信团队，相信团队的自我驱动力和超级执行力。这种无条件的信任，让初创团队迸发出巨大的能量，也让初始的新励成几乎在没有试错的前提下迅速进入拓展阶段。

连锁经营的核心要点是单点复制，单点复制的要点是基础经营单元的商业模式设计和团队，以及人才的复制，而团队复制的核心关键点是企业文化，企业文化的核心或底层是企业的信念和价值观，其次才是在企业经营过程中所形成的各种价值标准与行为规范。作为企业创始人的吴董，一直强调软素质教育的意义与价值，并直接形成了她经营企业的朴素哲学：帮助个人和企业提高软实力！进而希望把软素质教育纳入到九年义务教育体系中。立远志，才能致高远。企业的信念和价值观来自于企业创始人的初心和理念。在此基础上，我们提炼出公司的使命与愿景："成就个人，幸福家庭，和谐社会！"，而正是这种利他的企业文化，成为新励成快速发展最扎实的底层驱动力量。

拥有激情与梦想是大多数成功企业家的一项显著特质，激情与梦想的驱动，是所有成就大事业者所必备的前提条件。在新励成所有的高管身上，尤其是吴董、赵总、歆总、刘总、花校和林缨老师的身上，我们随时都能感受到这种激情与梦想的力量。新励成业务拓展初期，人才培养跟不上 LTC 拓展与建设的速度。这种情况下，歆总和花校几乎每天都是在超负荷地工作，她们身兼多职，既要运筹帷幄，又要担任具体的管理与执行工作；既要在业务一线冲锋，还要像家长一样引领呵护尚未成熟的团队，个中艰辛，难以言述。然而，当一项事业成为我们梦寐以求的追求，当我们自己都可以清晰地描述触手可及的未来，我知道，再也没有什么可以阻挡我们前进的脚步。

我一直以为新励成能够发展到今天是一个奇迹，因为，从战略落地的角度而言，新励成几乎不具备最基础的资源和条件，没有自己的品牌，没有自己的产品，资金短缺，人才流失严重，全部都是短板，后来我把这种状况总结为"沙漠化资源"。就是在这样的基础条件下，公司还是毅然选择了战略落地，立即执行！歆总经常挂在口头上的一句话"指哪儿打哪儿"，花校常说的"没有等出来的美丽，只有干出来的辉煌"。然后，奇迹发生了，新励成很快蜕变成为一家具有强大扩张能力的教育培训机构，并在这个细分领域成为行业龙头。勇于挑战一切"不可能"，把一个一个不可能变成可能，这就是新励成的奇迹文化。

2017年，我正式入职新励成，基于感召，也基于对事业的追求，当然，过程显然是不容易的，毕竟需要历经一个从自由职业者到职业经理人的转变。

在新励成的发展过程中，我们发现可参照、可学习的对标机构越来越少了，这样也导致我们在模式创新和快速扩张过程中遇到了诸多的困难与障碍。然而，我们有一个基本的判断与认知，能够成为行业第一时，就一定要不顾一切地快速奔跑，尽快实现行业第一的阶段性目标。在这个过程中，不断打破限制性信念，勇于挑战更高的目标，是让我们在"奔跑"中不至于迷失方向并能够持续精进的重要因素。

所有的成功都是拼搏出来的结果，荣耀的皇冠上浸满了新励成人的汗水与泪水。今天，我们看到新励成的规模和持续在多领域共同发力的协同效应，我们对新励成的未来充满信心！回顾企业发展的历程，尤其是面临企业发展的重大转折阶段的坚持与奋进，我们对企业文化作为企业发展最核心的底层驱动力，以及"所有的成功都是人的成功""做就好，越做越好"，等等，会有更深刻的领悟。

## 一路向上，感恩有您

吴美玲

### 缘起

人生就像一列单程方向的列车，这一路你与什么人同行就会有怎么样的人生，回首 7 年，故事平凡又很有意思。

缘起吴董，记得第一次见面。2012年，我在吴董的引领下来到新励成参观学习。当年新励成规模很小，但在吴董的介绍下能强烈感受到新励成在吴董心中的强大和伟大。吴董对我说计划在广州以外的城市拓展20个分支机构，新励成要做标准化，要做体系，所以需要我的加入。当时新励成仅有25名员工，对于那时还就职在大型连锁企业的我来说，心里的确有质疑和忐忑。但我从吴董的眼神中，读到了那份真诚与对教育事业的坚定，在她的言谈中仿佛目标就在眼前。

虽然有很多的不确定性，但吴董对于事业的专注、热情与执着，以及为人处事的真诚与大爱吸引了我。2012年12月我正式加入了新励成，与新励成同行。

### 挣扎

目标是远大的，但落到眼前的工作，却不容易。"九层之台，起于垒土"，有一种信念是坚定不移。

小公司做事灵活却会有不自主的自由与无序导致的浪费，第一个月我推行制度化、流程化管理，但并不是我想像得那么容易，有一定的阻力，也受到了大家的质疑，当时领导公司全面工作的詹总给我以坚定的答案：做！正因为有了一种相信和肯定的力量，管理改革成功推行并收到了成效，第二个月我成为了第26名正式员工。

詹总总是一马当先冲在第一线，她对事业的热情与奋斗状态，也感染了我。带着刚毕业工作不到半年的海欣，在公司治理上需要花更多力气。吴董寄托的"做标准建体系开分校"总在心中，更影响我的是接触公司的口才课程和学员后，发现口才是可以系统学习训练提升的。中国人比较内敛，不擅于表达或词不达意，往往因为口才的问题影响了生活和工作而不自知，焦虑和恐惧源于不自信，争吵与不理解往往是不懂沟通。新励成开始在我心中闪耀着光芒，中国经济转型需要教育的转型，而教育的转型，我想软素质教育是基础。

当工作被赋予了使命就像梦想插上了翅膀。多维度的工作像装上了发动机，我一边干着打电话邀约面试、人才引进、升级薪酬福利体系、解决公司经营合规性、营销支持的工作，另一边在繁杂的工作中梳理完善各项发展保障工作，建标准、建模版，优化制度流程，制定业务合作合规，推行负责人目标激励体系，更新全员岗位绩效考核说明。大半年过去了，感觉这趟列车只有加油阀门却没有制停阀门。每天白加黑忙碌着，与自己当初的选择小公司薪酬不高但应该轻松的认知有很大出入，累的时候也曾想过辞职，詹总亦师亦友地跟我说："你不能走，一切不容易，我们一起努力，会越来越好的。"话虽短，但坚定的眼神与同步的践行，真正做到"说你所做，做你所说"，"先做榜样，再做管理"，又一次被这种战斗力所征服。

"以共同遵守的规则为前提，相互信任和关爱的大家庭式的亲情文化"，公司的企业文化理念清晰地指引我们的行动。刚来到新励成，大家都喜欢亲切地称呼我"美玲姐"，有了这个"姐"的角色，似乎赋予我承担"家"的责任，兄弟姐妹之间既调皮又互相尊重彼此的工作。每天中午的企业文化虽然是短短的半小时，但像家庭聚会，一起朗读企业文化，一起分享文化故事，一起欢乐地跳舞，一起天真地玩游戏，我们自信地表达生活中、工作中的爱与感恩。到公司的第一年生日，我意外地收到小伙伴的礼物，太感动了，花校曾讲的"爱出者爱返"，一切都在兑现。

在奋斗的征程上，有一个人渐渐熟悉起来，那就是在公司兼管综合部的刘总。当时她还在"羊城晚报"任职，我在沟通中逐渐感受到刘总对公司职能工作的理解与支持，像是找到了工作知音，刘总给了我很多启发。2014年，公司计划全面发展，赵总和刘总全职加入公司的管理工作，这对于公司和大家来说是天大的好事。这一年赵总提出了"千日之战"，全国拓展学训中心和公司冲新三板，刘总也全职领导财务行政人事工作，在奋斗的路上，有了更强的领导班子，迅速发展的号角吹响了。

在公司越来越好的时候，上天却给了我一个考验，家庭的原因使我不得不停下脚步。2014 年我提请了辞职，刘总对我说："停薪留职一年，好好休息，什么时候可以了，公司随时欢迎你回来！"一股暖流流过心房，这是一份认可、信任和支持，当时我带着不舍离开了，也没有想过会有归期。

## 重启

志合者，不以山海为远。

缘份让我和新励成再一次牵手，在我离开新励成 8 个多月后，刘总给我打电话，说公司准备搬到达镖中心大厦，这么近你就回来上班吧。就这样，我回来了，小伙伴们还是那么热情，我很快就进入了工作状态。搬至达镖中心又开始了新的挑战。2015 年是公司全面发展的重要一年，学训中心在全国遍地开花，截至 2015 年底在全国开启了 18 家学训中心。

我深知人力资源在企业发展中肩负的重要责任，过程中有质疑、有肯定、有困难、有挑战，但不变的是自己的专注与努力。开拓渠道大量引入人才，在前进中不断优化团队，公司人员从 2013 年初的 26 人到 2015 年底的 180 多人，再到 2019 年约 500 人。这个过程，我们还不够强大、资源还不够充足，人事工作和行政工作一边在繁碌中前行，一边在优化公司的体系与治理，在快速发展中一路奔驰，一直有刘总的信任与支持，再次启程似乎有种全速前进之感。

速度第一，完美第二，不断在工作中修炼。世事无难事，只怕有心人。美好的明天源于今天的努力与坚持，选择一条对的路，不留余地地狠狠地扎进去，付出足够的努力、学习和实践。也似乎这种奋斗的过程有个不变的名词：累并快乐着。看着当年自己招聘到公司的伙伴，有在讲师的道路上不断增值和升级的，也有在学训中心管理道路上发光发热的，生活的美好之处在于送人玫瑰，手留余香……

在普遍的认知中，行政工作被认为琐碎没有价值，但真正站在公司治理的层面看，对于高速发展的企业，这是基石保障，更是发动链、润滑剂。带着对轻资产重知识的教育企业的认知，推动公司的商标注册、教具专利、软件著作权等知识产权工作，在当时还是小公司，这可以说是既不赚钱又花钱的事，但赵总说："干！我们需要研发创新，我们要促进口才行业发展。赵总的指示把我的思想拔高到新的层次，赵总赋予我们新的使命：一切为了行业发展。研究中心也全面投入到技术研发中，在徐豪老师、陶辞老师的带领下取得了奇迹般的成果。2016年，新励成教育通过了国家高新技术企业的层层审核并成功认定，列入国家资助发展的优秀企业名单。

### 蜕变

"人之所以能，是因为相信能"。我非蝶，但有你的指引与鞭策，我将从不断的煅注中蜕变。

从未想过，一直从事人力资源和行政管理工作的我，担起了公司董事会秘书的角色，角色的转变赋予我新的责任，边做边学习的过程带我走进了证券的大千世家，也让我有了更高的思考角度，崭新的历程有鲜花也有荆棘，感谢赵总一路的鞭策与指导。

2016年"千日之战"的号角，让我们一鼓作气向新三板冲刺。2016年，我兼任董秘，还没来得及整装，带着赵总、刘总的信任，2017年又接管人事行政启动证券之路。2016年，新三板冲刺之路的一切没有我们想像得容易，感觉是要在短时间内把十多年的历程一次性追溯复盘，但我们都有一个共同的目标：2017年必须敲钟挂牌。

倒计时的那段时间，财务、人事、行政从白天到晚上，从晚上到白天，部门的小伙伴们总让我感动满满，海欣、志毅、周维、少娟、茵谊……这帮90后的小青年，从白天到次日凌晨工作，走出公司大厦没有抱怨，大家还能一路自嗨，团队是越干越起劲，让我特别地感动。而另外，有一个让我特别有压力的上板条件：公司派出高管参加股转中心考试并需要达到85分。虽说我在接受董秘工作时已马不停蹄开始了专业的学习，但在短时间内，股转中心待考学习的 7 本书就像 7 块大石头。带着董事会的信任与期许，我远赴苏州参考，顺利通过的一刻，心头的大石终于放下。自主学习、自我驱动，奋斗路上每一步都算数。

在赵总和刘总的带领下，我们完成了上板的所有准备，迎来了上板审核，当券商传来"通过了"的消息，激动的眼泪夺眶而出，赵总很平静地说了一句："这只是又一个起点。"那一刻来得不容易，但开心只是一分钟，我们深知任重道远，我们肩负口才、软实力教育更重要的责任。

公司的证券之路，让我深刻地读懂了"董秘"的角色，即为新励成的全速发展保驾护航、为新励成的市值增量添砖加瓦、为新励成的市场认知融资助力、为新励成的伙伴成长创造环境。我们每位新励成人都直接或间接承担着让新励成学员不断成长，让更多的人加入新励成学习的责任。虽然路漫漫，但只要起程了，我们便风雨兼程，克服所有的障碍困难，我们相信新励成人可以不断创造奇迹。

2017 年，赵总提出了建新励成商学院，组建新大第一届理事会。我有幸参与了这个起步，其实当时我还没完全明白，带着"相信"，我发出了一封"第一届理事会理事招募"的通知。通知我写的是"我不知道……但我们需要……"，短短时间我收到了来自全国伙伴们几十封的申请，我想这也是因为"相信"。第一届理事会 7 位理事，方盛校长、栩標老师、张龙老师、陶辞老师、宝熙老师、虹锦老师以及我，如数到位。

短短一个月的时间，由创校校长赵璧主持的第一届理事会在广州之窗总部如期举行。赵校长给新大写下了"以奋斗者为本"的校训，五年免费，理事会理事利用班余时间投入了新大的筹备工作，没有任何回报。第一届新励成商学院开元领航班 2018 年顺利按计划开班。方校长给奋斗者赋予了新的定义：为客户创造价值就是奋斗者，也给新大赋予了远大的使命：筑基，笃行，成就伟大的梦想。

至此，第一届开元领航班已顺利毕业，第二届励行致远班准备毕业，第三届也将于 2020 年开学。理事会团队也更强大，15 人的团队，除了原有的

7位成员，更加入了伟君老师、昆晋老师、桂娟老师（新大第一届班长）、振鑫老师、巧红老师、智惺老师，还有专职班主任思唯老师。每一位伙伴都值得肃然起敬，探索之路永远充满荆棘，承载着压力与责任，我们孜孜不倦、砥砺前行。

### 未来……

"不破楼兰誓不还"，2019年伊始时，赵总的每句话都刻在心中，"哪怕我们只是点点星光，也将汇聚成一条璀璨的银河"。

赵总提出了第二个"千日之战"——"学训中心覆盖全国各省，公司冲刺IPO"。永不停步的号角一直在我们心中响起。乔哈里窗有个"未知的自己"，我想，打开我的未知的导师是赵总。他的睿智、大爱、远见、格局，他的一言一行影响了我，让我经历了痛苦后蜕变。IPO之路坚定了，不是终极目标，那也是一个里程碑，希望通过资本的力量上市的路径，让更多的人知道新励成，让更多的人加入到新励成的学习里。"成就个人，幸福家庭，和谐社会"，希望通过我们的努力，让我们和我们身边的人更正向、更自信、更善表达、更懂思辨，生活更快乐一点、家庭更幸福一点、社会更和谐一点，我想我们的人生会更有价值和意义。

### 一路向上，感恩有您

新励成，您的名字很平凡，但您的形象很高大。您输入了新励成人正能量的血液，您赋予了新励成人高贵的品质，您植入了新励成人共同的目标，您更让我们奋斗路上有了坚定的使命：成就个人，幸福家庭，和谐社会。

未来，我们将乘风破浪、勇往直前，我们要做中华民族伟大复兴最扎实的践行者！

## 我眼中的"再嗥"

陶 辞

在这次决定落笔之前,我有过两次冲动,特别想写点儿什么。

第一次是1月21日那天下午,赵总突然给我发来一张"入职四周年的祝福图片",那一刻我才第一次清晰地意识到,原来我已经来公司整整四年了,我跟赵总说"美好的时光总是过得如此之快啊,这一晃就4年了"。

说完,我甚至有点儿恍惚,但回忆又是如此的清晰,仿佛就在眼前。我记得帅哥(赵帅)第一次在国贸给我初面时的迷人眼神,记得静姐(詹静)在海淀给我复面时,方亮和宋国坐在静姐旁边那灿烂的笑,更记得三面时,在西直门地铁站,电话那头花姐(赵永花)的声音,我现在还听得见,这些画面都还那么清晰。

这四年,我不再只是单纯的研究哲学,不仅有了很多伙伴,还有机会将哲学有效地应用于口才和软实力的研究当中,这件事我一直很惬意,更幸福的是,这几年,我结了婚,也生了子,好像一切都是那么地自然而然,白驹过隙,忽然而已,很感慨。那天真的很想写点儿,但恰好家里人都来了广州

过年，说说闹闹的，转过脸也就没顾上了。

第二次的兴奋持续了几天，可能是和伙伴们很长时间不见了，有点儿说不出的压抑，虽然疫情带给我的低气压持续存在，但是"企业文化学霸挑战赛"和"线上颁奖直播"，却让我感觉到了扎实的快乐和温暖。

前几天，在文化工作小组的群里，礼宾姐（王礼宾）、虹锦（朱虹锦）、巧红（杨巧红）和雪雯（张雪雯）热热闹闹的组织学霸挑战赛的时候，就很暖心，后来大家热火朝天地刷题时，那节奏真是太欢乐了。

### "再嗾"这个词

我猜，有些伙伴第一次看到"再嗾"这个词的时候，很有可能把它看成了"再缘"，因为我也是。

2019年1月14日那天，企业文化小组正式成立，最开始小组有云川姐（吴云川）、美玲姐（吴美玲），我们3个人。到23日那天，又加入了宽宽（霍金宽）和滢滢（卢滢）。就在我们小组人手齐备，准备大干一场的时候，突然发现，我们的行动缺少一个代号，当时我们想了很多名字，不过总是觉得差点儿意思，一筹莫展。

过了大概10天的时间，赵总在参加小组会议的时候，给出了一个代号的方案——再嗾，最开始文化小组是没有采纳这个方案的，觉得语感上读起来总像是"再会"，再见的感觉，不是很好。但当时又没有更好的替代方案，就先临时用着，结果这一用倒好，上瘾了。总说总说，说久了之后，我们发现，我们为什么要文化升级，为什么要文化驱动变革？不就是要跟一些过往说再见吗！我经常说老大的文学素养和水平高，从这个词就可见一斑，虽然他本人从来没有承认过。

单看再嗾这个词，仔细品，真的好，怎么个好法呢？一个好事成双的双字词，一个字典上都没有的词，一个专属于新励成的词，而且，一词两字三意，更关键的是，词的含义跟我们无缝贴合。

第一个意思，是"嗾"。这个"嗾"看似名词，实则动用，这不是我们第一次做自己的企业文化，在8年之前，公司就专门做过一次，就嗾过一次，我们为什么会有文化自信？因为优秀的文化，曾经支撑新励成走过了 8 年多，但公司发展到今天，社会环境有变化了，公司规模有变化了，运营结构有变化了，人员也有变化了，很多事情都有变化了，文化升级也势在必行了。

所以就有了第二个"再喙"。再一次，做自己的企业文化，老大说这一次要做得更透彻、更深刻，最少要支撑新励成走过至今。

新励成上一次的文化旅程有 8 年，接下来有第一个 10 年，这就是第三个意思，和过去的 8 年再会，和未来的 10 年"再喙"。

单说"喙"这个字。惠州的知名企业 TCL 曾经有一个非常经典的文化变革，名字叫《鹰的重生》，讲的是老鹰到了一定的年龄后，喙和爪子不好用了，羽毛变得厚重了，面对生存的问题，它会飞到很高的悬崖上，敲掉自己的喙，慢慢等待长出新的喙，再用新的喙啄掉自己的指甲和厚重的羽毛，继而获得新生。除了老鹰的喙意之外，我们公司的主航道是口才，口喙同源，以喙意会。

可以说一个企业决策层对于文化的重视程度和共识程度，决定了企业文化建设的成与败。对于新励成而言，就我个人视角而言，我感受到的是希望和未来，对此，我充满了信心。一整年文化工作中积累的采访和交流，让我快速成长，也让我对"再喙"充满了信心，有些内容让我至今感触颇深。

## 亲情文化

无论是 2019 年文化调研问卷所展现出来的，很多伙伴对于亲情文化排序的争议，还是私下聊天时，一些人对于亲情文化在公司这个发展阶段是否适用提出质疑，我都觉得应该梳理清楚。

对于亲情文化而言，你叫它亲情文化也好，亲人文化也好，家的文化也好，或者叫大家庭文化也好，其实表达的基本上是一个意思。

在公司跟一些文化认知或者经验比较丰富的伙伴交流时，有些人是比较笃定的，坚持认为公司这个阶段已经不再适用类似"家的文化"了，有人也给我举了联想的例子，来证明他的观点，事实胜于雄辩，而且联想集团有限公司（以下简称联想）这种级别的企业，的确是具有代表性的。

2004 年，联想大裁员，有员工在联想的内网写了一篇文章《联想不是家》，这篇文章讲述了联想快刀斩乱麻且不留血印的裁员过程，主要观点是"员工和公司的关系，就是利益关系，千万不要把公司当作是家，领导犯下的错，只有普通员工来承担"，这个事件，使联想经历了一次集团层面的文化考验。原本以为联想会做出否定的回应，结果，柳传志先生在随后的一次会议上做出回应："员工真不能把企业当家，一个企业应该遵循的最基本原则是发展，企业前进的主旋律只能是战鼓激昂"，其实在这之前，家文化还是联想的主旋律文化。

后来，柳传志先生也做了类似的阐述："家是什么感觉？无论你有点不聪明还是傻，你懒惰不上进，还是做事一错再错，可都是自己的孩子，为人父母，管还是要管的。但企业是要发展的，没有永远的员工，也没有永远的团队，永远不变的只有公司利益的最大化，对于企业来说，给你工资，你就要创造价值，没有创造价值，你就不再有存在意义"。

我们怎么理解企业中的家文化，或者什么样内涵的家文化、亲情文化，是应该被提倡的呢？

直系血缘关系的关系底层是天然的信任、接纳、包容和爱，你不会怀疑你的妈妈，而妈妈对孩子又是天然的接纳、包容和爱，甚至是溺爱。而在企业的成员之间，能做到溺爱吗？几乎不可能，连爱、接纳和包容都很难，至于天然的信任，太多人也都是做不到的，你是需要接受审视和考验的，考验成功之后，你才有进一步协作的可能。

所以，对于每一个提倡家文化和亲情文化的企业而言，是否弃用"家文化"，其实不是什么很大的问题，能否坚持才是真正的困难。当企业的规模越来越大，天南海北、中外东西的成员越来越多时，我们还能坚守住最初的那份"天然的信任、接纳、包容和爱"吗？

正如萨提亚·纳德拉在《刷新》中所暗表的：大家庭文化的强与弱是和一个企业的格局成正比的，这种格局不仅在比尔·盖茨、鲍尔默和萨提亚·纳德拉，如何对待微软其他成员的时候会展现，也存在于微软的成员彼此之间。

华为技术有限公司（以下简称华为），是我们国人的骄傲，是类似军队的文化，但这并不影响华为组织内部成员之间相信、接纳和包容等等力量的传递，华为设定的研发比例和每年的研发投入，难道不是对创新以及创新者的相信，对他们那鲜明个性的接纳，对全世界范围内人才的包容吗？试问，又有多少企业可以做的到？

文化的称谓叫什么，是什么主旋律这很重要，但更重要的是文化的内涵，是文化内涵中所传递出的，对于过往的接纳、对于精神的传承、对于未来的希望。文化是一种现实，但更是人们思绪中最为可贵的意志，是奋斗者内心那不灭的灯火，是大格局者写意的天下江山。

"成就个人、幸福家庭、和谐社会"

"以学员为中心，以奋斗者为本"

我非常喜欢这24个字。

一如喜欢《企业文化》开篇我写的那一段话：

"如果你问我：企业文化有什么价值？

我会反问你：你想成就什么样的企业？

你是在透过文化做企业？

还是在透过企业做文化？"

2020年，不寻常的开始，希望在疫情区的伙伴们注意安全，也期待我们复工后的相见。

希望黄鹤楼再次人潮涌动，希望所有在一线奋战的，那些不知名的英雄们，早些平安回家。

## 行动是梦想最高贵的表达

王礼宾

工作这些年，职场上见过形形色色的人。有人说这个时代"懒癌"盛行，"懒"似乎成了部分年轻人的代名词，职场也是如此。踏入职场的年轻人，有离家三个站都嫌路途太远的；也有一工作就喊累，一下班就精神抖擞的。但也有一群人，他们初入职场便能快速脱颖而出，他们与"懒"无缘，永远精力充沛。

我刚入职新励成时，看到同事们在奋斗群为月度销冠点赞送花，其中有个姑娘我印象很深，她叫金枝。当时还不认识她，小姑娘的头像让我很意

外，想不到这销冠如此年轻，于是特意打听了一番，同事说金枝之所以能在短短时间成为众多课程顾问中的销冠，而且不止一次荣获冠军荣誉，背后下了很多的功夫。这个小姑娘对自己的生活、工作要求很严格，她有很强的计划性，她联系学员的数量总是最多，同样的时间单位里，服务学员的效率也是最高的，工作之余还热爱运动，有人说每次看到她，总是在忙碌，而且总是笑容可掬……

这些评价让我对这个小姑娘好感倍增，于是加了金枝的微信。她的朋友圈里天天都有新内容发布，有条不紊的工作照片，把每天的课程互动和亮点全部记录在册，有时晚上11点多还在学训中心服务学员，无论多晚都是笑容满面。朋友圈的另一面，是她的各种运动健身照，无论前一晚多晚下班，早上她都会准时出现在健身房打卡，这大概是众多"懒癌"患者无法想象的。

对于大部分人，偶尔的自制力不难，难的是持之以恒。工作和生活的状态是相辅相成的，对生活要求越高的人，越容易达成工作目标。金枝用"自律"诠释了她的行动力。这张年轻的面孔瞬间让我肃然起敬。

对于年轻的职场人而言，升职、加薪、嘉奖、完成一个漂亮的项目……是大多数人的梦想，能想会说话的人随处可见，但能将梦想付诸于行动的人，才真正拉开了职业发展的距离。

有个老同事叫张纯，是部门三位轮岗管理培训生中并不起眼的一个。张纯给我留下的第一印象是勤快。每天她第一个到公司，把办公室桌面整理得干干净净，还帮同事们整理好桌面和公共区域。张纯给我的第二个印象是及时反馈，交给她的工作，无论当天是否做完，下班前她一定会给我反馈，并告诉我进度到哪里以及预计什么时间能完成。工作高效也是她的一个特点，我观察到虽然另外两名管培生比张纯加班更多，但她总是三个人中工作完成效率最高的那个。

一天中午和张纯一起吃饭，她聊到学生时代，从大二起，张纯就一直兼职打工赚学费，由于事情特别多，同时要兼两三份工作，还要兼顾学业，于是她把时间分段，在本子上把事情按缓急作了区分，先做紧急的事情，同时列出阶段性计划，养成随时翻开记事本的习惯，"今年计划明年事、本月计划下月事、今天计划明天事、上午计划下午事"成了张纯的座右铭，这个习惯帮助她在打几份工的同时考上了研究生。张纯说现在她把这个习惯带到职场中，感觉工作也挺得心应手的。果不其然，不到一年，张纯就从三人中脱颖而出，提前结束轮岗，在大项目部任职经理，是经理级中最年轻的一个。张纯的行动力，来源她的好习惯——要事优先、计划性强。

但是并非任何"立即行动"都是值得提倡，行动力也有"智慧"和"盲目"之分。"听到指令立即行动"属于盲目行动力，虽然没有懒惰和拖延，却少了思考，很可能达不到执行的目的，导致整日埋头苦干却没有成果。有智慧的行动力，才会对于企业和个人产生价值。行动力再深一层便是思辨力，即带着脑子去做事。

高效的员工在接受工作时，总会多问几句，做这件事的原因是什么？你希望达成什么目标？是否有预算或其他特殊要求？什么时间必须完成等。提问题是为了更好，更快地完成工作。十几年前有幸曾听过当时比较知名的一家家电企业的内训课，老师有句话给我留下深刻印象——"如果我接受一个面上的工作，我会把这个面上的每个点都吃透；如果我接受了一个点上的工作，我会把这个点挖到最深。"由此可见，思辨力、计划性和目标感是行动三要素，合起来才是有智慧的行动。

成长是个渐进的过程，刚开始容易凭一股猛劲往上冲，结果发现光有热情不够，精力耗费却离目标很远，容易心生挫败……行动力的目标是产出结果，无论接受什么工作或任务，先对每个细节加以斟酌，对过程的风险加以防范，对目标达成进行策划；不仅有计划一，还要有预备计划随时应对变化的能力，最终达成目标。

职场上有些人看上去很有潜力，拥有漂亮的学历或任职背景，实际工作中却拖拉磨蹭、丢三落四，自我感觉良好导致难以接受别人的建议，最初的光环很快被其所做所为抹煞。还有些人，看上去低调普通，工作起来严谨认真一丝不拘，用实际行动获得认可和晋升。这也是行动力的差异，行动是实在的，与过往的光环无关。

未来不会凭空而至，仰望梦想，脚踏实地，行动是梦想最高贵的表达！

# 我的演讲奋斗之路

徐 豪

我的演讲之路，大致可以分成以下几个阶段：敬而远之、彷徨迷茫、奋发图强、立下志愿、摸爬滚打、贵人相助、教学实践、桃李天下、展望未来。

## 敬而远之

说起演讲，我曾经是只有羡慕的份。每当看到别人在舞台上自信从容的表达，常常幻想自己也能和台上的人一样倍受瞩目，但又从来不敢争取上台的机会，无论是演讲比赛、集体发言又或是登台辩论等活动。其实原因很简单，当时的我害怕上台以及害怕由此带来的不自信的感觉。我也一直认定自己是一个内向害羞的人，所以肯定不是演讲的料。

## 彷徨迷茫

2002年12月，我离开祖国，第一次坐飞机就飞了十多个小时，到达英国的苏格兰，在位于邓迪市的阿伯泰·邓迪大学攻读硕士学位。初至异国，一切都是新鲜的，而在学业上的挑战，实际上也并没有想象中的那么大。真正的难点，在于演讲。在这儿，动不动就要上台演讲，阐述观点需要演讲，讲解项目需要演讲，辩论需要演讲，论文分享需要演讲，学术交流需要演讲。面对这么频繁的不可避免的演讲，我一下子蒙圈了，每次都是硬着头皮上，效果可想而知。到底要怎样才能快速改变这种状况，再也不用在演讲这件事情上出丑呢？我曾经靠着自己的摸索努力地去提高自己的演讲水平，但收效甚微，准备好的的内容，一上场就好像跟你捉迷藏一样地消失了。等从台上下来，这些内容又调皮地显现在我的脑海里，这种内心的懊恼越发加重了我的溃败感。

## 奋发图强

中国人内心的那种民族自豪感和自强感很多时候也在不断地激励和鞭策着我，每当看到外国学生能自信自如地演讲的时候，心里面只有一个想法——一定不能输给外国人！正是这种好强的心理，让我在练习演讲的道路上虽然走得跌跌撞撞，但从不曾放弃。我在想，什么样的方式可以让我的练习效率提升，甚至是在短时间内超越那些从小学就开始习惯了演讲的外国人？

就在我不懈地找寻的过程中，我领悟到了一个观念：优秀的选手都有优秀的教练。我之所以很努力但进步慢，是因为没有教练的指导，所以走错了路也没有人提醒，只能一次次地试错，浪费了宝贵的时间和精力。我通过网络搜索，了解到安东尼·罗宾是西方当代著名的演说家之一，他的演讲具有改变人们命运的能力。我非常好奇，也非常渴望能向这样的人学习。安东尼·罗宾的总部在美国的纽约，但当时他每年都会到伦敦来授课。所以，我

几乎没有犹豫，报读了他在伦敦的课程。当时由于资金的限制，在 8 000 人的课堂中，我只购得了中间偏后的位置。然而，我如饥似渴地学习，我敢说我是全场学习最认真的一个人。如今距离我第一次在安东尼·罗宾的课堂学习，已经十多年过去了，但他当时用美式英文讲的很多原话我至今都能背诵出来。在他的课堂上，我突破了多年的演讲恐惧，学会了突破状态，激发热情，也见证了顶尖演讲者的气场与感染力，并学会了正确的模仿与建立自己演讲风格的方法。更重要的是，在那一次在伦敦的训练中，我立下了一个了不起的志向。

### 立下志愿

我决定，我要回国从事教育培训行业，用我的演讲来影响人，改变人！我要帮助中国人掌握找回自信与快乐的方法，帮助中国人建立强大的信念，树立对人生、家庭、事业、和国家有益的价值观！

通过我自身的经历以及观察，我发现，传统的教育，从小学到大学，能让人学会某些技能，可以去养活自己。但是，我们的教育中，却很少教人如何自信，如何快乐，如何与人沟通，如何恋爱，如何经营婚姻，如何教育孩子，如何获得人生的幸福与成就。所以，我觉得我有责任来传授学校里不教或很少教，但对我们一辈子又非常重要的能力、方法、和思想信念。而演讲，就是一种最重要的传播方式。因此，在英国攻读硕士以及做博士研究的期间，我如饥似渴地学习，不但学习自己的本专业，还参加各种培训，除了继续向安东尼·罗宾学习外，我的老师还包括思维导图的发明人、被誉为大脑先生的托尼·布赞，曾经获得过八届世界记忆大赛冠军的多米尼克·奥布莱恩，演说家博恩·崔西等。

### 摸爬滚打

2010 年，我回国了，下半年就进入了培训行业，从给老师拎包开始，第一个月拿到手的工资是 1 888 元。虽然要从基层开始，收入也很低，但这并没有磨灭我的志向。在 2010—2011 年间，我辗转了三家培训机构，因为我要了解这个行业并找到与我的志向与价值判断一致的公司。最终，我选择了新励成，新励成也选择了我。

从初入培训行业到初上讲台，我用了接近一年的时间。这段时间，我在培训行业的多个关键岗位都呆过，包括助教、客服、销售，以及讲师。这期间的摸爬滚打是辛苦而又快乐的，然而，囊中羞涩也会偶然给我带来一些苦恼。

## 贵人相助

自 2011 年加入新励成以来，我的演讲事业发展进入快车道，这得益于新励成这个平台，也得益于通过这个平台结识的诸多贵人。

第一个遇到的贵人就是新励成的创办者——吴云川女士。她有一双能够发现别人优点的慧眼，并善于表达与激励。在这样春风化雨的领导者的带领下，我的能力与潜力得以发掘并释放出来。也是在吴总的鼓励与新励成同事的支持下，我们创立了广州市演讲与口才促进会，我成为了第一任执行会长。

新励成的讲师刘志欣老师，在我的讲师道路上为我指点迷津，让我少走了很多弯路。

新励成的詹歆副总裁也给了我很多支持与鞭策。另外，詹歆也是我的太太，我们是在英国相知、相爱的，并在一个有着百年历史的教堂里举办了朴素又隆重的婚礼，那是在 2005 年。

后来，赵璧董事长的加入，带领新励成成功实现新三板上市，以及他的演讲行业产业大联盟战略，也拓宽了我的视野与格局。

2015 年 3 月，在新励成的广州年会上，我见到了两位共和国演说家，李燕杰先生和彭清一先生。这两位耄耋之年的老者是新中国演讲事业的开拓者、先行者，他们的风范与气魄给我以极大的震撼与鼓舞，让我不知不觉拔高了标准！就是在那一次，彭清一先生的名言成了我和很多新励成同伴们的座右铭。彭老说："一个人没有激情和热情是很难成功的，激情和热请是什么,就是一个人对工作、学习和生活高度责任感的体现!"

后来,我去北京的时候,有幸有机会多次拜访李燕杰先生。在他位于首都师范大学的中华文化传习馆,成了我永恒的记忆。李燕杰先生是演讲家、教育家、国学家、易学家,然而对待年轻人,却和蔼可亲,有问必答。他对党的忠诚,对事业的热忱,对人的恳诚,成了我学习的榜样。先生之风,高山仰止,虽不能至,心向往之。李燕杰先生的金句,"做得了大事做大事,做不了大事做小事,做不了小事不做事,千万不要做坏事;帮得了大忙帮大忙,帮不了大忙帮小忙,帮不了小忙不帮忙,千万不要帮倒忙",不但我自己牢牢记住并努力践行,我也让儿子记住并践行。我到贫困山区去支教的时候,也把这个话讲给那些留守儿童们听,他们也能够记住。而李燕杰先生叮嘱的要"拔一把毫毛,变成千万个孙行者"也让我开始重视人才的培养与事业的传承。李燕杰先生的书《人生九级浪》对我的影响最深,让我学会了豁达热情地面对人生。

颜永平老师也是我演讲道路上的一位贵人。我曾经参加过颜老师的"高级演讲与口才特训营",帮助我修正了以前在演讲上不规范不专业的地方。

还有一位贵人是娜塔莉·罗洁丝女士,她是知名的演讲训练 *Talkpower* 的创始人,她的演讲专著 *Talkpower* 被翻译成十几种语言在世界各地出版,是演讲领域的畅销书。2012 年,新励成引进 *Talkpower* 课程,我是这门课程的翻译者,包括课程手册,以及娜塔莉老师的现场授课,都是由我翻译的。这次经历,让我接触到国际上不同风格的演讲流派,拓宽了我的视野与思路。

当然,在我的成长与发展的道路上,还有很多贵人,他们都曾经无私地帮助过我。也正是有这些贵人,让我的事业经历了从成长到起飞的过程。非常感谢我生命中的贵人们!

### 教学实践

好的演讲绝不只是空喊口号式的激情表演,而要言之有物,是根植于实践的土壤中的思想之花、思辨之美。内容是演讲的血肉,思想是演讲的灵魂。然而，好的内容从何而来呢？我认为这就是我们实践的土壤。不同的土质，适合生长的作物不一样，不一样的经历和背景，造就了千变万化的演讲。以演讲和演讲教育为己任的人，绝不能只停留在华丽的辞藻和漂亮的表现形式上，更需要深刻的实践，去劳动，去创造，去交流，去碰撞，去思考，去总结。演讲只是形式，而非目的。把我们在实践中的感悟与智慧分享出去，使人知，发人思，促人行，才是目的。

演讲家必须首先要是实践家。因此，我决定不但要读万卷书，还要行万里路，交万名友，研访万家企业，深刻体验环境、经济与人文环境对人的塑造和影响。这是一个长期的大工程，也是我汲取丰厚营养的土壤。于是，我创办了广州游美，把我们的课堂和实践延伸到了祖国更广阔的地域，带领着我们的学员穿沙漠，钻丛林，过雪原，爬高山，并从南到北接触各行各业、众生百态，边实践，边感悟，边总结，边演讲。这些年，我们与车技入神的沙漠老司机一起烤过羊肉；与防风治沙的工人们一起植草方格，固定沙丘；与企业家们探讨商业价值与社会价值的结合，打通企业持续发展之路；与坚守信念的老人见证20年愚公移山式的艺术城堡的建造；与多次参加过重大任务的特种兵一起摸爬滚打，水里来，火里去，感受铸造和平之剑的坚毅与热血；也与乡村教师们一起走进田间地头，走进一位位困难学童的家，倾听他们的声音，提供力所能及的支持……

深刻而又丰富的实践，热情而又智慧的演讲，这一切，一旦开始，就根本停不下来。越经历，越热爱，越热爱，越执着。这样一个千载难逢的历史阶段，这样广袤而丰富的中国大地，这样鲜活而热情的同胞乡亲，为我们的事业与人生的发展提供了最丰厚的土壤与环境，处在这个时代的我们，是何其地幸运！时不我待，只争朝夕！

## 桃李天下

依靠大家的努力奋斗，新励成一步步把学训中心开到了祖国的大江南北，我授课与演讲的足迹也随着新励成万里乘风。支持和帮助到的学员也越来越多,单场演讲的听众或学员也越来越多。我主讲的课程,也经历了从做加法到做减法的飞跃。以前我主讲"当众讲话""青少年自信口才""演讲艺术""心理素质""高效记忆""情绪管理""领导力口才""影响力导师班"等课程,包括重新设计和开发了经典的"心理素质"课程,可以说是公司需要我讲什么就讲什么的全能型战士。现在,随着讲师队伍的壮大,我可以把精力更加聚焦,专攻"领导力口才""青少年领导力"课程,做到精益求精。

令人兴奋的是,现在,越来越多的学员通过我的课程而获得了巨大的改变与成功,也认为我是他们生命中的贵人。

**展望未来**

展望未来,我充满信心。我的目标是成为一个全民教育家,通过演讲与公司的力量将全新先进的教育理念和方法传递给家家户户,让中国人从小就能享受到高品质、全方位、全周期的教育服务,不断提高中国人的软实力,让每个中国人都能自信地站在世界的舞台上,令世界刮目相看!

## 我的奋斗故事

李晓青

说起奋斗故事，我在思考要写什么，

是写无数个深夜回家欣赏的广州夜景？

还是每个月大家奋战到最后一天凌晨拍下的每一张温暖的照片？

还是每一个学员在加入学习之后真挚的感谢？

还是团队遇到难题时的互相支持和鼓励？……

在新励成的企业文化带领下，每个人都有值得赞美的、相同的或者不同的奋斗故事。五年前，我没化妆的时候，别人问我"你化的妆怎么这么好看"，五年后，我化了妆，别人问我"你怎么没化妆"。我想这就是青春奋斗过的痕迹吧。今天，借此机会，我也来跟大家分享我的收获和故事。

### 销售那些事

我是在 2015 年 7 月份加入新励成的，这是我第一份正式的工作。

我从没做过销售，销售岗位有很多我不懂的，"客户沟通、电话邀约、销售流程、介绍课程、谈判、开场主持……"很多东西都要从零开始。也许就是因为是一张白纸，让我比其他人要更加努力。至今，我还能够很清晰地想起当时刚入职的时候，那几千字的课程介绍，我们要把这课程介绍一字不落地背下来。入职的第一周，我基本是自己默默背诵。今天我在咨询室背了一整天，明天我在教室里面背了一整天。本来是照着念的，到后来变成了背诵，到后面变成了边走边读，最后找到了感觉，朗朗上口，感觉就像在演讲一样自信。

培训过程中，我进步比较慢，电话邀约一直出错，感到压力，信心也受到打击。但我相信天道酬勤，幸运的是最后果真取得了好成绩。

短短一个月的学习，我享受这个从"0"到"1"的过程，也体会到了学员在新励成学习进步的成就感，深刻理解到我们工作的意义。

我已经数不清在新励成帮助过多少学员加入学习了，很多学员后来成了我的密友，成了我的兄弟姐妹。现在还能经常收到学员互相的问候和用心的礼物，这都是在工作当中非常美好的事情。每一次得到学员的认可，都会让我增加无限的能量。

还记得，刚来新励成工作，我接触了几年前在新励成学习的同学，其中就有我非常喜欢的钰姐。从给她发信息没得到回复，后面经常地问候到渐渐有了沟通，两个月的深入沟通和帮助后，钰姐还加入了卓越课程的学习，成长变化非常大，在工作上也快速取得了好成绩。后来，钰姐很开心地跟我分享她的学习收获，说"晓青，谢谢你那么热心和大爱，如果不是你那么努力用心，为我着想，我不会有去学习的想法。因为相信你，我想要去尝试，想要改变自己"。最后，还是我到钰姐公司，帮她办理的学习手续。

后来，在短短一个月的时间里，钰姐帮助了她先生、婆婆、朋友、女儿加入了"生命的绽放"课程学习。因为信任，钰姐放心地把一家人的学习安

排交给我。我深深地知道，我们做的并不只是销售，而是在帮助大家提升幸福感，提升能力。

通过钰姐一家的学习，和帮助无数学员以及他们背后家庭的成长，我更理解了我们的使命"成就个人，幸福家庭，和谐社会"。

为学员的成长，奋斗着。

## 管理那些事

2016年12月，公司给了我机会，让我担任天河学训中心的销售主管。

我开始从销售的岗位转到了销售管理的岗位，这也意味着我要承担更多的责任，学习更多知识和技能。从销售到管理，这个过程中有很多的不容易，也经历了沮丧和无力。

第一次做管理工作，我不断地在摸索管理的方法，我把大量时间投入到工作中。我的同事经常问我，"晓青，你都不用休息的吗？你有私人生活吗？你不需要娱乐时间吗？"大家都说我带领的团队充满活力，既能干也能玩。当我足够热爱这份工作，足够投入和享受这个有滋有味的成长过程时，工作能让我兴奋起来。跟团队在一起的时候，工作即是生活。我非常认可公司的"亲情文化""投入激情工作享受快乐生活"的工作理念。

在2017—2019年，连续三年，我都带领着大家筹备公司年会的表演。从2017年的《非诚勿扰》，2018年的《新励只有你》，到2019年的《励成招聘会》，从无到有，从半成品到成品，自编自导自演。我们用两个月的时间定方向、选主题、写剧本、选角色、选配乐、挑选道具，不断地修改剧本，一次次地演练和排舞蹈，每个片段都源于我们的工作和生活中的点点滴滴。当大家给这个节目提建议时，我是很有压力的。以前的我，不擅长编导，但是我可以更加用心。我开始在日常工作中提取素材，激发大家的想象力，尽情创作，最后才有了属于我们自己的原创小品，用能够给大家带来快乐的方式来跟大家分享天河团队的故事。

为带好团队，服务更多的学员，奋斗着。

## 选新校址到负责人那些事

2018年，是特别的一年，在这一年天河学训中心乔迁新址，进驻珠江新城。

2018年3月，我就开始找场地，沟通过十几个中介，跑过几十个地方。3个月过去了，仍然没有找到合适的场地。当时我就想，今年可能无法实现搬迁了。但是，我特别希望我们能有一个新的工作环境，学员能有一个更好的上课环境，所以重燃信心继续找。终于，功夫不负有心人，我找到了心目中的校址，这就是我要找的地方。于是，新址开始了装修工作，让我又获得了新技能。

印象最深刻的是关于软装的事。为了能够找到质量好、性价比高的材料，我真是费尽心思。我对比了多家商家，终于找到一家最合适的，带上嘉薇，我们一起去工厂看板材。反复对比，商讨，设想这些家具在校区的样子，经过几个小时，我们敲定了所有的家具。想象这些家具在新校区的样子，心里美滋滋的。然而，回校区的路上，突然下了大雨，我俩撑着伞在风雨中艰难地走着，像极了电影里面的情节。

经过一个月，我们把校区里里外外配齐了，一个空荡荡的地方变成了我们的家。

2019年11月，天河团队也突破了单月100万的业绩。为了大家的成长，每一个细节，我们都很用心。

2019年4月，也是我做主管刚好两年半的时间，我有了一个新的身份——天河学训中心负责人。这个身份是对我过去几年工作的肯定，让我有了更多的责任。这份责任让我有了做榜样的信念和力量；这份责任和力量让我在2019年能够时时刻刻带领团队盯住目标，在今年也拿到了较好的成绩。

为支持更多人的成长，时刻奋斗着。

至今，我在新励成已经工作了四年半了，在新励成的每一段时间、每一段经历都给了我很多的养分。

3年的销售，每年都获得"全国10强"的荣誉。

2年的管理，带领团队拿到全国冠军团队的荣誉。

我美好的年华是在新励成度过的，这美好的年华比我想象中的还要精彩。而这只是开始，对于以后，我已经充满了期待，奋斗的心和奋斗的精神一直都在。

感谢新励成的领导和家人，让我在年龄不断增长的过程中，青春和活力却在不断叠加。

感谢新励成，让我增强了能力，更有使命感。

奋斗的路上，有你，有我，有我们。

奋斗的路上，书写蜕变，书写责任感，书写使命感。

奋斗的路上，成就你我他。

## 先做榜样，再做管理
刘传芳

回顾在新励成的一年，精彩纷呈，有太多话想说，一时却又不知从何说起。

想起陈继儒先生的《小窗幽记》里有一句话，从2014年鞭策我至今，一直烙印在我内心深处的职场信条，"倾财足以聚人，量宽足以得人，律己足以服人，身先足以率人。"

当然，这是继儒先生的排序，而在我亲力亲为的职场生涯里，我给自己的要求是："律己足以服人，身先足以率人，量宽足以得人，倾财足以聚人。"

### 律己足以服人

顾名思义：严于律己才能使人信服。

2018年10月23日是我接手无锡校区的第一天，我是有些局促不安的。原因有二：一是我的先生在此；二是我的伙伴很黏"前任"。不用多想，第一条于我是最大的挑战。因为四年前，我们就是同事，也是打那起，我的求职原则是夫妻绝不在同一家单位。然而爱情可以穿越一切底线，我来到了新励成，经历了十分难熬的第一个月。这也是我跟自己对话最多，我不断搞定自己的一个月。

就像你一个人只身来到了一座孤岛，准备用你那尚能运转的大脑和健全的体魄，开辟一片新的天地，然而，你发现，你要把这些先埋藏在心底，去全身心了解你全新的另一半和那两个可爱的伙伴。跟她们一起先划一块地，一起去刨，去开垦，去种植，去培育，去收获，去总结，再去刨，再去开垦，去种植，去培育，去收获，去总结。在过程中享受，享受着彼此磨合，彼此了解，再到一起确立方向，制定目标，共同达成。

其实，总结下来，就是修炼自我内在和外在的自律。

自律于自己的心，不要太过急躁。

自律于自己的眼，不要只看不好。

自律于自己的嘴，不要总是念叨。

自律于自己的手，不要总是指点。

### 身先足以率人

这让我想起我还是职场小白的时候，我的直属领导为我们做出的典范，在领导带领我突破自我的四个月里，我深深地感受到榜样的力量。也是那四个月，改变了我的性格和我的人生轨迹。记得那时候，部门出现大的变故，几乎所有的人都走了，只剩下我师姐一人，师姐陪伴我，在每一次突破的过程中，都是他们给我做示范，然后教我，再训练我。就这样，我熬过无数个日日夜夜，还看到过数不清的"凌晨四点半的月亮"。

我从第一次"都市生存挑战"失败被骂哭，到最后成为部门负责人，带领伙伴进行8次"都市生存挑战"，拿到最佳结果，再到走过几十所大学，进行上百场培训，到企业进行内训，那是曾经的我从未敢想过的经历。但还是在师姐的带领下，我做到了。最重要的是，我学会了更爱自己，懂得了人生可以自己过，路可以自己选，再也不用做别人手中的"提线木偶"。

正因为这样的经历和自我成就的信念，我相信，每个人都可以被成就，

也值得被成就。就这样，在新励成的第一年，无论是信念还是技能，我努力做好标杆，成为伙伴们的榜样。从帮助丫丫从一名不敢直视别人眼睛说话的行政小姑娘到成为校区最佳高级顾问；从帮助小琼老师不知如何主动跟客户聊天，到独立侃侃而谈，成为校区和学员中的焦点，从帮助单打独斗的思宇老师重新梳理职场规范，发挥独特的讲师魅力风格，到如今成为校区得力主管。帮助和成就更多学员更多伙伴，等等，这些都是让我倍感幸福和快乐的所在。

在这一年里，我和团队的共同成长是我做得最让自己满意的地方。因为他们的个人和家庭都比以前好，且以同样的方式在影响和成就着我们的学员，我感到无比欣慰。这是来自内心深处的骄傲和自豪。

我相信，任何人在迷茫的时候，去做就好，成为标杆，一定会越做越好。

## 量宽足以得人

理解为：宽以待人能够得到人心。

我们都知道，在管理的过程中，人才是最重要的，选用育留，任何一个环节，都需要考虑到"人"。而从"有人"到"得人"，最重要的是，对方的内心深处有没有觉得自己在这里"是个人""算个人"，最好是个"有点分量的人"。而这取决于站在他的角度所看到的我们的态度和处理方式。而这个时候，在规则的前提下，宽以待人，尤为重要。

那如何做到宽以待人呢？

第一，拥有同理心。

第二，尊重员工的梦想。

第三，别样的奖惩措施。

这就是我在新励成的第一年，精彩纷呈，充满成就感。我不仅拥有了更卓越的自己和更爱我的思宇欧巴，以及我那有爱的大无锡团队，还收获了来自新励成有爱的领导伙伴们和那一群非凡的卓越无锡学员。

同时，我希望能够跟更多的人一起正其身、得人心，来实现我们"成就个人，幸福家庭，和谐社会"的使命！

## 因为热爱,所以专业;因为专业,所以深刻

杨巧红

**因为热爱,跌倒了,就爬起来**

大学时代的我是一个乖乖女,学习成绩不错,却没有什么想法,大学实习期间在新东方做艺考生班主任,顺其自然一毕业就踏入教育培训行业。第一份工作做了差不多一年,由于心理素质比较差,在一次电话跟学生家长沟通的时候,因为表达不清晰,造成沟通信息不对称,耽误了孩子晚上的一对一补习,我当时就在电话里被家长骂哭了。这件事就像一个飓风一样,低沉

的气压萦绕了我一周，那时的我每天都在纠结，跟自己内耗，徘徊在辞职与不辞职的边缘……

印象特别深的是领导在我离职的时候，跟我讲过这样一句话："如果你不在跌倒的地方爬起来，你会在下一份工作中同样因为这个坑而跌倒！"

也因为这样一句话，磨练了我越挫越勇的意志和信念，在之后新励成的销售工作中，我始终坚持：永远比客户的拒绝多一次要求！我到现在都十分感激她给我说的这句话，一个人大部分的成长蜕变源自于你真的在工作中摔了跟头，吃了亏，而我就这样跌跌撞撞地在一路学习、实践、总结、分享中变得越来越自信和认可自己。

**因为热爱，愿意体验酸甜苦辣**

也许是冥冥之中注定的一样，在我辞职后的 2 个月后，我又一次踏上了北漂的旅程。等了差不多 10 天左右，眼看着发出去的求职简历像石沉大海，每天没有收入只有支出的时候，我也曾动摇过，想着大不了听父母的话回漯河老家，每个月 2 000 元左右的工资就这么算了，可是转念一想，我大学花了家里那么多钱，不就是希望通过学习改变自己一眼望到头的人生，让家人的生活更有质量一些吗？

2016 年 2 月，经大学同学介绍，我来到了新励成，到 2020 年 2 月已经有 4 个年头了。在新励成北京望京学训中心我做过 3 年多的一线咨询顾问，现在是加盟运营部的一名培训主管，负责加盟学训中心的运营支持和咨询老师的专业技能培训，现在的我正满怀热情，朝着自己的目标不断地成长和奋斗着。

其实刚接触新励成做一线销售的时候，我真的经历了很多，有焦虑，有委屈，有开心……在新励成的这段日子让我终于理解了：酸甜苦辣都是营养，正因为这段经历，我的人生变得更加丰富多彩起来。

每一个来到新励成的人都是有故事的人，我也一样，从农村走出来，父母都是农民，从小到大接触到的教育是：多做事，少说话。也不知道原来说话是可以培训的，现在回想，如果没有接触新励成，如果不是自己的积极争取，我的人生可能是另一种活法，过着那种一眼就望到头，那种活到 80 岁，但是 20 多岁就埋葬的生活。

还记得 2016 年刚做咨询顾问的时候，我的内心充满了恐惧，每次打电话都要想很久。后来我在新励成的企业文化里学会了：速度第一，完美第二。谁都是带着问题成长的，只有不怕犯错，勇于承担，才能真正说自己所做，做自己所说。

那段时间刚做班主任开场的时候，内心充满了忐忑，害怕自己讲不好，给新励成丢人。后来我就找到一间空教室，右手高高举起，做好新励成企业文化宣誓准备："企业定位：全球领先的成功素质训练机构，国内从事演讲口才、人际沟通和成功素质训练的专业权威机构……"一遍企业文化下来，我的内心充满了力量，好像内在的能量之源被唤醒了。

后来我见证了新励成的相信文化、亲情文化、育人文化、感恩文化、奇迹文化、奋斗文化。拿相信文化来说，以前的我是那种连自己都不会相信的人，比如，今天我们团队约好明天上午 10 点在体育馆打羽毛球，距离快到约定的时间，没人来，我都会怀疑自己是不是来错地方或者这个通知取消了，然后去找人求证。

再后来，我在徐豪老师的"领导力口才"课程中学习到了，相信的力量有三种。第一种：做到了才相信；第二种：看到了才相信；第三种：无条件相信，现在的你处于哪个阶段呢？

## 因为热爱，所以全力以赴更专业

2016 年 12 月，望京的初始团队只剩我一个人的时候，我觉得必须要逼自己一下，如果我都不能起一个很好的带头作用，那新来的员工怎么办，这个学训中心就垮了。正是当时给自己注入了这样一个信念，后来每个到学训中心咨询的学员，都百分之百成交，而在这之前我给自己的评价是：我是 4 个人中最差的一个，也是领导最想淘汰的一个。天资愚笨的我比别人多的就是死磕，就是坚持，我相信别人可以做到的，我也可以，别人一遍就可以做成的，那我就要用5遍、10遍做到。

后来在巡校的时候，我都会跟大家分享这样一句话："笨，是一种最高级的赞美。对啊，正是因为我们没有别的优势，只能从0，用最笨的方式一点一滴开始。"在新励成沉淀了2年后，我的销售业绩从最开始的一个月250元，到后来的月业绩34万，直到2018年拿到了华北的销售冠军，业绩排行全国第三。

在这过程中我见证了一个又一个学员的成长和蜕变，也正是他们对新励成的认可和相信，不断激励着我奋勇向前。其实新励成成就学员的同时，学员也在成就着我们，也正是源于这份相信，越来越多的人加入新励成。到2019年7月份，全国已经有70家学训中心，8月份也有2~3家准备开业。未来的3~5年我们要让全国的每一个城市插遍我们新励成的红旗，让所有人知道：学口才到新励成！

我像是一个快乐的使者，把新励成带给我的改变，把新励成企业文化带给我的力量，带着我的故事，分享给我遇到的每一个人。我始终相信：因为热爱，所以专业；因为专业，所以深刻。我愿意在新励成这个平台上不断打磨自己，提升自己的能力，从新励成，从新励成商学院，向身边每一位优秀的老师、同事、学员、朋友学习，丰富自己。

此刻我想到的是彭清一先生的一句话："一个人没有激情和热情是很难成功的，激情和热情是什么，就是一个人对工作，学习，生活高度责任感的体现。"此刻我正感受到自己对工作、学习、生活的热爱在慢慢转换成一种能量，它让我看到了自己未来的责任和使命。

有时候经历苦难不见得是一件坏事，烧不死的鸟是凤凰。看你未来想过什么样的生活，想拥有什么样的人生。现在的我正在自己向往的路上，稳步前行，内心充满了感恩、热爱和喜悦。

## 何以为师

杨 哲

嘿,你还记得你的梦想吗?

我的梦想就是做一个老师,一个好老师,从未变过。

我是怎样一步一步走到今天,站在讲台上,成为一名给大家授课的讲师呢?

这一切都是因为一个人,他是我高中的语文老师,有一次在上课的时候,他点同学们起来朗读课文,正好点到我的时候,他说:"杨哲,你起来读一下课文第二自然段。"当我读完之后抬头看着他,他的眼眸里闪着惊讶的光芒,开口对我说了一句:哇,你的普通话好像还可以哦!

大家可能无法想象那一句话对于我来说意味着什么,就像一片漆黑的天空当中一束光照了下来,让我的整个世界都变明亮了,好像觉得自己还有一丁点好的地方,哪怕是一丁点。

后来我就开始学习主持、播音、普通话,直到今天站在讲台上。

所以很多次在我的课堂上,我都会跟同学们讲,一定要注意自己说出去的每一句话,因为你不知道这句话对他的人生可能会有什么样的影响。

也正是因为这一位语文老师，我的心底里种下了一颗非常深的种子：以后我一定要成为一名好老师，让学员能够因为你的存在而变得更加自信，更加充满力量！

很幸运的，我遇见了新励成。

在这里我知道了什么叫做成就个人！

曾经在我的课堂上有一个学员，因为单位里要晋升答辩，他不知道该怎么发言，所以来到课堂上学习，正好我们的课堂里就会有这样的方法和技巧，后来他顺利地晋升主管；还有一个学员，是我们口中的 IT 技术男，明明做了一个很好的方案，可是讲出来，却被老板说这个方案是你做的吗？后来来到新励成学习之后，他成为了公司的开心果，也成为了公司大大小小活动的御用主持人。

在这里我知道了什么叫做幸福家庭！

多少人在这里学会爱己爱人的能力，学会如何处理家庭关系，多少个家庭组团来到新励成学习，把新励成当成第二个家，把新励成当成能量的加油站。

在这里我知道了什么叫做和谐社会！

在广州的街头，有我们为流浪者送去温暖的衣物；在很多的小学，有我们为他们捐去的书本和物资，有我们的老师公益地走进九年制义务学校，为孩子们分享课程，希望让孩子们高效学习，让孩子们更好地管理情绪和他人沟通；在 2020 年的疫情期间，有我们为所有的医护工作者免费提供正式课程学习，为国家助力！

很幸运，我遇到了一个和我梦想非常契合的地方，在这里有一个温暖的场域，在这里所有的学员都能够越来越积极、自信、正能量。

学高为师，身正为范！

余生，我也会一直在讲台上站下去，做一个好老师，尽我所能去帮助每一个学员找回原本那个美好的自己。

这样，我也可以自豪地说，我是新励成的一份子，也是中华民族伟大复兴最扎实的践行者！

## 因为相信所以热爱

张 龙

初识新励成是在 2013 年 9 月 26 日，我在"智联招聘"网站看到了公司招聘信息，询问了人力资源总监，于是就来到了天俊阁参加面试。

过程中，美玲总提到一个要求，说如果入职公司，任职讲师，公司会提供免费且系统的讲师入职培训，但是需要一次签"五年"听到的时候还是会觉得有点顾虑，但是后来接到复试通知的时候，我没有丝毫的犹豫就去了。

复试通过后就到了合同签订环节，我坐在天俊阁十楼的会议室里，不一会美玲总拿出好几份文件给我签字。当我看到合同上面写的是服务年限三年的时候，就有些疑惑了，追问道："美玲总，之前不是说合同期限是五年吗？现在这份合同怎么写成了三年？"

美玲总跟我解释："根据公司的发展情况，由原来的五年调整到三年了。"

其实当时真实的想法是，就算写的是十年我也会去签，也不知道为什么会有这样的想法。

我又想起自己在公司参加一些培训的时候，公司会和我签订服务协议，我都是看都不看直接签。这种做法虽然是不够职业化，但是我了解到的情况是我身边大部分的同事在和公司签协议的时候都是几乎不看内容的，问到的原因都是一样——相信公司。

2014 年，我在员工投资分公司的时候，也是连合同内容都不看直接签名，也许被相信文化吸引的人，都是对公司有着极大的相信的。

文化就像一个大的磁场，总是能够吸引到同频的人。其实相信文化不仅仅在我们的员工身上，在我们的学员身上也能够体现得淋漓尽致。

2018 年新励成商学院正式成立，面向全社会开展招生工作，当然这其中大部分都是新励成的学员。我作为理事参与了其中的全部环节，在面试过程中有很深的感触。由于第一年创办商学院，为了保证效果，所以名额有限，我们的计划是把资源留给最有意愿的人。那如何筛选这些报名学员的意愿度呢？

最简单的方法就是询问对方对我们教授的课程是否了解，是否研究过这些课程和自己的匹配度。但是现场让我哭笑不得的是，大部分学员根本就不是很了解新励成商学院是讲什么课的，更别说对课程设置的研究了。我当时几乎会问每一个学员，你不是特别清楚课程设置，为什么还要花这么大的精力来报考新励成商学院呢？

结果答案出奇的一致，居然是："不管讲什么，只要是新励成的，我都学，我就是冲着新励成来的。"朴实的回答，背后是对新励成无条件的相信，这点着实让人感动。

为什么员工和学员会这么相信新励成呢？我们可以解释为是新励成的文化吸引到了这样的人。但是并不是所有员工和学员一开始就是拥有这种相信的，那究竟是什么原因让大家对这个平台这么相信呢？究竟是这个平台做了

什么，让员工和学员发生改变呢？

信任的背后是公司创始团队的大爱，学员信任的背后是员工对学员的大爱，这种大爱不是学来的，更不是通过伪装掩饰出来的，它是这个创始团队本身就拥有的。

我经常会对我们的老师说："'当众讲话'这门课程如果想从内容上或呈现上去复制，其实真的没难度。但是我可以很坚定地告诉大家，这门课程离开新励成的平台一定活不长久，因为没有这种大爱的文化做支撑。"

我是文化的受益者，从开始做管理岗位，就在提醒要做新励成文化的践行者和传播者，到目前为止也一如既往地在践行对老师、同事、学员的大爱，也收到了大家的信任。

我相信，在公司创始团队的带领下，我们会更加地大爱，更加地无私，更加地奉献。因为只有这样我们才会收获更多的信任、更光明的未来！

## 奋斗的青春最美丽

葛 星

幸福都是奋斗来的,这句话之于国家是创造伟业的信言,之于民族是实现梦想的宣言,之于个人,则是迈向成功的箴言。作为一名教育工作者,我想说,幸福不会从天而降,坐而论道不行,坐享其成更不行,要得到幸福,必须不懈奋斗。

2015 年,我踏上北上列车,想去看看我梦想中的"年轻人工作的天堂",这里人与人保持着适度的距离,不会随意越界去干涉别人,多元的价值观可以在这共存。

然而在充满机遇的一线城市,多数人的境遇并不好,在一线城市打拼的

心酸，像极了一部《北京女子图鉴》：城市的每个夜晚，都有人哭泣；未曾哭过长夜的人，不足以谈人生。

除了租房，"找工作"是每天起床最头疼的一件事情，找工作的那段时光成为了我了解北京的最佳方式。功夫不负有心人，在想要放弃的时候，我遇见了新励成，起初对新励成的印象并不太好，破旧的大厦、狭窄的电梯、内部设施也很简陋，面试后的一周左右我被通知：入职！

当时并不觉得特别开心，但当我见到了她，我决定试一试。

最开始的她，身穿一袭黑色长裙、红色西装，身上独特的香水味和强大的气场融为一体站在舞台上自我介绍的时候，那么闪光、那么耀眼。当知道是老乡之后，那种不自觉的亲切感油然而生，她就是我的好同事、好战友、好伙伴——刘澜！

她和我一样，科班出身，说着很不普通的普通话，彼此想法很像，所以很投缘。在工作中，她是我的前辈，从她那里我知道了作为主持人应如何转换角色，更好地做好培训；如何把在课本里学的发声技巧教给更多的职场人士；如何把做主持时的即兴应变能力分享给更多的主持爱好者。

俗话说："干一行，爱一行。"说实话在去北京之前我也没有想过要当讲师，但既然选择了教育行业，就要用爱，用心去干。做一名有为的人，要奋斗，要拼搏。做一名有为的教育工作者，更要奋斗，要拼搏！

工作一个多月后逐渐形成规律的我开始努力钻研讲课方法，我的方法是多听、多看其他讲师上课。京剧大师梅兰芳说过："不看别人的戏，就演不好自己的戏。"演戏如此，讲课也如此，可以说，不听别人的课，就上不好自己的课。如果仍然比较迷茫，那么不妨就先直接模仿他们上课。

一个教育者要想做出杰出无比的业绩，天分和后天环境只能起辅助作用，决定性的因素还是个人的主观努力。比如让你临时上公开课，你勇敢地接受；请你在线交流，你勇敢地接受；有相关比赛，你勇敢地参与；交给你一个基础比较薄弱的学员，你勇敢地承担。每一次接受，或许都是一次阵痛，但也是一次无可抵挡的成长。

是否有勇气接受挑战，实际上就是"主动"与"被动"的两种人生态度。积极的态度就有积极的、富有意义的人生；消极的态度就只能收获庸庸碌碌的无为人生。

万幸我没有错过新励成，可以在新励成和优秀的同事相互学习，更能和一群可爱且富有正能量的学员们一起同行。对我影响极大的是天津学员刘春永大哥，这位大哥不仅是一名卓越学员，更是新励成的明星学员。

初识时，他口才不怎么好，说话吞吞吐吐，也不流畅，我和他并没有很多交流，反倒是通过微信朋友圈，见证了他对工作的热爱、对运动的热爱、对学习的热爱。

这个每天早上坚持 4 点钟起床，每天阅读书籍并分享感悟的人用热爱和正能量影响着我，影响着他身边的人。他说：他要做一个终身成长且持续贡献的人。这不就是新励成想要帮助学员完成的吗？

人生就是一本奋斗史。在奋斗的同时，我们也在收获着属于自己的人生。奋斗像一棵稚嫩的果苗，由于我们的努力浇灌，长成了一大片果林；奋斗像一道微弱的光芒，由于我们的用心发电，汇成了一道比太阳还亮的荧光。

新励成的文化"以学员为中心，以奋斗者为本"早已融入在每个新励成人的血液中。习近平主席说：新时代属于每一个人。我们每一个人都能成为新时代的见证者、开创者、建设者和奋斗者！

## 梦想与我，就是新励成和我

杨婷婷

我现在还记得，上大学的时候，有人问我的梦想是什么？当时我的回答是这样的：希望因为我的存在，能让身边的人，让这个世界，变得更加美好。那个时候，虽然没有像别人有具体要去做什么行业的规划，但也影响不了我在脑海中天马行空，纯粹地畅想未来。

大学毕业后，我开始思考，我到底在追求什么呢？什么样的工作是自己喜欢、擅长同时又有意义的呢？一旦开始思考，就永远停不下来。当一件事日思夜想的时候，上帝他老人家都会帮你，新励成开始出现在了我的生活里。我开始在找回我的梦想，并且在一点点实现它。实现它的过程中，有了非常多美好又深刻的记忆。

记得刚开始进入新励成去广州培训的时候，住在风景独好的民宿里，还想着清晨可以踩着运动鞋去给身体补充能量。但万万没想到，每天会备课到凌晨12点多甚至更晚，早上7点准时起床并不是去运动，而是再继续听课、

备课，无限循环。

四十多天无间断地重复工作，当然也有备课到崩溃的时候。但还好，这个时候同期的老师们主动关心着我，就像家人一般给了我无尽的力量，让我笃定往前。正因为感受到了这样的温度，我在面对学员的时候也不仅仅只是教授专业，更多的是尽我所能温暖他人。

我记得有一个学员因为从小的家庭原因，特别内向，每次上台讲话声音特别小，就像小朋友犯错后小心翼翼地想说明，却又无法说明。每次讲话前都要在角落里思考，甚至做半个多小时的思想准备。心疼的同时更想了解她的过往，抚平她的烦恼，于是我秉承着公司文化的"动机至善，私心了无"给她做了辅导，这次深度交流后她也有了更多的突破和成长。每当想起此事，真为有一个这样的平台而感到荣幸和庆幸。虽然并没有私心想收获什么，但是企业文化里面有一句话是"过程就是奖励"。当我在做这件事的时候，其实我就收获了，这就是对于我的奖励。

就在这样充实而又有意义的砥砺前行中，2020年1月在校区述职时，我给自己定了一个关键词叫做"深耕"。为什么这个词对我来说意义非凡呢？

以前，我的人生观以体验为主，开心至上。所以决定了我做事情不是以结果为导向，更多的是享受过程。慢慢地，随着年龄的增长和觉知力的提升，我开始意识到专注的重要性，要想在一个领域做到优秀、卓越，一定要去深耕、精细。

"板凳要坐十年冷，一生专注一件事。"作为讲师，更是如此。我们需要在课堂上不断地对学员进行输出，但只是依赖课件去授课，尤其是 X 课，这样的呈现很容易显得单薄，所以就需要我们课下学习更多新的知识体系。就像我常跟学员说的一样，输入加上输出，所学知识才能成为一个完整的闭环，为你所用。所以我也要求自己保持每日一输出的频率。于是，我在朋友圈开设了自己的专栏。初级目标打卡365天，下一阶段目标是1 000天。每天学习一些沟通和心理有关的知识，再结合个人经历，发表一条学习感悟。

在这个过程中，有一些朋友每天都在关注，也经常被不同人转发。几天前我分享了关于"微习惯"的内容，第二天一位朋友告诉我，受我的影响，她决定开始练习每天读几页书的微习惯了。那一刻，我心里觉得特别开心。我离梦想又进了一步。

2020 年初，一场突如其来的疫情，让人们措施不及，自然我们二、三月的线下课也得全部取消。这段时间不能出门、不能聚餐，现实的惶恐与不安充斥着生活，而有些人依旧可以保持平稳的心情和乐观的心态。这并不是纯粹理想主义，因为确实有这样的人可以随时调适自我。

福祸相依，危机共存，线上知识付费刷爆了我们的朋友圈。而新励成也开始了"停课不停学""三师模式"的线上系列课程。在家也能听到很多优秀讲师的分享，从林缨老师身上看到了淡定和从容，她的笑容似乎能治愈一切焦虑和不安；从徐豪老师身上感受到了坚毅的力量；从杨洋老师身上看到了专业和自我突破的能力，很有主播的特质；从玉超老师身上看到了幽默又接地气的独特授课风格，学员的好评弹幕像"托儿"一样地刷刷刷。虽然隔着屏幕，却依然传递着为我们赋能的力量。所以软实力存在于每个当下，实实在在地影响着人们的家庭、工作、社交。

线上授课，其实也在我的 2020 年规划当中。我准备研发 3~5 个线上课程，以人际沟通和形象礼仪为主要方向。原先的想法是把线上课程的计划放在下半年。但是联想到公司企业文化里倡导的"速度第一，完美第二"，我也在反思自己的思维是不是应该调整。事情不一定是要准备充分了才开始做。我完全可以先做一些简单的课程，进行摸索和引流，然后再去精进。"在奔跑中调整姿态"这句话对我起到了警醒的作用。所以我现在已经在摸索线上知识平台，在这个不断延长的假期里面开始研发自己的网课。虽然现在我们不能出门，但依旧可以保持奋斗者的姿态。疫情总有结束的一天，当一切恢复正常，我们要以更饱满的激情去热爱生活、面对工作。

我永远相信，我的梦想与新励成的愿景和使命同在，在我有限的时光里会一直陪我在路上，所以我的内心，永是春天！

## 我和我的厦门 LTC

余根春

我是一名标准的 80 后，务实、积极、自我批判、追求自由，甚至还有些固执和不羁。

也许是"天将降大任于斯人也，必先苦其心志"。在接触在新励成之前，我做过互联网运营，开过糕点专营店，合作过广告公司、酒吧和餐饮，也注册了好几家公司。流光易逝，这么多行业，好像每一个都不是我要找的行业。

这个"大任"终于在 2018 年 6 月的一天来临了，那天中午，福州 LTC 的马文海老师给我打了一个电话，他所在的成人口才培训公司想在厦门开设一个新学训中心，问我有没有兴趣了解一下。其实在我陪伴孩子成长的过程中，就对培训教育行业有点兴趣，欣然答应。

于是，同年 7 月中旬我去了福州学训中心考察，与福州两位负责人聊天时，我最大的印象是"实在"，只谈如何开展工作，如何把校区运营得更好。交流后，双方都有了更多认知。一周后，我在厦门与另外两位负责人再次洽谈。这次谈完没多久就开启了总部的报到学习。在总部的学习过程中，加盟部的爱金、栩标、方总给了我很多的帮助，让我很快通过了考核，并有机会到广州和深圳的学训中心学习参观。同时，还有南山 LTC 的负责人贺毅，他对上课环境的规划和布置，让我在后来厦门 LTC 的建设中受益匪浅。

总部的培训一晃而过，回来后第一件事就是校区场地的选址和工作人员的招聘。

找场地还较容易，总部给选址标准，按照标准选好之后，福州 LTC 的负责人协助把关，就能确定下来了。但招人可真是一件难事，自己也是刚从事教培行业，工作人员需要的具体特质和标准是一概不知。当时只有一个想法：不想当将军的士兵，不是好兵。

记得入职的第一个同事是我的一个朋友，她从泉州来，想来和我谈谈关于汽车保养项目的合作。聊着聊着，就说到了教育，说到帮助成人提升口才和演讲能力，说到未来不仅有厦门 LTC，还会有泉州 LTC，甚至有莆田 LTC，等等。结果汽车保养的项目我们没谈成，她反而来和我一起做教育了，这或许就是行业本身具有的吸引力吧。

第二位入职的是从上海回厦门工作的林思羽老师，她是通过招聘网面试后确定来上班的。她的想法是接触一个教育平台，自己能够学习的同时还能够帮助他人成长，平台要能够稳定发展、工作氛围要有趣，并且有机会成为学训中心经营的一份子。

第三位入职是一位刚毕业的男生，原先在汉堡店工作，我们都开玩笑地叫他"汉堡小王子"。他在大学期间为学生会工作过，希望有一个平台能够让他更好地学习、成长、锻炼、服务和帮助更多人，产生更大的价值，有更高的收入。因此，他也留下来了。

每个人都怀揣着各自的梦想，聚集在厦门 LTC 这个平台。四个都没做过培训教育的人，一起来做教育，而且还要搭建一个全新的学训中心，现在想想这简直神奇。

人员配置搭建好了，学训中心还在装修，有趣的事就应接不暇地来了。平常几个小伙伴互相学习和演练，到饭点了，大家就约在出租房里一起烹饪用餐；为了给学训中心省钱，所有的家具，都是大家一起动手拼装；经常四个人一起围着一个拼装的桌柜转；一起挑选性价比最高的绿色植物、一起动手为绿植浇水，为学训中心每日的整洁一起行动……

回想起来，还真是别有一番趣味。

装修完毕，开业在即，几个领导请我们厦门 LTC 的小伙伴一起吃饭，共同商讨开业两个月的目标设定。其实开业能做多少营业额谁都不确定，都没做过这个行业，于是就和几个负责人打赌，开业两个月设定 40 万的业绩标准，达成了就给大家每人一个旅游奖励。在红酒杯的碰撞声中，这个"赌约"就这么确定了。事后才知道，这个业绩金额，在过往新开的校区中，就没有达成过。

接下来，我们每天早上会议指导，晚上会议小结，分析运营情况，分析学员成长，安排次日工作……不放过任何一个让学训中心变得更好的机会，只为了完成我们定下的约定。

我记得学训中心招收的第一个学员是厦门大学的研究生魏斌同学。他想在毕业前，把自己的演讲能力和口才练好。那天校区还在装修，我们只能把他请到宿舍的阳台上接待交流。特别感谢福州 LTC 的负责人李辉，是他帮助我们圆满完成了第一次的交流，并顺利地帮助这个学员走进课堂。收定金的时候，我们每一个小伙伴的心中既是无比地激动（毕竟是我们第一个学员），又感觉到责任无比重大。这定金不仅是学费，更是学员对我们的信任，对我们工作结果的认可与要求。魏斌同学通过一段时间的学习，面试了几家外企公司，还未毕业就被一家较好的外企公司录用，并外派到安徽市场，独立负责区域工作。

还有我们第一位 PLUS 学员、第一位卓越学员、第一位房地产行业的学员、第一位需要个人辅导的学员、第一期课程的班委，等等。

回忆如星空闪烁且繁多，这样有成长和变化的学员太多了，可以说进入校区学习的每一位同学，都有了一个非常大的提升，并获得了他们在追寻的结果。

两个月过后，我们以110%的结果，为公司和自己交出了一份满意的答卷，创造了一个奇迹。"相信企业发展愿景的实现，相信不断创造伟大奇迹的相信文化"，我们在用实践履行相信文化。

我很喜欢也享受这样的过程，但我最终想要的是什么呢？

在一次成都的培训上，第一次听赵璧董事长解说新励成的企业文化和使命的时候，内心深受其震撼。赵总说："有些人做了一辈子企业，赚了很多钱，但从没想过，自己有什么使命，自己的企业有什么使命。同为企业，不是每一个企业都能有他的企业使命，也不是每一个企业都能精准地找到自己的企业使命。我们很庆幸，我们找到并拥有了我们的企业使命——成就个人、幸福家庭、和谐社会！"

我们成就每一位学员，同时也在成就每一个员工。厦门LTC第一位入职的黄俊梅老师，现任泉州LTC的负责人；第二位入职的林思羽老师现在是厦门LTC的大家长，有她在的地方，就有家的温馨；第三位入职的"汉堡小王子"，不到一年的时间，就成为了厦门LTC第一位高级咨询老师。

我终于知道，我自己找的是什么了。我在找我的使命，在找我事业的使命，在找我人生的使命。之前的一份工作，可以让我为社会、为公司、为团队、为家庭创造价值；而现在我不仅可以创造价值，我更拥有了使命！我可以通过新励成软素质课程，去帮助和成就每一位学员、每一位员工，甚至是来新励成咨询还没正式报名的学员。

一切福田不离方寸，从心而觅感无不通。现在已经过了拼爹的年代，不仅看你的文凭更看你的能力，社会发展迅速，企业成长飞快，只有强者才能拥有更多的回馈。新励成在不断吸引与教育有渊源的人，愿你我同在，我们的工作将写在人类教育的历史上。

如今我已离开厦门，去负责温州LTC。但这不重要，我只知道，无论走到哪，我的使命永在。我们相信：一个有使命的企业，终将成为一个伟大的企业！

## 新励成，你是伴我远航的巨轮

赵志珍

有人说人生是一场旅行，不必在乎目的地，在乎的是沿途的风景以及看风景的心情；也有人说，人生如戏，全靠演技，演得越深，信得越深，若没演技，完全没戏；更有人说人生如同打牌，上帝负责发牌，我们负责打牌。今天，我想说，人生是一次航行，那命运是舵，努力是帆，成功是彼岸，而正载着我、伴随着我驶向成功彼岸的是一艘激流勇进的巨轮，这艘巨轮就是新励成。

在走入新励成之前，我做过平面设计、室内设计、儿童摄影等工作，跟客户沟通和大部分人一样，没有特别在意。偶然间发现朋友圈有关于口才演讲方面的招聘信息，之前一直觉得自己声音没有磁性，不是特别好听，我就在想会不会有改变人声音的课程？基于这好笑的想法，我结缘新励成。

2019年8月6日，是个特殊的日子，我荣幸入职新励成课程顾问的职位。通过一个月的学习培训，我了解了课程顾问的主要职责和工作范畴，我光荣上岗啦！开始从事提升人们软实力的工作。

想起以前，我总想做一颗珍珠，向别人展现着我的美丽和光辉，但那种被埋没的不安和焦灼始终缭绕着我。今天，我不再做一颗珍珠，我要做一个火炬手，让我们的学员远远就能看到熊熊燃烧的火焰，有方向、有目的地学习口才、演讲和沟通。

对我来说，课程顾问早已不再是一个简简单单的岗位，我成为了学员们的摆渡人，我的心灵深处深深烙印一句话"成就个人，幸福家庭，和谐社会"，这是我们励成人的使命！

在工作的时间里，我给很多新学员做一对一个人辅导。大部分学员刚开始不知道上台讲什么，演讲内容没有条理逻辑，表情不自然、不自信，不知道手怎么放。当我很有信心地对他们说，你们所有呈现出来的不满意是可以改变的时候，学员们抱着怀疑的态度，觉得自己学不会，"不可能""没办法""我以为""我不行"等话脱口而出。我知道这是他们内心思想的表达，我也知道这些语言会极大地制约着他们的思想，导致学习脚步落后。

但是我告诉他们，既然来到新励成，就把你们的疑惑、困难交给专业人士，只要负责相信我们就好。终于，当那些相信我们的学员，通过一次一次不断的上台尝试，学习有所突破的时候，我能感受到那些进步带给他们的巨大喜悦和成就感！

在中国的传统教育观念中，越是有文化修养的家庭，越是注重教育孩子慎言、少语，特别是在一些口才教育培训理念薄弱的地区，在这样传统教育观念的熏陶下，一些优秀的人培养了实干、低调、内敛的成功品质，但是大多数人苦于不会表达而痛苦。

我深刻地认识到，我必须勇敢认真地告诉学员在同等硬实力的情况下，公司会要什么样的员工？答案是有影响力的。你能对着多少人演讲，你的影响力就有多大。

给我印象最深的一位学员，是一名在校大二学生，对演讲特别感兴趣。给他做一对一辅导时，他给我分享说："老师，我在学校只要有演讲的机会，我都不会错过，因为我特别喜欢站在舞台上的感觉，我参加一次辩论赛还拿到了第一名！虽然我觉得我不够专业，但是越是我不擅长的、越是痛的地方，越要从那里做起，以后毕业参加工作也会有很大帮助！"听到他的话，我内心为之一颤，他才19岁，能说出这样的话，让我对他刮目相看。

这么小的年龄就有这么高的学习觉悟，实在令人佩服。最后我问他，来咨询课程，跟父母商量了吗？父母支持吗？他拍拍胸脯说："老师，我自己就能做主，我今天报名！我觉得你们很专业！"就这样，他来到新励成学习，他希望通过学习课程，变得更加自信。这样的他，未来不会更加幸福吗？

作为一名课程顾问，在新励成的这些日子里，我用自己认真、踏实、负责的行动践行"成就个人、幸福家庭、和谐社会"的愿景和使命。

我们的学员来自五湖四海，各行各业。我们已经不能用某一种特定的引导模式去与他们做深度的沟通，也不再是简单地运用换位思考，而是用多角度多纬度的综合性思维去交流。

走进新励成，我也在持续学习，让自己成为一位专业、有温度、善于沟通和负责任的课程教师。在这个过程中，"以学员为中心、以奋斗者为本"的核心价值观，"奋斗、开拓、契约、相信、学习、亲情"的六大特质、九大理念、十六大行为准则等企业文化一直在引导帮助着我。

以学员为中心，能够帮助学员、成就学员的梦想，是我们存在的意义。

感恩您，新励成！是您领着我经历了一场场惊涛骇浪，在那些惊涛骇浪里我领略了暴风雨的一个又一个舞蹈；感恩您，新励成，是您伴着我安度了一天又一天的风和日丽，欣赏了风和日丽的祥和及恬静；感恩您，新励成，是您陪着我饱尝了一味又一味的酸甜苦辣，感受了人与人之间的人情冷暖。

今日，我不再犹豫，不再蹉跎，将一直伴随着您；今天，我早已不再是一个旁观者，也不再是一个简单的追随者，我正在做一个可以伴您一起走入蓝海的航行者。

## 新励成，我以你为傲！

刘 然

转眼间，来到新励成已经有快两年的时间了，还记得我初次来到这里时，就感受到了不一样的企业文化氛围。在此之前，我在广播电视台工作过，在家人的创业型企业工作过。但 2017 年 9 月 19 日这一天，我正式来到新励成公司报到时，一股清新的和谐之风迎面而来：几乎见到的每一位同事都会很主动地和我这个陌生的同事问好！那一刻，我就发自肺腑地觉得这个地方不一般，仿佛有一种神奇的魅力，在吸引着我！

随后的每天中午，我们都会参加公司的企业文化培训。其中有一条"亲情文化"让我记忆犹新。那一刻我终于意识到那冥冥之中吸引我的，正是内心深深的文化认同感。顷刻间，一种温暖和自豪的情愫，在我内心涌动。

2018 年 4 月 29 日是我第一次去惠州学训中心讲授"自信口才"课程的日子。在出发的当天，我就收到了好几条微信："老师，你大概几点到校区啊？""老师，你有什么忌口的吗？""今天晚上，我给你包水饺吃啊？"当我看到这些消息的时候，一路上心里都是暖暖的。我在想：一个校区负责

人,她完全没有必要做这些既麻烦又琐碎的事情。当我到达校区宿舍后,只见她忙前忙后,一个人又是拌馅儿,又是包饺子的,足足花了两个多小时,才把这顿晚餐做好!当那一个个饺子吃进嘴里,融化在心里的时候,我才深深地意识到,在这个偌大的组织里,是有人默默地付出着,默默地用亲情文化滋养着一批又一批的人。它很纯粹、质朴,它不奢求回报。当我问校长:"您对前来授课的老师这么照顾,您不会累吗?"她说:"老师们大老远地来惠州上课,颠簸了一路,那么累,我这边能照顾一点是一点。我特别理解老师的不容易。"

在那一刻,我突然间发现,我和这位初次认识的张校,好像认识了很多年一样,一点儿也不陌生。从职场层面来说,我们都是每个部门的螺丝钉,有着自己的工作与任务,但从企业的情愫和灵魂层面来讲,作为新励成的一份子,我们就是一家人。我们确确实实是留着相同血液的新励成人,我们有着共同的责任与使命,有着一样的使命与梦想!

我记得刚来新励成的初期,作为一名新讲师,我还处在师资培训的阶段,作息时间颠倒,所以每天早晨去公司总部打卡总会迟到几分钟。由于积累的次数太多,已经触犯了公司的规章制度,直到有一天,我的邮箱里突然收到了一份来自人事行政部的最后通牒:如果再有迟到的情况发生,我将会被劝退开除。其实在这之前,教务经理柯少妙(喵喵)已经找我谈话好几次了,每一次,她的语言中流露的都是满满的关心和鼓励。当我收到这份通牒之后,喵喵依然用一颗包容的心态,像家人一样对待我。那时候,我的内心特别自责,为什么我连一个最基础的规章制度都不能遵守好呢?为什么我会是这么一个不按规矩办事的人呢?换个角度思考一下,如果我是喵喵,面对像我这样的员工,我能否像她一样做到心平气和,做到包容理解呢?我想,我可能真的做不到。从这件事情中,我看到了公司大度的气质,允许员工犯错,并且给予员工改过的机会。

在随后的时间里,我变得积极主动起来,尤其是在冲刺高级讲师的这个周期,喵喵也给了我莫大的支持与鼓励。虽然她没有办法陪同我们一起走上战场,但是时刻在我们的背后做我们最坚强的后盾。当我们身体抱恙时,给予我们休息的空间；当我们情绪低落时，给予我们向前冲刺的动力；当我们取得大大的突破时，给予我们赞赏与鼓励。她会和我们一起分享这份胜利的喜悦。自2017年9月19走进新励成，距今已经整整两年的时间，这两年的时间里，我发现自己已经慢慢地爱上了这个平台。从当初的陌生，到如今的敬畏与喜爱，这是平台给予的能量，这是平台给我的一份来自精神世界的滋润。

回顾这几年在新励成发生的故事，总感觉与新励成有着莫名的缘分，我大学的同学，比我年长几岁的学长，在这里都悄悄地遇见了。最初到新励成面试的时候，我就遇见了张龙总监，那时候只觉得他是一个气场强大的领导，感觉还有那么点儿严厉。在面试的过程中，他还问了我好几个犀利的问题。紧张严肃的面试结束后，龙哥突然对我说："我也是荆楚理工毕业的，同一所学校哦！"

听到这句话的时候，我突然感觉和他亲近了很多，原来我的上司竟然是我的学长。

说到这位学长，他可是一位非常公平公正的领导，从来都不会偏倚谁，一直都给我们自我成长的空间和自我调整的机会。我记得2018年6月进行月度总结时，我的全月表现优秀，而且业绩第一次突破了16万，排全公司讲师的第三名。当他知道这个消息时，特别兴奋："你做到了怎么也没听你讲呢？不愧是一个学校毕业的，低调！"那一刻我感受到了他的喜悦，感受到了他因团队伙伴的进步而激动。可是，后来年末进行教学部年终发言总结时，我"偷了个懒"，内容准备得很粗糙，也没有提前进行演练。当站在讲台上想到哪里讲到哪里的时候，我心中有了一种不祥的预感，领导肯定会发脾气。果不其然，总结完毕之后，龙哥对我大发雷霆："你今天的总结一点专业水准都没有，讲得很糟糕。"我看到他的表情很凝重，我知道这次的表现让他失望了，挨批评是应该的。这就是我的领导——龙哥，感谢他在我犯错误的时候，对我的批评与指正；感谢他在我迷惘的时候，对我的包容与理解；感谢他在我成长进步时，对我的赞赏与鼓励。

新励成，于我来说，已经写在了我的生命里，它的文化已经刻在了我的思想里。我不敢说我能与新励成一直相伴到老，但无论何时何地，我都将一直尊重它、敬畏它、热爱它、感恩它，并且以它为傲！

## 为自己创造时间

莫广霞

这个世界是公平的,每个人每一天都只有 24 个小时,也就是 1 440 分钟。很多人都会埋怨时间好像总是不够用,虽然我也深觉如此,但我知道,内耗一点用处都没有。想,永远不会有结果,必须行动起来,为自己创造超越每天 24 小时的时间价值。行动起来,就在每个时刻!

七年前,一个偶然的机会,我开始接触教育培训行业,从一名学习者到助教,再到真正站到讲台上授课的教师,付出了很多也收获了很多。其中最珍贵的收获之一,就是现在让我引以为傲的新励成平台。公司的企业文化、企业氛围时刻都在滋润着我的生命,让我深刻体会到环境很重要,能力的打磨也必不可缺。在这里,我慢慢地有了清晰的使命、明确的梦想和坚定的信念,生命有了更多的活力和价值,在成长中学会了为自己创造时间,创造有意义的体验。

2019 年,新励成"思维导图"课程要做标准化升级,我很荣幸地成为

了项目组的一员。课程标准化的升级方向趋向于成人导图训练，这跟过往的青少年课程截然不同，课程目标和内容都发生了很大的改变，这也给项目组带来了很大的挑战。一开始升级课程的时候，我内心是很挣扎的：这么好的课程被压缩了课时，学员的课堂训练时间也少了，为什么就一定要割舍呢？我觉得现有课程中的每一项设置，都在帮助学员成长，很舍不得去断舍离。但随着研发目标的推动，我渐渐意识到，我们是可以做到花更少的学习时间，给到学员一样的效果的，不，是超出几倍甚至十倍的效果！为学员创造时间的价值，何乐而不为呢？

为了升级"思维导图"课程，我们召开了多次的研发会议，然而每一次的会议都来之不易。因为不论是线上还是线下的讨论，项目组的每个教师出差的时间、上课的时间、辅导学员的时间都不一样，所以只要约到会议时间，我们都非常地珍惜。因此在开会前我们就必须做好充分的准备，带着结果去参加会议，否则就是在浪费彼此的时间。那段时间我们几个老师只要有空余的时间，都在做会议准备，出差的路上在准备，晚课后还在准备，不断精进，没有最好，只有更好。课程中每设置一项训练，我都严格要求自己做到更好，每一次训练都必须有新的突破和超越。

历时将近一年的研发，终于，12月份时项目组传来了好消息——"思维导图"课程通过了公司评审团的评审，课程即将迈上新的旅程！听到这个消息，我非常地开心激动，这近一年的时间里，我们所有教师的付出都是值得的。在日夜兼程的上课过程中，我也为自己创造了尽可能多的时间来参加研发课程，这就是时间的价值。

回想起课程的升级研发过程，我印象最深刻的环节，是在两小时的时间里用导图绘制一本书。我为自己准备了各种不同类型的书籍来实操，由于绘制导图需要两个小时不间断地进行，每一次都要求自己两小时专心专注，其实这是很有难度的。但是因为自己的不断实践和精进，我可以在学员训练的时候为他们答疑解惑了，每每想到这里，我心中就充满了动力和干劲。会议记录、线上线下培训笔记，这也是课程的难点。我也尝试用不同的角度去做记录，找到不同的感觉，如此才能给学员更好的课程体验。学员成长最好的方式是分享，但作为一名导师不缺分享的机会，我认为参加内部培训和外出学习不同的课程，会让自己在授课过程中更有宽度、深度和高度。只要有时间，我必学习、训练，没有时间，我就明确目标，为自己创造时间。"思维导图"就是提升效率、创造时间的工具。在这一次课程标准化升级中，我体会到工作效率和学习效率不断提高的喜悦，享受到不断自凿、不断更新自己的成就感！

很多学员问我，新励成的教师都太忙了，你们应该没有什么空余时间吧？是的，确实很忙，却乐在其中！当然除了工作，我也有自己的兴趣爱好，其中一项就是培养自己在任何时候、任何地点都能放松、调整自己。我特别喜欢玩魔方，我记得小时候父母就给我买过三阶魔方，爱不释手。当时没有人教我，我也看不懂说明书，怎么办呢，就自己一点一点去摸索。那时候，能还原一面色块我就特别激动了，每一次都要跑去跟爸爸妈妈报喜炫耀，记得很清楚父母总是对我说："只要你不断去尝试，一定可以全部还原的。"小时候玩魔方仅仅就是"玩"，可以静静琢磨自己的事情。多年后，我重拾魔方，我在意的，是拿起魔方的那一刻，我是在放松自己，我是在享受属于自己的时间和空间，我是在有效地提高自己的生命力，我是在用自己的方式为自己在奋斗中增加一些色彩。提高工作学习效率的最好方式，就是用恰当的、自己喜欢的方式来调剂自己，为自己创造更多有意义的时间。

不管是在工作中还是生活中，时间才是我们最宝贵的财产，每个人每天的时间长度是一样的——24个小时，1 440分钟，但是时间的价值却有天壤之别。当我们在努力奋斗的时候，一定要专注于目标，当我们在放松自己时，也一定要选择自己喜欢的方式，当我们意识到时间价值的时候，一起为自己创造时间！人需要对未来有奋斗、有期待，对当下有觉察、有快乐，行动起来吧，做时间的主人吧，用每天的24小时，为自己的生命创造更大的价值！

## 枪炮可以穿过人的身体，而语言却可以穿透人的灵魂

许细娣

"枪炮可以穿过人的身体，而语言却可以穿透人的灵魂。"

我曾经非常喜欢这句话，因为过往的种种经历让我十分向往能够触摸这句话的真谛。而现在，我依然非常喜欢这句话，且在喜欢的基础之上更多了一份坚信，因为通过自身的努力与外部环境的锤炼，我真的触摸并且实践了这句话的真谛。

也许你不敢相信，作为新励成高级讲师、每年都在全国巡讲的我，曾经是一位因口才的困扰而来到新励成进行提升的学员。站在崭新的人生轨道上回溯过往，我才发现，原来语言曾那么早就在我的灵魂上刻下过烙印——生于农村长于农村的我，有一个大我三岁且大方开朗、能言善道的哥哥，每每有亲戚串门、客人做客，哥哥总是能大声地喊出称谓，而我由于对生人不是

很熟悉，又怕叫错称谓，所以很多时候声如蚊呐甚至不敢开口。每当这时，父母就会训斥我"胆小""内向""不懂事""没礼貌""不会说话"。久而久之，我仿佛也习惯了他们给我贴上的这些标签，自己也认为，我就是这样的性格，于是愈发地内向与自卑，愈发地不敢也不愿意开口说话。

父母给我的标签是以语言为载体的，但是透过语言这种载体，这些标签却仿佛烙在了我的思想乃至灵魂上。在心理学上，这些标签合力作用形成的是一种"心锚"，会将人牢牢钩在某个特定的状态中。多年后的今天，当我已然摒弃这一心锚、开启崭新的道路时，我发现我所接触到的内向、自卑、讷言的学员大多有着和我相似的心锚，这也进一步验证了语言对人的影响之深。

尽管如今我已摒弃了这块心锚，撕掉了那些带给我痛苦与灰暗的标签，但是"脱锚"的过程其实并不轻松。

大学期间，课程与作业不再像高中时候一样挤占我们全部的时间。大家都开始朝着更多元的方向展示与充实自己，也是在此期间，我接触到很多自信开朗、落落大方的同学。他们在学习之余参加各种各样的组织与社团，不怵在公共的场合展示自己，他们就像一簇簇跃动的火焰，仿佛与生俱来拥有着一种引人瞩目的气质。我羡慕他们，也向往成为那样的人，于是也开始尝试突破自己。

大一竞选班干的时候，我怀揣着为班级服务的满腔热忱与试炼自己的决心上了讲台，我努力地想要让自己的表达清晰一些、连贯一些，结果反而因为太过在意而发挥得更加糟糕，最后票数寥寥。事后我总结失败的原因，在自我介绍陈述经历的时候，磕磕绊绊、逻辑不清。因此我完全能理解自己票数寥寥的原因——从听众的角度出发，一个连自己的事迹与能力都表述不清的候选人，有什么理由让人信服他能担任班干的职责呢！

相似的挫折在我大学期间一再上演。有一次参加学校举办的演讲比赛，赛前我将自己的演讲稿打磨了很多遍，也请教了老师以及要好的同学给予修正建议。因为深知自己在口才表达上存在很大问题，我每天晚上都会找一个僻静的地方练习演讲时的语速、神态、节奏等要点。可是，即便我在内容与形式上都做足了功课，真正到了演讲比赛那一天，我还是因为过分紧张而出现了忘词、前后颠倒、重复、磕磕绊绊等问题，一场演讲下来，无需评委的点评我都知道自己表现得有多糟糕。

总结之前的两次经历，我被一股深深的无力感包围着，因为我明确地知道自己的问题所在，也抱着想要改变的决心做出了多次尝试，但几乎每一次尝试都以失败告终。我不禁开始怀疑自己的能力，怀疑自己过往付出的那些努力是否值得，怀疑自己是否天生就注定了无法拥有好的口才。就在我陷入了自我怀疑与否定中时，我看到了新励成的招生信息，里面有针对口才、表达等方面的专业课程。尽管当时的我对新励成一无所知，但这一则广告对当时的我而言无疑是一束微光，为我晦暗不清的前路提供了一丝光亮，我当即下定决心，我一定要去参加这个培训班。

然而现实是，当时的我还是一个没有任何收入的大学生，学费与生活费还得靠家里供给，本就不算富裕的家庭没有额外的经费供我去上这样一门"额外的课程"，更遑论这门课程在父母看来完全没有必要去上。但我不想放弃任何一个可能的机会，所以我省吃俭用的同时也向身边的人借了一些钱，这才凑齐了报班的学费。对于我的这一份执念，不仅父母，很多同学、朋友也都不是十分理解——他们不理解我为什么宁肯借钱也要去上这样一门课程，不理解我为什么愿意承受每天坐两小时公交车往返的辛劳，不理解我为什么利用大把的课余时间来练习表达能力与口才……因为他们不能理解我有多么想要撕掉诸如"内向""胆小"这样的标签，不能理解我对流利表达、自信展示自己的渴望，不能理解他们习以为常的自信、大方、流利等特质恰恰是我求而不得的东西。

就这样，顶着生活的困窘和身边人的质疑与劝诫，我毅然决然地报读了新励成的课程，开始了我的学习之路，也开始了我的突破与蜕变之路。

走进新励成口才课的课堂，我受到的第一重冲击也是我日后获益颇多的一点，便是对于"好口才"的认知。我曾经一直觉得口才不好这件事源于我的性格，大学期间的多次受挫更是让我陷入了自我否定，我愈发相信——自己糟糕的表达能力是天生的，无论付出多么艰辛的努力也无法提升。但是我们口才课的讲师第一节课就告诉我们：好口才，练出来！老师坚定的语气辅以那些生动鲜活的实例，重塑了我对于好口才的认知，也让我开始审视自己过往付出的那些努力。彼时我才发现，自己过往的努力中有很多都是无用功，从前我练习口才，大多是找一处僻静的地方对着空气机械练习，收效甚微。我虽深知自身性格对口才的影响，却从未想过要从性格的细微改变入手。通过专业讲师的教导，我掌握了更多行之有效的方法，我的思维模式发生了重大的改变，对于口才练习、表达提升以及性格改善等方面的问题有了更理性的认知，对于如何科学达成练习口才的目标也有了更多的心得与感悟。并且经过讲师详细剖析以后，我对这些方法背后的原理也了然于心，从此便更多了一份信心与毅力。

在新励成学习了一段时间以后，我发现对口且专业的讲师很重要，舒适且优质的学习环境也很重要。过往我所接触到的那些方法不过是零散的皮毛，既不成系统，也没有深入地挖掘分析。但是在新励成不一样，由于它专注于口才训练与提升，所以讲师的专业化程度以及浓郁的学习氛围对我助益良多。在这里，即便我在同一个地方多次跌倒，也不会像从前那样心生退缩之意。讲师从来不会因为我的内向与自卑而感到不耐烦，反而会不厌其烦地鼓励我、引导我，帮助我找寻自己的症结与弱项，推动我大胆开口、不畏犯错。讲师高度负责，不仅会从我的角度寻找原因，还会从他们自身的角度去寻找原因，积极调整教学方法与教学模式，真正地将我们这些学员的成长与进步视为自己的责任与使命。

在新励成的学习给我带来的变化是巨大的。曾经我将沟通交流视为一道道横亘在我和外部世界之间的路障，但如今，我将其视为我与这个世界相互交融的一座座桥梁。我在与人交往时的紧张与局促逐渐淡去，越来越敢于表达自己的想法、观念，也越来越乐于和不同的人进行交流。尽管口才的提升是一种外在的表征，但是我的蜕变却是由内而外的，不少同学和朋友都觉得现在这样落落大方、自信向上的我更有光彩、更有吸引力了。

如今，我已经撕掉了那些阻碍我成长与发展的标签，也因语言的魔力而焕然新生。我深知这样的成长有多么艰辛，更深知成长所带来的蜕变有多么令人欣悦，因此我选择了拿起粉笔、走上讲台，像我的老师们那样，用"语言"这把可以穿透人灵魂的利器，帮助更多的人改变自己的命运！站上讲台以后，我的视角发生了变化，思维也随之发生了变化，我进一步地认识到语言的正面力量——不仅可以改变自己，还能够福泽他人。在帮助学员成长的过程中，我甚至收获到了比自己成长还要浓烈的喜悦，这份喜悦也是我选择留在新励成这个大家庭的初衷，更是我不懈前行的一大动力。

现在的我，实现了自我的蜕变，并且仍在不断地成长之中；现在的我，感受到了讲师的责任与使命，并欣悦于自己所能为别人带来的帮助。希望每一个如同曾经的我那样，被自己的内向、讷言、自卑所困扰的人，都能在新励成找到自己的那一束光芒，实现自我的蜕变与成长。

## 有一种信念是爱

刘雨涵

回顾2019年的学习生活,"柠檬精""当代苦行僧""光想青年"及"节后余声"等热门词汇给自己留下了深刻的印象,不是因为这些词新奇,而是从这些词语后面能够找到与自己共鸣的声音。繁华世界愿作当代苦行僧,茫茫人海甘成柠檬精,一种因为相信而坚持的力量,一种被称为"爱的信念"的力量!

"爱出者爱返"是一句可以在新励成各个角落都能听到的共振之语。作为永恒的话题,爱的传递,体现在新励成的方方面面……

2016年3月24日早上9点左右,我带着简历来到了当时还在达镖国际的新励成,刚刚入职,心中胆怯又兴奋,担心不适应又想着接触新事物,懵懵懂懂、战战兢兢地走进了公司。刚进公司,迎面走来的每一个人脸上挂着灿烂的笑容,并对自己说了声"早",这种场景对于一个刚出校门的自己来说非常震撼,当时很羞涩地回应了一声"早",这种回应其实有很多不适应,但是心里很暖、很高兴,感觉很像电视场景。后来,我接触多

了、了解多了，发现这种习惯只有新励成有，不论陌生人还是熟人，只要进入公司，每个人都很关怀、很有爱，暖暖爱意入心流，很享受这种工作氛围。

入职几天后，我发现自己根本不会销售，更别提如何跟进客户，当时自己在海珠团队，按照正常的流程进行学习，其实未知的太多，还是充满茫然与无措。就是在这种情况下，市场部、客服部的同事自发地给我介绍流程及学习内容，帮我成长，尽快了解适应公司。就是在大家的帮助下我很快适应了公司的节奏，熟悉了相关的业务流程，之后我发现这里不仅仅是一个教育培训公司，还是一个有爱的大家庭，每个员工都乐于帮助身边的伙伴，那种爱是无私的。

入职适应后，我发现在生产力急剧发展带来的巨大压力下，部分人员不知道如何去爱，如何去寻找爱，甚至不懂得爱别人及爱自己，简单的爱的传递受到了阻隔……带着传递爱的使命，我接待了我的第一个客户。她是江门的一位大姐，连夜赶到广州海珠达镖咨询。第一眼见到大姐，她风尘仆仆的脸上挂着很明显的焦虑。我至今仍记得当时大姐那种焦虑的眼神，当时心里没有任何想法，只是想尽快抚平大姐内心的焦虑，让她看到希望……接了杯温水递到大姐手里，引领大姐坐到咨询台旁，给大姐做了自我介绍后，我边讲，大姐边附和着点头，没有打开自己也没有及时陈述需求的背景。当时我心想，大姐要是一直在附和自己，不讲清楚她的需求点在哪里，我也就无法真正帮助到大姐。为了了解大姐的状态，就将近期其他咨询老师接待学员的情况做了介绍，着重讲了一个学员通过"一卡通"课程的学习，成功竞聘上主管的事情。讲完这个故事后，大姐眼里有了一丝期待。接着我就引导大姐讲述想要学习的原因及有何潜在需求，大姐就将家庭、工作及为人处世的矛盾讲给了我。通过大姐的讲述，我了解了她的需求，知道她迫切需要提升自己，就首先推荐了"一卡通"学习课程，建议大姐学完该课程后，根据掌握的学习情况再深入学习。后面大姐报名参加了新励成所有课程的学习。去年又一次见到大姐，大姐的气质形象、言谈举止完全蜕变了，事业上也获得了成功。第一个客户就是这样，因为我的热情及真诚走进了新励成并获得了进步……

传递爱也会收获爱，记得 2016 年 6 月，一位女客户为帮助孩子提高口才专门来学训中心做了咨询并给孩子报名课程。在学习过程中，我们用心辅导、细心观察孩子的变化，完成课程后，孩子的口才得到了提高。看到了孩子的提高，女客户也在其家长群内进行了分享，孩子的不少同学因为女客户的影响来到了新励成。因为信任，女客户自己也加入新励成学习，最终成为我们忠实的粉丝，一段时间之后，她个人的气质、自信度及谈吐均发生了翻天覆地的变化。截至 2019 年底，她报读了我们所有的课程并且帮助了身边不少人。爱出者爱返，她的传递不仅帮助了他人，也让她收获到了属于自己生命的礼物。

2017 年底，我接到调令，负责开拓杭州市场。接到调令的当晚自己辗转反侧，彻夜未眠，主要原因不仅顾虑自己是否有能力开拓好市场，更担心的是辜负了所有领导和团队的信任，面对一个陌生的城市、一个毫无接触过的工作，自己忐忑踌躇……就在这时，新励成一位如"父亲"一样的长辈找到了我，给我做了有效的激励和引导，从我的入职经历、业绩提升及工作整体推进作了分析，让我找到了优势，恢复了面对陌生城市敢拼敢赢的信心。同时，又对整个教育行业的发展前景做了分析，尤其讲述了城市效应，随着杭州城市规模的扩大，文化素质亟待提高的需求会逐步推高流量来源。通过深入的沟通，我看到了未来的方向和发展的前景，更坚定了自己开拓市场的勇气和信心。但是作为新的市场，仍有不少挑战，不仅没有任何开拓经验，也没有行政、人事、招生及上课资源，这些工作当时自己都不会做，但现在杭州已开拓了 2 个学训中心，实现了市场突破。回顾往昔，当初自己是怎么做到的？其实开拓过程有困难也有彷徨，但是每每自己感到快坚持不住的时候，身边同事耐心的指导、领导细心的关怀均让我重拾信心，是他们大爱的付出，让我实现了一个又一个的不可能，能力也得到了提高。

未来在哪里、会怎样？未知，但我不会迷茫，因为新励成有我的信念，有爱的力量，我会继续走在爱的路上，播种爱，传递爱，收获爱……

## 为自己的选择负责

苑伊曼

2014 年我回到新励成,看过了外面的世界,做出自己当时认为对的选择,然后一直负责到底。眨眼间 6 年的时间,就这样与新励成一起走到了今天,我认为自己当初的选择和负责都是正确的。

选择比努力更重要?我认为努力比选择更重要!当你选择了一个你认为对的、好的、对别人有帮助的工作事业,剩下的就是前行,在行动中不断调整优化自己。我们大多出生在一个普通的家庭,不是官二代也不是富二代,我们只能做创一代。新励成有一门课程"生命的创造",我想这就是我们生命的意义吧。创造更好的自己回报父母,创造更好的生活给孩子,创造更好的课程给社会,所以我们没有理由不努力,我们没有理由不负责到底。

### 一

2016 年 3 月 13 日,望京学训中心开业了。刚开业,没有太多资源,对于一个北京 5A 级写字楼房租这么高的地方,这些资源是远远无法支撑的,每天压力都超级大,想想工资才几千块,而每个月的房贷、房租只增不减,感觉压得自己有点喘不过来气了。给家人朋友打电话说的都是同样的话,而打了多少个电话,谁能帮你呢,谁能与你共患难呢?那就只有离你最近的团队伙伴!最好的办法只有一种,就是面对、负责,越负责越成长!我们团队的每一位伙伴都太棒了,患难见真情,每个人做好手里的每一项工作,每个人都很努力,每天办公室里只有 2 种声音,除了拨电话的声音就是跟客户沟通的声音。虽然没有资源但是大家把去年前年各种资源找出来打,我能感受到每个人心里都顶着很大的压力,在负责中前行。功夫不负有心人,第一场沙龙收款 5 万多,团队的每一个人简直开心得想飞,这就是负责的收获!

还有一个刻苦铭心的夜晚,那时候公司每个月要团队 PK,而我的团队连续3个月每个月都输，到第4个月的时候，我内心里默默问自己，这个月还要输吗？再输大家都没有信心了，其实我感觉自己也快没劲了，到最后一天我们的业绩还是没有完成。已经11点多了，我们打遍了所有的电话，团队一个伙伴说给连总打了几次电话了就说不报名，课程都还没有学完。那时候想可能是最后一根稻草了，我说再给他打，不报名任何课程，就说我们团队差18 800元的业绩完成月度任务，没想到连总没找任何借口说一会就转过来。他的朋友圈说：北京相信努力！那一刻我记得大家眼里都是泛着泪光，我想那就是努力的模样，困难的时期总会有，但也总会过去。只要你努力！只要你负责到底！幸运之神总会来光顾你！

## 二

北京各学训中心的房租差不多，而每年我们的业绩却没有其他学训中心多。我内心充满了愧疚感，无数次问自己，无数次想逃离，特别是每年10月当财务告诉我今年没有利润的时候，真的是想嚎啕大哭，问自己这一年都干什么了？你的价值在哪里？公司把一个分公司交给你，你却没有创造利润，是不是需要换一个更适合的能够创造利润的人？带着这种痛苦你又想逃离，而这时候想想你的团队是你招聘进来的，你的学员是因为你报名的，你的父母也因为你自豪，如果真的一走了之，把大家扔下就是真的负责吗？如果今天逃避了，明天依然会遇到同样的问题，唯有面对、负责。每次我都告诉自己困难之后就是彩虹，老板比我还不容易，老板更辛苦，然后带着目标继续前行。那时候还是不得已的心态，而今天我想说那是恩典，感恩困难时我的团队伙伴们，感恩困难时我的领导，感恩困难时我的同事们！今天新励成的企业文化，让我有更多的使命感，成就个人，幸福家庭，和谐社会！

## 三

我特别喜欢称领导叫老板，因为那样有被老大罩着的感觉，哈哈。

老板1，我们美丽可爱、永远都那么美的歆总。一次来北京学习出差，刚好赶上我有一个客户事故，我特别想让领导来帮忙解决，但是歆总身体很难受，如果换做是我肯定就是找个借口不来了，但是她没有任何理由和借口，在身体很难受的情况下，准时到了海淀帮我处理事情，其实那一次我深深地被影响着，我觉得做领导就要向歆总学习！

老板2，2014年赵总说千日之战，2017年我在年会领奖的台上说就跟着赵总干吧，其实那时候我是半信半疑的。还有每次赵总信誓旦旦地说很多很有目标、很积极的东西的时候，我和大家一样内心在想，又画饼造梦。直到公司上市新三板，我觉得赵总是一位了不起的企业家！对赵总、对公司更信任了，其实现在看来那就是自己内心的信任感的成长。还有每一次吃饭的时候，每一次工作没有做好的时候，其实这么卓越的老板，我知道他内心是不满意的，但是他依然对我们很宽容，吃饭的时候会给你夹菜，团队缺人也会时刻为你想着，从来没有什么架子。每次见到老板的时候都能让人感受到满满的能量，我想我应该也成为这样的人，真的是很温暖的大家长！

还有一次 2018 年年终述职的时候，我想调岗，赵总找我到他的办公室。我依然记得老板的第一句话"受委屈了……"，老板的第一个动作，给我倒茶，聊了不记得有多久了，总之很久，他就是一直给我倒茶，不管我说什么他都无条件地包容我，今天想想感谢老板的大爱、包容，不然哪里有今天的我们，想在这里说一声：我们爱你！

这 4 年的管理，可以说越挫越勇，有笑声也充满了泪水，从不懂管理到学习徐豪老师的"领导力口才"，略知了一些管理的方法，跟华北教学部吴晓健老师学习沟通管理，跟身边的每一位老师、负责人学习，真的就是管理自己、成长自己的过程。原生家庭给了我们 20 年的基础，而我们想不一样，真的需要时间需要不断学习磨练自己，新励成的课程改变了我，我想这 4 年我成长了，越负责越成长，越宽容越成长，越感恩越成长！

成就个人，幸福家庭，和谐社会！我是苑伊曼，我在新励成！

## 我在新励成这些年的成长故事

张金凤

### 结缘新励成

说起我与新励成的结缘,还得感谢大学毕业前的一个招聘链接。

那是 2014 年,我大四即将毕业,偶然间看到学院 QQ 群里有位师姐发了卡耐基(新励成前身)招聘咨询顾问的链接,了解到它的企业文化,让我感受到这个公司的经营理念很有情怀,是帮助国人提升软素质的事业。咨询顾问也是销售工作,都说销售能够锻炼一个人,自己也想突破一下。于是就联系了师姐梁凤娇(后面成为了我的第一任领导),简单的交流后,我们就约好了面试的时间。

面试比较顺利,新励成是我大学毕业后的第一份工作,也是至今以来一直从事的工作。

同年 4 月末,我到番禺奥园广场的学训中心报到入职,那时自己还是小

白，没有什么经验，很多不懂，去到陌生环境里唯有安下心来，从最基本的工作开始，在不断的模拟演练中熟悉上手。在入职第一个月，我就完成了当月转正的业绩考核目标，次月顺利转正。

回忆学训中心建立的前期阶段，那些时日是很艰难的，因为没有运营经验和生源，就像开荒地一样，很多时候我们要靠外出拓展慢慢打开市场。印象深刻的是2014年的国庆，我没有休假，带着一组兼职大学生，在广场、街道顶着大太阳连续派了几天的传单，我们还去各社区合作开展沙龙。历经过许多个白天和夜晚，我们转战过华南新城、洛溪、祈福学校、天河骏景、石基、中国太平……甚至还去过韶关新丰县的一处小学开展讲座沙龙。有过喜悦，也有过失落，每每回想起返程路上，大家吃着饼干开心畅聊的画面，都倍感亲切。

**四年业务锻炼历经挫败和成功帮助学员**

其实一路走来，自己并不是很顺利，有很多的挫败和自我怀疑。销售的路上，我不是一个开窍的人。

碰了很多壁，犯了不少低级错误。有好几段时期，陷入糟糕的循环，业绩没达成，使得情绪状态不好，进入自我怀疑的内耗中，心想我是不是不适合做这份工作？也会非常敏感，生怕一不小心又有哪个报销表格大小写错误、数额填错，学员信息表错误被领导批评……其中有段时间我的表现并不很好，业绩时好时坏，几次被领导训话，自己也灰心丧气。记得那是2015年12月的一个下午，我被叫到负责人办公室谈话。对面坐着梁校，我有些战战兢兢但也知道领导找我的意思。梁校语重心长地和我说了很多，感觉这个狭小房间里，空气瞬间沉重起来，心里也很不是滋味，泪水湿润了眼眶。我深呼吸了一口气，凝噎着回了梁校"我离开吧"，后面在办公室里我们是否还说了什么，我已然不记得了。记得回到办公位，我故作镇定地和往常一样,坐在同事们旁边熟练地登录上公司邮箱,沉重地敲完辞职邮件发了出去,等人事审批离职手续。再到第二天,我回来学训中心,梁校又把我叫到办公室,和多方领导沟通,最后特批申请,决定把我留下来!她说:"你知道留你下来,我最欣赏你的是什么吗?是你的真诚、认真、负责任!"而我其实不了解自己原来有这样被人欣赏的闪光点。或许是这样一句话,给了我坚定的力量,我继续安下心来跟随这份事业,在工作中好好沉淀下来。再次感谢梁校、詹总对我销售路上的批评、鞭策与指导,让我成为更加专业的咨询顾问。

接下来,我慢慢历练得更加成熟稳重了,而后番禺 LTC 在第二任负责人贺校的带领下,继续向前奋斗,学训中心也在之前的基础上开始稳步发展。在 2016 年的最后一个季度,当时贺校因身体状况无法持续在岗带领我们,我们没有松懈,自觉自发地做好手头的工作,齐心维护学训中心正常运营,也创造了我们中心最后一季度做到月破 60 万元的团队成绩。到 2017 年,一位伙伴去竞聘了黄埔的负责人,伴随着团队陆续进来新人和昔日同事的离开,我成了团队中最稳定的一个成员。

但命运不会一帆风顺。2017 年 12 月,因为一个错误,一切从零开始。这次经历,让我内心蜕变,成长开悟了很多。一切从零开始其实也是个机遇,在哪里跌倒就在哪里爬起来,或许正是缺了人生经历的悟性,所以命运里安插了一个让我出错的卡点来磨砺自己。这次经历,也让我学会了心理素质的思维转换,我想这是暗示自己有更大的成长空间,有更美好的生命礼物在等待着我。很感恩贺校的信任与帮助,感恩公司领导们的宽容与爱,让我在成长道路上更加警醒。

在历经挫败与自我怀疑时,我曾想是什么让我一直坚持走下去?我觉得一个是我一路跟随的学训中心,友好的同事像家人一样,没有勾心斗角的办公室政治氛围;另一个是学员们,帮助他们从那个紧张不自信的自己变成另外一个自信、有着更多可能性的他们，一路见证着他们的成长，就像看见自己的兄弟姐妹一样。

我不会忘记，曾经帮助过当初一身穿着朴素，却渴望改变自己现状的小小文员小清。因为相信我，在月薪只有两千多块的时候，她咬咬牙坚定地给自己挤出学费报名加入课程改变自己，有了勇气跨行挑战金融销售工作，再看到她时，已是那样自信、有气质的模样。我不会忘记，曾经帮助一个跟进了很久、在广汽工作的客户，他是因为给团队和领导讲解汇报方案而紧张的永强，因为相信我，在下雨天马路边他的车门处，给他签完协议刷完卡办完手续的情景。我不会忘记，曾经帮助一个开工厂，说话不够自信的老板志强大哥，因为相信我而加入课程。他到后面成为更有气场的老板，还帮助他的双胞胎女儿加入青少年课程；之后他的爱人丽君姐也加入"生命的绽放"，还记得我带着协议一个人摸索着前往志强大哥工厂的情景。辗转坐了好一段车程，问了几次路人，进入到村里找到志强大哥家的工厂，带我简单参观他家工厂后，我们坐在接待处，他拿出现金亲自给丽君姐交"生命的绽放"学费，心里默默感激着这样信任我的一家人。我不会忘记，帮助过佳蓉、荣芳姐、桂娟姐、睿恒、大银哥、晃日哥等学员加入卓越，他们卓越蜕变的样子是他们自信蜕变的样子，是他们给了我力量。

**带领团队成就个人，幸福家庭，和谐社会**

进入 2018 年，我有了更多主动承担的意识。在兼职行政出纳的烦琐工作中，我更加了解学训中心的事务，更好地协助贺校做好管理及运营工作。不断积累经验的咨询顾问工作让我更专业熟练，目标感也更强，同年 3 月突破了个人 30 万元的业绩目标。

后来一个机会，公司竞聘学训中心负责人，贺校推荐我去参选，而贺校被公司安排调去深圳开拓学训中心。于是我鼓起勇气报名了竞聘，一番充足准备后，同年 5 月份经过一轮紧张的竞选，最后公布我通过了竞聘番禺 LTC 负责人一职。很感谢贺校的举荐和公司领导的相信和认可，让我担任这一职务。

从前面 4 年的业务锻炼，转型到管理团队工作中，算下来，如今剩下我这唯一一个跟随番禺学训中心走下来近 6 年的元老了。在这些青春时光里，感恩自己可以一路见证着我们的番禺学训中心，从孩童到青年，这里就像陪伴着我的另外一个家，学员们的变化以及团队发展与进步，会一路支撑我走下去。

带领团队一年半以来，我一路在学习和摸索如何管理团队，不断给团队注入文化的力量。虽然团队还没有取得很卓越的佳绩，但我希望接下来，带领着团队不断完善番禺 LTC，不断革命创新自身，去帮助更多的人：成就个人，幸福家庭，和谐社会！

我是张金凤，我在新励成。感恩公司和领导们给予这个平台和机会，感恩所有新励成的家人们，感恩团队的伙伴们，感恩学员朋友们一直以来的支持和厚爱！

## 感恩有你，励成相伴

李雪生

2020年5月29日，是我与新励成结缘的第2020天。回首过去将近6年的时间，在新励成这个大家庭里，我见证了自己一点一滴的成长。我曾经也思考过，到底是什么在支持着我第一份工作，就在一家公司里坚持了近6年的时间？我觉得就是公司的企业文化。随着新版企业文化的出现，我更加确定新企业文化里的6大特质在深深吸引并影响着我。今天，我想和大家分享，我和新励成企业文化相关的故事。

### 学习文化：持续自我学习和成长，乐于分享和相互赋能的学习文化

大学期间，我对学习就充满了热忱，一路努力学习，每年都获得一等奖学金、二等奖学金、国家励志奖学金，参加各种活动、竞赛、考证来持续地提升自己，真正把学习当成一种快乐

大学期间的一段经历，也为我与新励成的结缘，埋下了伏笔。当时为了提升自己，我在大学期间报了一个培训班，后来为了有更多实践，我在培训班里做过很多兼职，销售、扫楼、陌拜、邀约、跟进、谈单⋯也做过销冠，做过讲师，面对十几人到几十人去讲课。

有一段时间我每天早上7点到7点40分去带英语晨读，甚至40分钟全英文授课都带过；做过私教，一对一辅导学员，累计辅导了70次；做过运营，写过公众号文章；带过团队……当时真的干了挺多杂活，就是希望毕业后，能更加适应社会，能更好地工作。

时间转眼来到了2014年11月，那时我大四。有一次公开课，其中有我上台讲课的环节，我讲了一个小时，而那次其实也是有任务在身的，就是吸引同学报名。那天来了18位同学，现场报名了3人，虽然后来也有陆续报名的，但是那次我对自己的成绩特别不满意。

因为我之前是有过 50% 的现场成交率的记录的，我感觉自己的讲课各方面能力还有待提升。于是第二天一早，我就上网去搜索有没有提升讲师能力的培训班，当时就搜到了新励成，那个时候还叫卡耐基。当即我就留了电话，跟那边的老师进行了电话沟通。当时我在辽宁读大学，培训在北京，但我下定了决心，当即买一张火车票，去北京报名课程。来到北京，我就遇到了一位贵人，也是我现在的直属领导——赵帅。在他的帮助下，我报名了新励成的"一卡通"课程，投资自己，助力自己的成长。

就这样，2014 年 11 月 18 日，我与新励成正式结缘。后来的每个周六周日，我都是周五晚上坐火车来北京上课，周日晚上再坐火车回到学校，往返加起来 10 多个小时，来来回回好几次。

2015 年 1 月 12 日，我在朋友圈看到了赵帅校长发布的动态，北京要开第二家分校，选址在国贸，招聘课程顾问老师。

当时正在读大四的我也在找工作，自己又是新励成的学员，对课程也了解，就去应聘了。后来，我通过了赵帅校长的面试。在结束了大四上学期的所有考试，学校放寒假后，我于 2015 年 2 月 3 日正式入职新励成。

## 奋斗文化：坚持艰苦奋斗和自我批判的奋斗文化

彭老说："一个人没有激情和热情是很难成功的，激情和热情是什么，就是一个人对工作、学习和生活高度责任感的体现！"

入职新励成的时候，我发现我非常喜爱这份工作，对于这份工作的喜爱程度简直到了如痴如醉的地步。刚入职的时候正好赶上过年前的那段时间，当时赵帅校长去总部参加负责人培训了，因为我家离北京近，所以就想着留在公司里自己学习，腊月二十九再回家。那时候，我就学习各种新员工该学习的内容，每天认真自学，非常自律。或许上天是眷顾努力奋斗的人，就在腊月二十六那天晚上，我接到了一个电话，是来咨询课程的。我当时特别胆大，敢想敢干，没有限制性思维，再加上对工作充满了热情与热爱，以及这几天的学习情况还挺好，我居然一通电话就成交了"魅力口才卡"全款，学员当时就把钱汇到公司账户上了，这也成为了我来到新励成的开门红！

转眼间就来到了 6 月，我不得不回到学校里准备毕业论文和毕业答辩，暂别了心爱的工作，我心里还是非常舍不得的。于是，在每天写论文闲暇之际，我也会跟我的学员们联系，每天都挤出时间来工作。在工作的时候，我会感受到幸福和满足。

那时，我会和学员沟通到晚上 11 点多，但是并不觉得累，反而能帮助到学员，是一种内心的充盈，因为我坚信课程能帮助到他们，给到他们更好的未来。

那个月我身在学校，并没有接新资源，我也不忘我的学员们，每日心心念念的都是工作。最终，我在没有上班的情况下，也完成了 63 900 元的业绩，同时 6 月底我也顺利拿到了毕业证，我知道，我人生的新里程正式起航了。

## 契约文化：高度职业化的自律，敢于担当，信守承诺，说到做到的契约文化

2015 年的 7 月份到来了，上个月由于回学校完成毕业论文和答辩，虽然做

了 6 万多的业绩，但是 7 月份想用更多的业绩来弥补 6 月欠收的那部分业绩。

那时我也是敢想敢干，就风风火火地定了 20 万元的业绩目标，其实在当时而言还是非常有压力的。因为在那时也极少有人能够做到单月 20 万元的业绩，更何况我还是一个新人，那时的国贸 LTC 刚成立三个月。那时我愿意去尝试，而且我对业绩目标是非常有敬畏感的。当时我也压力很大，每天就想着怎么完成，经常失眠。真应了那句话，梦想就是每天做梦都在想的事情。后来，也就没想太多了，做就好嘛，反正不管怎么样，目标是自己定出来的，还是要自己对自己负责任，目标不是说给别人听的，也不是吹牛或者喊口号，既然定下了便真的义无反顾，只顾风雨兼程。

那个月我很忙碌，每天都是从早上 9 点起床开始，到晚上 11 点睡觉结束，每天工作 14 个小时，没有一天休息。功夫不负有心人，那个月的倒数第二天，我真的完成了 19 2000 业绩，最后一天只剩下了最后 8 000 块钱的业绩。最后那 8000 块钱怎么办呢？我当时脑子里边只有一种声音，就是一定要去完成它，坚持到最后一刻不放弃，做就好了。那天我不断地打电话邀约客户，也许是信念传递到了学员身上，那天我真的邀约到了三个客户。而且那三个客户一个人成交了 2 000 元，一个人成交了 5 000 元，一个人成交了 1 000 元，正好就凑到了 8 000 块钱，完成了 20 万元的业绩目标。

契约文化是神圣的，如果你说到了，那就一定要去完成它，其实这也是一种使命感。

又过了半年，转眼间 2015 年就步入了尾声。那个时候我给自己定下了一个目标，在 2016 年春节来临之前，我希望自己在工作的第一年，在工作的 10 个月里，能够完成 140 万元的业绩。那时我也很神圣地在我的办公桌前贴了这么一个小纸条，每天盯着它去想 140 万元已经完成多少，还差多少，每天就这么擦擦写写。

那段时间也受了很多委屈，往往睡觉的时候，枕头都是湿透的。但作为男人，情绪宣泄出来了，该做的事还是要做，一诺千金嘛。那段时光的成长也非常明显，我明白了成熟不是心变老，而是眼泪在眼眶里打转，还能保持微笑。

我发现我的潜能，也是在那个时候被无限地放大，我可以去成交之前我根本就不敢去想的客户，也学会了用各式各样的方法，成交形形色色的学员。

有的时候，不逼自己一把，永远不知道自己有多大潜能。最终，我真的实现了我定的第一年10个月完成140万元的业绩目标。所以我觉得我们是需要一定的契约文化，就是要信守承诺，敢于担当，说到做到。

**开拓文化：敢为人先，勇于探索，开荒拓新的开拓文化**

时间转眼到了2017年4月19日，那一天，也是另一段经历的开始。那天我们华北团队集体去开会，中午休息的时候赵总突然跟我说，让我去石家庄学训中心做负责人。我懵了一下，当时回想起华北大区静总说过一句话：我就是一块砖，哪里需要哪里搬，新励成人是需要一定的开拓精神和奉献精神的。

那时我在华北很稳定了，客户当时也累积了400余人，每个月的业绩在华北都是数一数二的。而当时石家庄学训中心刚成立半年多，未来如何，都是挑战，也是未知。

不过好在我骨子里还是喜欢创新和挑战的，家里好多人多次劝我考公务员，找个稳定工作，我都无动于衷。后来我就过去石家庄了，这也特别感谢赵总的知遇之恩。在石家庄的那段经历，确实是另一番成长。

刚到石家庄的第一个月，我就快速进入了负责人的状态。我发现帮助团队伙伴成功，真的是比自己成功还要兴奋。也是那段时光，让我明白了校长就是勤奋的标兵，生活的保姆，思想的导师，业务的高手。为了给团队员工做榜样，我每天都是先于她们来到公司，晚于她们下班回家，每天孜孜不倦地检查伙伴们的九大率，核查每一条数据，为她们的成长负责任。

当伙伴有困难、有情绪的时候，我会给到她们及时的关照，会帮助她们加油打气，经常跟她们一起吃饭、聊天、团建。也是在那时候，我觉得自己的工作开始有了一点生活的气息。当伙伴有困惑、迷茫的时候，我会帮助她们理性地去分析；当伙伴需要在业务上寻求帮助的时候，我会全力以赴帮助她们。刚到石家庄学训中心的第一个月,我就带领石家庄的小伙伴,突破了新的业绩制高点,刷新了她们之前的最高纪录,同时,也刷新了之前石家庄学训中心的最高纪录。这一切都源于一份信念,想要帮助石家庄学训中心开疆拓土,让其茁壮成长的信念。

**相信文化:相信企业发展愿景的实现,相信不断创造伟大奇迹的相信文化**

2018年初,由于家里的一些原因,以及自身的规划,我又回到了国贸学训中心。在准备回到国贸的时候,我的心中就一直有一个信念,就是突破之前的成绩。那个时候每天晚上做梦,都会想到两点,一是希望自己可以口测卓越,二是希望可以拿一个带奖杯的全国销售冠军。

在去石家庄之前,我也多次获得过销售冠军,但是那时候没有奖杯,没有仪式感。而在我去石家庄的时候,公司就开始有给奖杯的制度了,当时心里还有些许郁闷。

后来想着回到国贸之后,就要实现心中的夙愿,记得那时每晚做梦都是想着这两件事,真的成了"梦想"。相信自己可以实现自己的愿望,相信自己可以创造奇迹,一直抱着一份相信。也许是吸引力法则,在回到国贸的第3个月,2018年3月份我居然口测成交了卓越全款。回想起来,除了方法技巧这些外在因素,更大的内在原因是一份相信,一份信念。有了相信文化对自己行为的影响,我在与学员沟通时气场会更加强大,给学员传递的信心也会非常强,学员对公司以及课程的认可度就会非常高。

在那个月,不仅口测成交了卓越全款,也创造了385 906元的业绩,成为了全国销售冠军。

总结起来,真的就源于一份简单的相信,相信自己可以创造奇迹,实现梦寐以求的愿望,也相信在新励成这个平台,我可以更好地成就我自己,从而能帮助更多需要帮助的人,让更多家庭幸福,让社会更和谐。

**亲情文化：以规则为前提，相互尊重、共同协作、懂得感恩的大家庭式的亲情文化**

新励成一直都是富有亲情文化的，虽然这是我毕业到现在第一份工作，并没有体会过其他公司的文化氛围，但总听到其他人谈到外面的世界多么残酷，多么勾心斗角，尔虞我诈等等。所以，在新励成这几年，真心觉得新励成就是一个温暖有爱的大家庭，大家都是相互帮助，共同进步。我记得刚来新励成的时候，哪里有不懂不会的地方，问同事或者领导，都是倾囊相授，没有嫌弃或藏着掖着。公司的文化有一条是"投入激情工作，享受快乐生活"，赵帅校长会在我们完成目标的时候，带着大家出去开阔视野。

这五年多的时间里，我们有过 20 多次的团建，有时候也会带上我们的学员、朋友，相互交流，增进感情。每一次的团建，也让我们的团队氛围更加融洽，所以我们的国贸校长，也有了一个称号——国贸爸爸。其实帅校也确实很像我们的"爸爸"，这也是为什么我们会觉得在新励成特别有亲情。校长就像一个大家长，我们就是这个大家庭里的家人，彼此都可以用哥哥姐姐，弟弟妹妹式的称呼，亲情文化是真实存在的。

其实一年 365 天里，我有 340 天以上都是待在公司的，除了过年放假回家待十天左右。

虽然我们是一周休一天，但在家待着很没意思，休息的那天我也愿意来到公司，在公司舒适地看书、思考等等都能很投入和专注，家里的恬静与闲适在公司也可以享受到，真的就是"家"的感觉。

在新励成走过了整整 2020 天，感受了新励成文化的奋斗、开拓、契约、相信、学习、亲情，这些年来的点点滴滴，都弥足珍贵，成为我最珍藏的回忆。

心中有爱，花开不败，做一个内心有爱的人，去帮助更多的人，共同建筑花开不败的世界！

## 遇见更好的自己

商 楠

初识新励成是在 2018 年 7 月。我因为在工作中有沟通阻碍，慢慢地变得不喜欢说话。为了寻求突破，我在网页中搜索了"表达，说话"，看到了新励成。我拖着一个没有灵魂的皮囊走到了新励成。

记得我第一次上课是当众讲话的第 9 讲"主持开场"，老师讲完了"称，迎，重，人，请"这五个字的时候，我心里想：啊，这么简单啊，就这 5 个字的方法很简单呀，我肯定不会紧张啊，肯定没问题。就这样一位同学接一位同学地上去下来。到我了，我拿着话筒站在了门口的等待区，不知道为什么，突然之间腿不自觉地开始抖动，呼吸开始急促。当背景音乐响起，我的手开始疯狂出汗。我开始用尽全力控制腿抖动的速度快步走向讲台。瞬间感觉台下的所有同学都开始盯着我，大家的注视就像是盛夏中午的烈日，让我避犹不及，无处可逃。"尊敬的老师，亲爱的各位同学，大家现在好。"刚说完这句话我的嘴巴开始不受控制，声音开始有些抖。讲到中间的时候，心情太激动，声音直接爆掉了。终于结束了。那短短的几分钟，我

感觉我在讲台上站了一个世纪那么久。

讲完后我把话筒递给老师，老师打趣道：呦，你这是还把话筒洗了一遍呀。坐下后心中的紧张更是难以消退，晚上下课回去后我心里打起了退堂鼓，晚上躺在床上，心情久久不能平复。一闭眼，眼前都是腿抖和手暴汗的场景。我就想：算了算了，反正我平常当众讲话的机会少，一般都是一对一的沟通，不上这个也无妨，不去了。就这样我躲过了老师一次又一次的催课。老师想要找我聊，我也选择用忙来拒绝。

直到有一次甲方合作商在群里公开对我说：我感觉我现在就是在跟一个机器人说话。

这一句话，像是一把刀子，一刀劈碎了我所有的傲骨，打碎了我的自以为是。我想放弃了，我跟爸爸说我想回家了，成都不适合我，这份工作不适合我。爸爸问我为什么，我给爸爸说明后，爸爸没有责备我，可是也没有说让我回家。爸爸说："宝贝，你能坚持到现在已经是我的骄傲了，我都尊重你的选择。"就是这样不甚明确的答案，又把选择的权力交到了我的手上。我站在了走和不走的十字路口上犹豫不决，我一个人坐在成都天府三街的路上，看着来来往往的人、走走停停的车，冷静后突然想，我可以辞掉这份工作，难道我下一份工作就不会遇到同样的问题吗？那时候的我要再次走吗？难道我真的就是天生的不会沟通吗？

就在我犹豫不决的时候，新励成的老师又一次跟我约课："商楠，心理素质课要开了，过来上课吧。"就是这句话，让我有了跟新励成的故事……

2018 年 8 月 31 早上 7:30，我又一次带着没有灵魂的皮囊和糟糕的心情踏上了去上课的路，我很担心这次又会出现上次的惨状。公交车上的我，心脏一直在扑通扑通地跳，紧张地等到了开课。老师用温柔的声音让我的心情慢慢平复了些许。信念、情绪、身体动作、意识焦点……一系列的专业知识让我深陷其中。课后 21 天的 Morning Power，让当时的我慢慢地意识到，我已经好久没有情绪波动了，没有喜怒乐，只有哀，对什么都提不起兴趣，没有感情，没有耐心，一遇到问题就想逃避。我只知道我每天都在加班，但是却不知道那么忙是为了什么。就这样，我带着问题在下课的时候跟老师沟通，老师给我一一解答，包括我的助教老师在第一天下课后也马上关注了我的情绪，让我第一次感觉到在成都有了归属感。成都不再是我融不进的城，我不再需要做"骆驼"。

为了盯公司项目的进度，我几乎每天凌晨后才下班，没有节假日，我只能提前跟领导申请周末的时间，头天晚上凌晨下班，次日早上 7 点准时出发坐公交去上课，下午下课后再坐地铁回公司加班。实话讲，每一次的早起对于我来说都是一次煎熬，我上不了晚班课，可是每一个周末班我都不想错过。每次早起的时候，我有无数次想要放弃坚持，可每当我想放弃的时候，就回忆起那次甲方项目组说我的那句话，我就决定坚持下去，哪怕现在看不到希望。从第一次的哆哆嗦嗦，紧张出汗，到后来的可以正常表述，再后来的获奖。

2018 年 12 月，我因为身体原因实在没有办法再上班，只好辞职回老家休养。在这休养的一个月中，我不断反思我会什么，我能做什么，我不想再让家里人帮忙安排工作。就在这个时候，成都新励成的老师联系我上课，我突然想起来，老家济南有没有新励成呀？我可不可以去上班呀？

2019 年 1 月 30 日，我有幸加入了济南新励成。我每一次在新励成看到刚刚加入新励成的学员就仿佛看见了当初的自己。慢慢地，我跟学员分享我在做学员时的心理变化，我第一次登台的囧事，我用上课学到的沟通方法跟学员去沟通。这一年中是我成长飞速的一年，我帮助了近百名学员在新励成收获了成长和蜕变，每一次学员的收获和成长就是我前进的最大动力。我们彼此教学相长，彼此支持。

有些能力不是我们用不到而是我们自己选择了让自己用不到。当初的我以为我用不到，时间给我一记响亮的耳光，放弃那段时间真的很舒服，坚持的那段日子也真的很痛苦，可是坚持的光一直照亮了我前行的路，在痛苦的过程中给了我灯的温暖，我一路收集着光，终于照亮了我的追求。

不是看见了希望才去努力，而是努力了才能看见希望。

成长在于坚持！成长在于相信！感谢当初选择相信新励成的我，感谢当初努力坚持的我。

始于新励成，沁于新励成，忠于新励成。

## 奋斗路上的足迹

宋少州

从求知若渴的一名学员到躬身入局的加盟校区投资人，我就这样走过了我的六年……

初识新励成还是在 2014 年，当时我在去哪儿网任职团队组长，工作中和领导沟通交流遇到了不少障碍，所以开始盘算向外寻求答案。先是买了一本卡耐基的《沟通与人际关系》，虽然书中讲到了很多为人处世的小技巧，但是离解决问题还是杯水车薪。卡耐基先生一直在书中"鼓吹"自己的线下培训班有多么多么好，所以那时我突然萌生一个报名线下班的念头。和新励成的大多数学员一样，打开百度搜索了"卡耐基人际沟通"（新励成品牌前身卡耐基）。记得当时联系我的是新励成北京海淀校区的苑老师（现北京望京 LTC 负责人），简短的沟通之后，我们就约定在了周六下午帮我做个人口才测评辅导。

在测评辅导之后，我对课程有了一个初步了解，在校区"简单朴素"的学习环境中，我决定再考虑一下是否报线下课程。但是在临走的时候，苑老师再一次邀请我参加晚上的演讲俱乐部，抱着凑热闹的心态，我答应留下来参加。晚上的演讲俱乐部来了大概 30 人，坐满了整个教室，大家依次上台演讲，整体的氛围让我感到很舒服。更加令我心动的是，在自我介绍环节，我发现演讲者来自各行各业，有做法律、金融的，有创业和在外企上班的朋友，这对于刚来到北京的我是一个非常大的诱惑。我渴望与各行各业的人打交道，去开阔自己的眼界，认识各行各业的朋友，提升自己。那天晚上整个演讲活动的氛围非常棒，大家积极热情地讲着、听着，一直进行到晚上将近十点半。当时的主持人，是云绮老师，那也是她第一次做主持人，那是我们第一次相遇。现在回味，与新励成的缘分成就了我的事业与生活。

课程结束后，我回到工作岗位，依然倍感压力，考虑再三决定报名参加"人际沟通"课程。在课堂上，我对人际沟通的知识和技巧有了更深层次的认识和理解。当时学习感受很好的我，在手头并不富裕的情况下，决定报名"影响力导师班"。导师班的学员有企业家、公务员、公司高管等来自各行各业的精英，这打破了我以前的社交圈层。和他们一起聊天学习，也极大地打开了我的格局和眼界，同时课程的学习也让我有了更多的想法，对原来事物有了更深刻的理解和认知，可以说"影响力导师班"彻底改变了我。凭借导师班赋予的能力和公司良好的增长势头，我在三年时间里，职位连升四级。不仅事业，那美好的三年，我和云绮老师也从相识、相知到相恋……

2015—2017 年，于我个人而言是美好的，但是我所处的互联网行业却发生着翻天覆地的变化，像滴滴快车、优酷土豆、58 赶集以及美团、大众在收购并购，等等。我所在的公司去哪儿网也被携程收购，当时整个公司做出了巨大的调整。当公司总经办团队发出了一封悲壮的告别信之后，公司进入了动荡期，我强烈地感受着行业巨变和行业机会巨量缩减带来的压力和迷茫。迷茫的开始也是寻找的开始，所以在 2017 年的年末，听闻新励成计划在山西太原开分校，我第一时间想到的是：是否可以尝试做加盟，并对整个项目进行了一个评估。经过深思熟虑，凭借着我在新励成的学习、经历、感受和收获，我决定选择相信，并毅然举债创业。把自己的行业转型交给新励成，让我从迷茫中似乎找到了光亮！

加盟创业随之而来的是繁重的经济压力和心理压力。带着这些，紧锣密鼓地筹备两个多月后，2018年的4月30日，太原学训中心正式开业。短暂的欣喜后，开始了奋斗的5月，经济压力和心理压力也化成源源不断的行动，电话、测评，多帮助一名学员再多帮一名学员，就这样夜以继日地度过一个月的时间。至今我还清晰地记得当时是5月最后一天的晚上，我兴奋地给新励成赵总打了电话，把首月实现盈利这个好消息告诉了这位大家长，出乎我意料的是这个大家长竟然比我还兴奋，为此还发了一个朋友圈为太原加油。这也让我感受到了在新励成奋斗着的亲情文化，奋斗路上不孤独。

在接下来的几个月里，我们陆续迎来了艳荣、乔轲、树桂、晨漾、璐璐等很多优秀的小伙伴，同时在治翰、邱华等很多老师的帮助教引下，团队一步一步走入正轨，业绩也在连翻倍增。在2019年5月我们迎来了一个强势成员的回归——文静老师（现呼和浩特校区负责人），在她的突出贡献下，太原团队更是在2019年7月达到了全国第一，太原团队的前进另人欣慰。

太原经营状况良好，但由于看到近两年国内经济形势是比较紧张的，所以我在对是否要去拿下呼和浩特这个事情上一直在犹豫。在2019年中，业绩飙升，士气高涨的鼓舞下，还是决定把呼和浩特也拿了下来。2019年10月，呼和浩特学训中心开业了，开业的当天来了很多家人朋友，似乎预示着这片市场的欣欣向荣。在文静老师的强力支持之下，呼市第1个月就达到了26万的业绩水平，然后在接下来的两三个月内，由于整体团队的成长以及市场的波动，业绩承受了一个比较大的向下走的压力。但是我相信在文静老师的带领下，呼和浩特学训中心一定能够走出波动期，走入一个向上成长的正向轨道中，因为新励成人奋斗者的精神在她的身上体现得淋漓尽致。

不管是太原团队还是呼和浩特团队，都是在摸索中前进。挑战和机遇并存，相信在新励成领导团队带领下，新励成加盟校区一定能坚定、坚持走下去，服务更多的学员，为构建和谐社会贡献着我们的力量！

## 梦想开始的地方

郭云霞

广州对于你，是一座怎样的城市？我相信此刻的你一定也有很多感触。而它于我，是一座曾以为很遥远，但后来却心往之，心系之的乐园。所有这其中的变化，皆因为——新励成。

你的梦想是什么？曾经的我也非常迷茫，不知道未来的路是如何，未来的自己是怎样。所谓梦想，更是缥缈。

2013 年 6 月，跟随着爱情，我来到了广州这座陌生的城市。那时的我，如果用丑小鸭来形容一点也不过分，生活中自卑内向，爱情里委曲求全，工作中毫无方向。那时的我还未曾意识到两个月后，也就是 2013 年 8 月 10 日，当我踏入新励成的那一刻起，我的人生将开始发生翻天覆地的变化！

2014 年元旦前夕，我跟随美丽智慧的赵永花校长，前往佛山学训中心参与学习"人际沟通"课程。课程结束拍大合照时，很多上过我"当众讲话"课程的学员，非常热心地邀请我一起合照并推着我往中间站，一种强烈的被接纳、被托举的感觉溢满全身。而就在前 1 秒，由于收到男友发来的分手短信，付出了将近七年的感情一时间灰飞烟灭，我正被一种强烈的被抛弃的感觉浸透全身。正负电流的强烈冲击让我一时间眼眶湿润，眼泪使劲儿地在眼眶里打转。那天晚上，我回到住处，躺在床上好久都没有睡着，我回味着学员们给予我的温暖和托举，从床上爬起来，打开日记本，非常认真地写下了一句话：从今天开始，爱我的学员。

什么才是爱学员呢？上课时全情投入，努力关注每一个学员在课堂上的表现和变化。下课后逐个加微信，询问大家的感受和体会，及时地给予辅导和帮助。我几乎把所有的时间和精力都花在了学员身上，一年下来，我也收获到了学员们的喜爱，掌声鲜花接踵而至。而我也从一名教练，一路晋升到初级讲师，再到中级讲师。依然清晰地记得，当我在珠海火车站手拿车票正准备去往下一个学训中心，收到中级晋升邮件时内心的那份兴奋和喜悦。同

时，也感慨万千，当我在不求回报地付出爱时，所有的一切福报却把我拥抱的更紧。圣经中把这叫做：爱出者爱返，福往者福来。

  14年底，公司把我派遣到苏州拓展华东业务。面对着这一片空白市场，起初真的有一种被发配边疆的感觉，内心也是非常地落寞。后来转念一想，这是公司在给予我信任和帮助我成长。苏州是公司全面拓展华东市场的第一步，在公司的整体发展战略上非常重要，我一定要全力以赴。面对陌生的市场，招生是个难题，我便和当时的江涛校长，还有咨询老师们一起去热闹的观前街派发传单。那时，由于刚开始学员人数较少，我们便举办了各种室内外的活动服务学员，包括演讲比赛、联谊、烧烤、爬山等，与学员建立了感情基础，那时的我并未曾料想到这些行为也为后续的招生和转介绍做下了很好的铺垫。2015年，我终于找到自己的幸福并步入了婚姻的殿堂，当天不仅很多学员前来祝贺，就连公司的领导们也专程从广州赶来见证我的幸福，当我看到吴董、赵总、詹姐、花姐的时候，内心激动得差点都说不出话来。而当我站在台前不是以一个老师的身份而是以一个新娘在进行酒宴祝辞时，我告诉自己，一定要更加努力，才能对得起老板们的信任和学员们的托举。毕竟，爱出者爱返，福往者福来！

2016年5月，我的宝宝出生了，初为人母，我只想让孩子感受这个世界上所有最好的东西，包括物质。从小对贫穷的恐惧让我突然对金钱异常地渴望，也害怕贫穷带给我的孩子伤害。于是在2017年初，我决定割舍这个我一手带起来的团队，离开多年滋养、培养我的公司。

正如那句流行语，理想很丰满，现实很骨感，我很快就感受到了来自现实的骨感。2017年底，合伙人突然提出撤资，所有经营的任务都交到了我一个人的头上。一时间，我既要照顾孩子，又要推广课程，还要交付课程，焦头烂额之下，我决定关闭公司。关闭公司很容易，可是学员怎么办？总得交付课程呀。于是我给赵总打了一个电话，赵总真的是一个非常有格局的大家长，他温和的语气，关怀的声音，让电话这头的我异常感动，我至今都能想起当时他用那浑厚而又不失温和的声音说道：云霞，回来吧，学员新励成来交付。

公司关闭之后，我每一天都早起跑步，磨练意志。在第三个朝阳初上的早晨，看着地平线上冉冉升起的太阳，我突然发现，自己开个公司就像做梦一样，投资人不找麻烦，老东家全力善后，学员们善加理解，我简直是掉进了福窝里，我怎么这么地幸福，瞬间内心无限感慨。

2017年12月，我回家了，就像我未曾离开过一样。领导积极关照，老板依然重用，我也仍然把所有的精力都放在学员身上。认真对待学员的每一个问题，用心讲好课堂里面的每一个知识点。我越是努力地分享，学员们就越是感谢和感恩，学员们用朴实的话语感谢我：有说我是他们的贵人的，有说一辈子都要感恩我的，每次收到这样的消息，我都非常地自豪，因为我感受到了爱在流动。而这种爱的流动又会激励我在下一次课堂里更卖力、更用心地讲课，更有爱、更温暖地托举学员。

爱，就在这样的一往一返中流动，我的梦想和使命也在这一往一返中变得愈加的清晰。还有什么是比用心、用爱去影响生命更为有意义的事情呢？

就在这爱的流动与往返中，我的理想与新励成的理想也交织融合在一起，新励成的使命也深深地印刻在每一个新励成人的血液中：成就个人，幸福家庭，和谐社会！

## 成长需要加点料

吴星星

初看到企业文化故事征文通知,内心还在想这是什么?直到看到后面的金句——"酸甜苦辣都是营养,每一次经历都是成长",这句话深深地触动到了我。思绪顿时回到了 2012 年夏天,严格来说也不算是夏天了,因为北方老家早已经入秋了,但是这座南方城市——广州却依然是炎热的。这是我人生第一次离开家乡来到一个完全陌生的城市工作生活,可以想象这样一个大学刚毕业的懵懂青涩的女孩,怀揣着美好的想象和对未来无限的憧憬,是多么地渴望能在这个大城市立足。

10 月 8 日那天的清晨,我来到了新励成,当时公司还是在石牌桥的天俊阁。全国也只有广州、深圳、佛山三家分校,且全部位于广东。我所在的财务部也只有两个人,和我办理交接的人已经离职了,很多工作只能靠自己慢慢摸索。由于工作量很大加上不熟悉业务,我每天都是手忙脚乱,不仅工

作让我焦头烂额，广州快节奏的生活也让我时常喘不过气来。一大早起来赶公交，昏昏沉沉地像鱼罐头一样挤在车上，经常加班到晚上 10 点以后。那时还是会有很多客户使用现金，如遇到周六日，财务人员就必须到公司收现金。也许是之前的生活太轻松了，那段时间感觉特别累。记得有一次，同学约我周末去爬白云山，结果那天我一觉睡到下午四点多才醒来，闹钟加上十几个未接电话都没能吵醒我。身体累是其次，更要紧的是心累，工作没有得到认可，觉得没有价值感。可能有一些工作没有沟通到位，那时候财务部和业务部门关系也不够融洽。当时的我觉得自己特别委屈，感觉付出了很多还是没有收获。记得有一次我发完工资，已经很晚了，在坐地铁回家的路上想到所承受的压力和委屈，眼泪就止不住地流了下来。这时电话突然响了起来，爷爷在电话里听出了我的情绪，不断地安慰着我，我则强忍着哽咽的声音说做到年底，明年就不做了。

事实上，第二年我还是精神抖擞地来上班了，因为有几件事情从内心深处改变了我的想法。

有一次，我在做一笔内训的财务审核工作，按照公司的制度，销售人员是有提成的。我按照体系核算提交给了詹总，詹总笑着对我说：你真细心，没想到你还算了这部分提成。那是领导第一次夸我，给了我很大的肯定，让我明白一切的财务工作都是建立在了解业务的基础上。后来我也会有意识地去和业务部门沟通，了解业务部门各个环节的工作，这样工作效率就会高很多。其实工作当中磕磕碰碰总是免不了的，尤其是跨部门。有的时候我自己也会困扰、抱怨，为什么她们不遵守财务制度？业绩单不及时提交还责怪我们没有核算业绩？那时候公司的总经理是詹总，我很崇拜她，她一直是一位很有魄力、让人尊重的领导，记得有一次分享会上她说当我们无法改变别人的时候，我们只能改变自己。她无意中的一句话对我帮助很大，让我在工作当中，不会一味地去抱怨他人，有时也需要换位思考，在大原则不变的前提下，自己也去做一定的改变甚至是妥协，变被动为主动，从而把工作做得更好。

姚姐离职后的很长一段时间，我心情很是低落，一是和她特别亲密，二或许是之前对她太过于依赖，从出纳到全盘账会计的转变让我有点措手不及。记得她离开的那个月财务报表出得特别晚，也很坎坷。当时的出纳也是新来的，我要先教会她把出纳的工作完成，再来做我会计账务的工作，遇到不明白的，我就打电话请教姚姐，她也是在电话那头不厌其烦，细心温柔地给我讲明。本来工作可以如期完成，但是做账系统突然出现故障，账户信息丢失，这对于当时的我来说真是欲哭无泪啊！关键是我们前一个月的账户信息没有备份，也恢复不了，等于说我要先在系统里面把前一个月的账做完，然后再做这个月的。当时的我只有一个信念，就是相信自己一定可以靠自己的努力完成这项工作，后来我才深刻地明白信念真的太重要了。接下来没日没夜地连续加了三天班，我把报表发给总经办的那一刻真是如释重负。现在仍然记得吴董特意回复了一封邮件对我的工作表示肯定和鼓励。这件事情对的我职业生涯影响特别大，让我明白再困难的事情，只要自己坚持就一定可以完成。

当时财务部的直属领导是刘总，虽然和刘总相处时间不长，但是可以感受到她是一位特别和善的领导，每次有问题都可以给到我们明确的解决办法。每次部门会议都会设身处地地为我们着想，想办法为我们减轻工作量。特别感谢这些年刘总对我工作上的帮助和认可。随着公司不断发展壮大，我们部门从当初2个人发展至如今17个人（没有包括外区的财务）。伴随着新三板上市，财务相关制度也越来越规范，财务系统也越来越强大。很荣幸自己是新励成财务部的一份子，能够一路见证她的成长。

踏实肯干、任劳任怨一直是新励成财务人的标签，在财务部的小伙伴中，印象最深的当属景翠了。还记得新三板上市的准备阶段，我们一起加班至凌晨，一起在公司通宵，还有一起参加公司的泰国游，我们一起度过了太多值得怀念的日子。这些年，她一直都是兢兢业业地做好本职工作，同时还经常承担其他额外的工作。翠儿刚入职的时候是出纳，那时财务部就只有一个出纳，工作量不小，每天的收支单很多，每天核对完业绩还要做资金日报表，即使再晚，她都坚持把账对上，差一分都不行，直到把报表做好才下班。她总是傻傻地叫我"阿星"，我经常笑她，因为整个公司只有她这么叫，其实我很喜欢这个称呼，特别亲切。财务部的每一位小伙伴都是"景翠"，我们是一支严谨、专业、高效、热情的财务团队。

在新励成这些年，在财务部这些岁月里，发生了很多刻骨铭心的故事，遇到了很多让我怀念的人。算算七个年头了，自己从一个大学刚毕业的学生到现在为人母，我也从一个懵懂青涩的女孩成长为一个专业沉稳的财务人员。我人生最美好的青春在这里，这七年的种种酸甜苦辣，都汇成了我的经历、我的故事和我的人生！

## 工作，是最好的修行

赵 帅

生活，
哪有多少捷径可走？
哪有多少情绪可以抱怨？
哪有多少时间能够被挥霍？
……

"天若有情天亦老，人间正道是沧桑。"说到企业文化故事，这是我想到的唯一一句话。

我是在 2011 年加入新励成的，9 年时间转瞬即逝，岁月如金，我所理解的人间正道和沧桑就是工作带给我的非凡体验和成长！

只有工作，才能提升一个人多维度的能力。2018 年 5 月 18 日，13 分钟的微电影《工作，为了什么》正式在新励成官方微信平台发布。当时我们的特别开心和自豪，因为这是我们国贸家人根据学员的真实故事自编自导自演

的微电影。无数个日日夜夜的细节支撑和岗位坚守，组织近四十人分批次参与，才有这 13 分钟的呈现。

我们深深地知道，这 13 分钟只是一个小小的缩影。因为工作带给我们的真实和成长、激情和热情，岂能是这 13 分钟就能说得清道得明的？我们把自己的经历、感悟感受、日常工作细节一并融入这个故事中，也在这个故事里看到了更好的自己！

9 年的时间，因为这一份工作，作为国贸校区的校长，我和大家帮助的不仅仅是成千上万个像视频里主角这样的学员，还提升了我们个人的综合能力，比如思考能力、沟通技巧、演讲方法、协作技巧、创意落地、奋斗精神……我也真实地感受到了团队中每一个小伙伴的成长和喜悦！

只有工作，才能完善一个人的品德。有一句话说："管理就是激发一个人的善意！"在新励成国贸学训中心做管理的这几年，我对这句话深有感触。新励成的使命是"成就个人，幸福家庭，和谐社会"，在我看来，这其实是非常走心落地的企业文化指引。每天大家做的事情就是和学员沟通、辅导学员、关心学员，我深知做任何一项工作如果没有情怀和大爱，是很难坚持 2 年以上的。从事教育行业，大家其实都心知肚明，它并不是个一夜暴富的行业。为什么大家在新励成一干就是很多年？很大一部分原因是我们一次又一次看到这样的一幕：一位缺乏自信，不善言辞的学员第一次登上台演讲时由于害怕和恐惧而战战兢兢，甚至发抖出汗。但是来到新励成锻造和训练一段时间之后，变得特别自信，能勇敢地进行当众演讲，变得侃侃而谈，逻辑清晰，感染力十足地进行即兴演说！听到—看到—感受到！这一个又一个鲜活的案例不断涌现在我们的脑海，学员的改变也不断地滋养着我们。帮助别人的责任心渡人过河的自信、助人为乐的善良、对学员提要求的勇敢以及从帮助 100 人到 75 亿人的胸怀格局。新励成人的品德，也在不断地拔高纬度，持续升级！

只有工作，才能增加我们的人生深度。2019 年 10 月 7 日，是咨询老师晶晶经过一个小手术后上班的第一周，这天学训中心到访了一个意向学员。该学员已经是第三次上门咨询，由于性格里的犹豫和不自信，迟迟未做决定。这一次晶晶老师和这位学员沟通长达 5 个小时，一直未从咨询室出来。

我很是担心她的身体，就直接敲门进去，进去的一瞬间这位学员立马起身，拿起衣服就要走。就在那一瞬间我看到晶晶老师手捂着腹部，豆大的泪珠瞬间哗哗哗地掉落。看到这一幕，我内心里很不是滋味！晶晶老师苦口婆心沟通这么久，但还是无法帮到这位同学走进新励成的课堂学习。我相信这个眼泪并不全是身体的疼痛，更多的是由于自责没有帮到这位学员。同时，也看到了每一个新励成人的坚韧和温暖、善良和付出，以及对新励成课程品质的高度自信！我们都是相信文化的扎实践行者！

如果没有了工作，你能想象世界是怎样的吗？疫情期间，在写下这些文字的时候，我以及新励成加盟、直营里将近一千名同事，都被"关"在家里，新励成在这期间也积极地进行变革，开展了一系列的线上服务课程和线上交付课程。每个参与到课程中的同事们，有的仅仅只是告知同学们上课时间，或是朋友圈转发相应的课程链接，但都能从同事们的语气和表情中感觉到自我的被需要感，从事这份工作的价值和生命的价值。这也让我深刻地理解到了，不是工作需要我们，而是我们需要工作！

工作，才是最好的人生修行！拥有自己喜欢的工作是幸福的，能在自己喜爱的工作岗位上不断提升自己是幸运的，所以能在新励成这样的一个平台不断地修炼自己，我深感幸福。

幸福的的分解大致就是，在学习中，我们是课程的受益者；在和学员沟通和互动中，我们是情感上的受益者；在工作中，我们是能力养成上的受益者；在行业中，我们是中国软实力教育行业的领跑者。

在新励成，我相信我们的人生坐标和航向会更加清晰，对美好未来的向往也会更加坚信！再加上情绪的调整和掌控带给我们的勇气，阅人无数带来的沟通和生存技巧，我们定可以驾驭人生的成功之马！

伙伴们，让我们肩并着肩、手牵着手，大踏步勇往直前！

一起为实现和成就 75 亿人的伟大梦想而奋斗！

## 人之所以能，是因为相信能

邓 雄

在 7 月顺德的当众讲话中有一个学员让我印象深刻。他是一个准备上高一的男孩，说着一口流利的四川话，站上台时眼睛全程看向天花板，讲话 2 分钟，断断续续的停顿至少 1 分钟，期间身体前后晃动至少 10 次，手随意摆动至少 15 次。面对这样的学员，我并没有把他列为"问题学员"，心想他只是基础不太好而已，只要多给他一些鼓励和辅导，多给他一些耐心，他一定能够成长和改变。

所以他前面的 5 次上台，我都在不断地鼓励他，通过放大他的优点，并借助全场所有人的力量来帮助他建立自信，课上、课后关注他的收获。但是经过 5 次上台后，我发现他的变化并没有我预期的大，依然如初。这让我有了很强的挫败感。是的，我把帮助他快速成长当成了我的目标。当没有达到预期目标的时候，我感觉特别崩溃，我甚至开始怀疑自己是否真的能够帮助

到他？

　　回到宿舍我一直在思考这个问题，躺在床上，我望着天花板，发呆一刻钟后我脑海中忽然浮现两句话，一句话是我们老师分享的"爱要慢慢来，花会自己开"，第二句话就是赵总在朋友圈分享的"别太着急回报，因为播种和收获不在一个季节，中间隔着的一段时间，叫坚持"。想到这，我忽然茅塞顿开。在之后的课堂上我全神贯注地倾听他讲故事，台上更多一份鼓励，下课后耐心辅导。最后第九讲 B 节，我看到他终于能够不去在意别人的眼光，放飞自我去表演了，而且从原来的从不微笑到有了很多的笑容，在舞台上跟大家开起玩笑，而且跟大家也渐渐有了眼神的交流。最惊讶的是第十讲时他的表现，他出了一个很有诗意的题目"月光下的小花"。让我们看到了他内心极为丰富精彩的世界，即兴演讲时他抽到了一个非常有挑战难度的题目，但他没有放弃，全场讲了下来，并赢得了大家的掌声。从他的身上我看到了人成长的无限可能，看到了坚持不放弃，更看到了我们的相信文化。"人之所以能，是因为相信能。"

　　这个学员的成长和改变只是新励成万千学员成长变化的一个缩影，也是无数个从不相信到坚定相信的强力见证！他的改变，也让我联想到了自己从加入新励成成为一名咨询老师再到讲师的心路历程。

　　来到广州之前我给自己定的目标是成为一名讲师（这是我一直以来的向往和热爱），但想要在新励成成为一名讲师对我而言是一个非常大的挑战和困难。转念一想，如果我连自己都无法相信，又怎能帮助别人建立自信呢？于是鼓足勇气来到新励成面试，结果还是失败了。

　　那天我心灰意冷地在广州之窗楼下坐了整整一个下午，在珠江边望着江水发呆，迷茫、失落的情绪包裹着我，十分难受。而正当我准备买票回家的时候，一个电话又一次燃起了我对讲师的向往。经过沟通，我有幸成为了一名课程咨询师。虽然不是讲师，但好在距离目标又近了一步。

　　当被赋予老师这个身份的时候，当大家对你有所期待的时候，当我的演讲经验能够帮助到别人产生价值的时候，我也褪去了腼腆和稚嫩，在新励成的学习氛围中快速成长。

2017年9月，我加入了广州市演讲与口才促进会（以下简称"广促会"），一个广州非常大型的公益演讲社团组织，从此让自己的热爱有了更多的舞台去展现。刚刚来到"广促会"时，我还是一个在背后默默做着策划、写着文案的人，加班熬夜是常事，挫折打击更是家常便饭。最艰难的一天是2017年的最后一天，新励成的伙伴们都在疯狂冲刺业绩，1分钟都要利用到极致，恨不得把自己掰开成两个人来工作，一句口号"倒，也要倒在离自己目标最近的地方"让所有人热血沸腾，干劲满满。而那一天也是"广促会"非常关键的时候，我们需要一场大型活动来扩大知名度和影响力，所以花了一个月的时间来策划和筹备这一次的大型年会活动。一边面对自己本职工作的目标，一边面对自己的一份热爱和责任，鱼和熊掌不可兼得，怎么割舍都会辜负另一方期待。当我想要支持"广促会"年会的时候，心里就会想起领导的声音："你的主战场在哪里？你的业绩目标实现了吗？你该负的责任到底在哪里？"当我想要在最后一个月的最后一天完成自己的业绩目标好好冲刺的时候，心里又会响起另外一个声音："你的初衷是什么？你还想要成为一名讲师吗？你要辜负大家对你的期待吗？"面对两个团队的期待，面对两个不断浮现的声音，那一天感觉到自己快"人格分裂"了。最终在一个艰难的电话后，我选择和我的小伙伴并肩作战，共同冲刺最后一天的团队目标。庆幸的是，我们团队的年目标在2017年12月31日11点55分达成了。

2018年对于"广促会"来说是奋斗的一年。这一年我们组织策划了15场颠覆创新的大型活动，理事团达到了22人，单场活动人数突破了150人，举办了超3 000人参加的演讲大赛，我们的公益演讲事业影响到了5 000人以上。在这些数据的背后，是一个个像你、像我一样热爱演讲的人牺牲自己休息的时间、陪伴家人的时间，甚至睡眠的时间来完成的。而我也从幕后走到了台前，主持了一场又一场的活动。其中有一次，在主持完一场活动后，赵总走过来轻轻地拍着我的肩膀说："年轻人，你刚刚讲得很好，我很欣赏你们做公益演讲事业的。能够发展到今天，确实不容易，继续努力服务好我们的学员。"

听完赵总的这句话，我热泪盈眶。赵总他看到我了，他在鼓励我，认可我！那一刻我感觉到自己的"渺小"被"放大"，自己的努力终于被人看见，所有的心酸、不容易终于被理解。就是赵总的这句话给了我无尽相信的力量。

"仰天大笑出门去，我辈岂是蓬蒿人。"从此，昂首挺胸代替了垂头丧气，自信大方代替了自我怀疑，敢想敢做代替了自我限制。通过两年的不懈努力，2019年4月，我终于如愿以偿成为了一名职业讲师，在更大的舞台上发光发热，用自己的演讲经验帮助学员成长和改变，帮助他们建立自信，把话说好！

在新励成的相信文化下，我们创造了许多从不可能到可能的奇迹，将许多"你不行"的信念转变为我"能行"，帮助了无数的学员从自卑走向自信，正印证了这一句话："人之所以能，是因为相信能！"

## 我的第二个家

马艺容

说到新励成企业文化中的亲情文化，我以前从来都没有想过这样一个公司、一个企业，能够提出"大家庭式亲情文化"这一文化理念。家，对于我们来说是包容的臂膀，是允许我们犯错误的地方，是我们无助时候的港湾。从来到新励成的第一天起，在我还不知道企业文化是什么的时候，我就感受到了这种大家庭式的企业文化的温暖。

2019年2月25日，那一天我推开了武汉中南写字楼的大门，走进新励成，见到我的领导——教学经理傅帆老师，她给我的第一印象就不像一个领导，非常亲切又接地气，很像我的家人。只见她裹得严严实实的，一头可爱的短发在冷空气中微微飞舞，皮肤白白的透着粉嫩的颜色。她看到我为了报到穿的职业装，就握起我冻僵的手，对我亲切地说了一句"宝宝，你不冷吗？"看着她关切的眼神，我还在内心挣扎地想，要风度不要温度，为了面

子说"不冷！"就这样默默地跟在她的后面进到了武汉学训中心的教学部办公室，她跟我说："这就是我们华中的大本营，虽然我们平时回来的时间不多，但是这些桌子啊，椅子啊，你要什么就用！就像在家里一样！"我有点拘谨地坐在椅子上，跟冷空气"对抗着"抖了十几分钟后，感觉到校区突然暖起来了，心想：哇，难道这还有智能感应温度空调？伸头一看，原来是傅帆老师看到我冷得直哆嗦，默默地把空调开了最高的温度。傅帆老师走了过来，还找来一件外套搭在我身上，然后对我说了一句让我至今难忘的话，她说："艺容，从今天起作为讲师，你要先照顾好你自己，身体才是革命的本钱。"她的眼里都是认真，还有真真切切的关心。当时的那一幕让我好感动，在我印象里，没有领导是这个样子的。后来，我在广州，傅帆老师经常教我人际关系的处理方法，还时不时地给我生活中的照顾，比如考试前收到她给我点的咖啡外卖，她来广州学习时帮我带来很多当地特产，还有看到我变瘦了之后请我吃大餐。她从来不在大群里面点评我的每日感悟，给我喝鸡汤，但是她对我的关怀和对我的爱都表现在了行动里。这是我第一次感觉到，原来一个公司的领导，可以像我的妈妈一样。她不仅仅是我的"帆妈妈"，更是整个华中教学团队的"帆妈妈"，为了"帆妈妈"的这份爱，我们也会拼尽全力去闯！

第二件事情是我来到广州的第一天，拖着大大的行李箱，孤身一人来到广窗。在经历了十分钟换好职业装高跟鞋、拎着自己的水杯茫然地坐在教学部之后，我第一次见到视频外的龙哥。龙哥真是和视频里一样，严肃、认真的表情，一丝不苟的头发，一身职业合体的西装。就在我经过了第一轮的考验，准备孤身一人在天黑的广州跟着手机导航来找宿舍时，龙哥突然从我的手中接过了我的29寸超大行李箱，跟我说："走吧，我送你回宿舍！"我记得那天晚上我人生中第一次坐了三轮车，在城中村的泥巴路中一路穿梭，我看到龙哥的背影不再那么严肃，觉得很温暖。在龙哥把我送到了宿舍，关照了好多才离开之后，我突然觉得，虽然在广州的日子可能不会太好过，但也不会那么艰辛了。新励成是一个大家庭，我的领导，也是我的兄长。

在我来到新励成的日子里,身边突然多了一位又一位的亲人。有在我半夜发"朋友圈"哭诉备课备不下来时,就赶忙打电话拿着新旧两版课件,帮我分析课件的谢娇老师;有我的偶像,话不多人谦逊的翛然大神哥哥;有我心情低落时,会发信息安慰我的小艾姐姐;有大师姐领路人,邓滟滟老师;有和我亲如兄弟的夏源、后来的杨毅……

还有就是我们的广窗"十期",我们的每一位小伙伴,在营长的带领下,组成了一个家。我们一同学习,一同成长,每天一起突破自己,每天一起钻研课程。在我迷茫的时候是小伙伴帮我找到方向,在我生病爬不起来的时候,是方维扬班长打车大老远地跑来送我去医院,忙前忙后帮我打点一切。是这样的温暖,让我觉得我的生活也不是那么的心酸;是这样的同学之间的互相鼓励、关怀,让我坚定地走着每一步,走向成长。

工作中,我时刻坚持着自凿精神,把自己从一块石头,雕琢成一个讲师的样子。同时,新励成是一个让我有归属感的地方,让我的一切付出都觉得值得,让我的一切努力都变得有意义。因为对我来说,我的所有家人们,都在鼓励着我,指引我走向我最向往的地方——闪闪发光的三尺讲台!

如今我在新励成已经快一年的时间了。在这一年里,我不断自凿,完成当众讲话的授课;学会了通过不同的方式帮助更多的学员;重塑自己的专业课——科学发声课程。从一个完全没有接触过培训行业的"小白"变成了一名职业化的讲师。无论多么疲惫,无论多么难受,只要站在讲台上,我就会变成那个舞台上闪耀的明星。我帮助了许多学员成长,收到了许多学员的感谢,收到了许多学员的爱。但我想说,爱是流通的,我爱着新励成,新励成爱着更多的学员,学员的爱才会回流给我。

新励成这三个字,变成了我人生中的一块里程碑,是我人生的重要转折点。但同时,我更愿意把它比喻成我的第二个家,因为在这里,不仅有家人,还有关怀,有学习,有成长,但更多的是爱,因为有爱,才是家。

## 我们都是时代的奋斗者

马振鑫

酒过三巡后,大家欢声笑语一片。有的人说着说着就笑了。有的人笑着笑着就哭了。大家拍拍彼此的肩膀相互拥抱着,这两年来有太多的心酸,有太多的不容易。

然而在这个时候,突然有一个人,他借着酒意拍着桌子说道:"这杯酒,咱俩得喝一个。从一开始干广州市演讲与口才促进会(以下简称'广促会'),我们从什么都没有到现在还是什么都没有。没钱没名没利,但咱干得开心!"

"你知道吗?我放弃一天两千块的工资,请个假来促进会干活,就是为了贴个横幅,搬个凳子,为的就是搞一场活动,我做公益,究竟是图个啥?"

我拍拍对方的肩膀,非常诚挚地说:"我非常理解你,你很不容易,不光是你,我们大家都一样。"这些年来,确实有很多人问我:"你们总是在做公益,挣到钱了吗?做了这么多活动,你们最终得到了什么?"

是啊，仔细想想，我们得到了什么？其实我们得到了很多。

从2017年9月到2019年的今天，我们"广促会"做过近百次大大小小的活动，原创的活动高达30多场，平均每场的人数80人以上。

而每一次活动的前几夜，我们都在进行紧张的布场和彩排，往往这个时候无论大家有多忙，讲课有多累，有多么辛苦，有没有吃饭，都会来到现场一起布场。

很多人问："你们广促会的活动为什么能够做得那么好？"我们回答："你有见过凌晨四点的广州的夜景吗？你有为一件事情全力以赴到感动自己吗？"

"我们之所以成功，是因为我们在任何时候，在任何事情上都全力以赴、一心一意只干好当下的事。"现在，让我们把时间拉回到2017年9月8日，我们一起接手广州市演讲与口才促进会的日子。我们以会员服务为核心，以成长为要素，以服务为基础，全面打造可持续的、可传承的最具影响力的公益演讲组织。

上一届"广促会"在徐豪老师和蒋宝熙老师的带领下举办了很多成功的活动，但由于两位老师经常需要去往全国各地授课，"广促会"有过一段时间的断层。万事开头难，在我刚刚接手"广促会"时，团队只有三个人。面对一个陌生的组织以及接下来要开展的一系列毫无思绪的活动，面对很多半年未参加过活动的会员，需要服务激活，以及重新启动"广促会"，更是难上加难。

所以刚刚接手的我们，经常会踌躇满志地熬夜到凌晨两三点。

深夜无声时，在一个小房间内，三个人在微黄的灯光下，就这样开始了幕后一系列的活动策划工作。经过不同意见的碰撞，最终我们打算第一次活动举办一场演讲比赛。在策划过程中，好几次我多么希望灵感爆发，奈何眼皮与脑袋不断激战，困意早已上心头，幸好在咖啡和红牛的支撑下，一个活动的框架随着最后一个字符的敲定终于出来了。

至此，从第一次写文案到如今经常熬夜做策划，成了我们的常态。

通过努力，第一次活动举办成功，我们有了一个还不错的开始。

我们也慢慢从三个人的奋斗变成了一群人的奋斗！

9月接手"广促会"，两次活动成功举办后，时间过得很快，马上就到年底了，但凡年底一定少不了年度总结或年会盛典。

所以年末理事团通过多次碰头会议，最终达成共识：既然最后一个月了，就要有突破有挑战，所以这次年会我们准备玩一次史无前例的。十多个日日夜夜的组织策划落实，让我们彼此之间的默契度提高了不少，就当我们为一点成就沾沾自喜时，一个"踉跄"却让我们措手不及。

这一次活动的难度远超我们所想象，人员的不足，细节的难以掌控，特别是宣传链接一发，一系列"大咖老师"莅临捧场，报名参加活动的人数超过了130人，大家寄予我们的厚望，让我们瞬间压力暴增。临近活动开展只剩3天不到，团队所有人多次深夜加班，但结果总是差强人意，还未站稳难道就要摔倒了吗？不，抱怨没有任何作用。迎风而行，迎难而上才是强者姿态。在一次紧急会议后，我们迅速调整意识焦点，人手不够那就每人多承担一些，每一个细节我们都理清思绪，用高效率高效能，像蚂蚁搬运食物一样分工清晰明确。一个优秀团队的打造真正开始，挑战仿佛在激发我们每一个人的潜能，最终带着忐忑而又激动的心情，我们完成了促进会创会以来最大规模、最大规格的一场演讲盛事。抓住2017年的尾巴，我们不负领导所托，不负观众所望，不负自己所爱。

刚刚举办完年度盛典的我们，还没站稳脚跟就又迎来了一个新的挑战。

为了更好地服务我们的会员，经过大半年的邀请，我们成功请来了中国演说家俱乐部主席侯希平老师莅临授课。听到这个消息，我们每个人都十分激动，同时又有几分忐忑。激动的是如果活动举办成功，那我们的影响力、知名度一定会再上一个新高度。忐忑的是：侯老师第一次过来授课，可谓是万众期待，我们真的有信心成功办好这次活动吗？

对于这次活动最难的无疑是会务工作，所以这一次我郑重地对所有伙伴说，这段时间一定要把授课嘉宾当作你最重要的人来接待，要让老师如沐春风，感受到我们的用心。在老师还未到来时，我们就温馨提示广州的天气情况和穿衣程度，提前接机，酒店指引，包括提前买好水果放在酒店房间里，写上小纸条指引早餐用餐地点，等等。我们把一切能想到的服务都想到了。最终侯老师对我们理事会团队的一句赠语"你们真是年轻有为，仿佛让我看到了未来中国演讲界的希望"给予了我们高度赞赏，也让我们长舒了一口气。也许没有人知道活动后在饭桌上，每一个人举起酒杯时眼睛里闪烁的泪珠和难以抑制的情绪，其中的心酸和不容易在这一刻终于得到了释放。

我们庆幸，这个时代终究不会辜负一群认真做演讲的人。在我们这一群人的努力下，我相信"广促会"的美好未来一定可期。

让我们用一串数字来记住"广促会"吧！从 2017 年 9 月至今，线上培训、线下活动、原创沙龙接近 100 场，会员累积人数超过 500 人，参加活动人数超十万人次。

命题演讲、即兴演讲、"觉知"分享、辩论演讲、竞职演讲，这些都是我们的活动；过五关斩六将、密室逃脱、神秘巡讲、红酒盛宴、单身 party 相亲演讲，这些也是我们的活动。

还不止呢！年度盛典、讲唱诵沙龙、读书会、中国传统文化教育、婚礼主持、舞动疗愈、亲子教育、职场英语、生命体验，也是我们的活动。

广东新励成教育科技股份有限公司、广州市演讲与口才促进会、广东岭南职业技术学院，三家主办方联合主办发起"新时代·新励成·新风采"——全国演讲大赛。本次演讲大赛于 2018 年 6 月启动，11 月 3 日~11 月 4 日成功举办，演讲大赛覆盖了 28 个省、直辖市和自治区及港澳台地区。报名参加比赛的选手 1 200 多人次，是一场高规格、高水准、高品质、极有影响力的全国演讲赛事。

现在的"广促会"更是被中国演讲艺术节组委会、中国演讲协会联盟授予"全国先进演讲学会"的荣誉称号。此处应该有掌声！这不仅仅是一串串数字和荣誉，数字的背后更是所有理事团成员夜以继日、辛勤劳动付出的结果！

有人问，"广促会"不赚钱，你们为什么还要坚持做下去？我说我们得到了很多。我们得到了布施心、出离心、利他心、全力以赴的真心、无怨无悔的赤诚心。

我们也失去了很多。我们失去了愤怒、纠结、狭隘、挑剔和指责、悲观和沮丧；失去了肤浅、短视，失去了无知、干扰和障碍。

用演讲感染身边更多的人，点亮一盏演讲的心灯、照亮他人；用我们口才的善念、善行去温暖、去融化城市和他人心底的坚冰！

## 最想感谢的人

巢建刚

2018年1月15日,那是我正式成为新励成讲师的第三个月,永远都忘不了那个下午。

那天下午,我像往常一样在苏州园区LTC备课,吃完午饭在楼下中央公园散了一会儿步,准备上楼为晚上的"当众讲话"课程做准备,突然接到了一个电话,拿起一看,是我爸爸打来的。当时我很纳闷,我爸平时基本不会主动地给我打电话,尤其是在工作日下午这个时间段。

我接起电话,电话那头传来爸爸轻弱的声音,一开始是日常的嘘寒问暖,我在电话里应和着。当我准备结束通话的时候,我爸才告诉我他已经住院两天了。原来两天前他闲着没事做,把家里里里外外打扫了一遍,出了一身汗没注意保暖,结果这几天咳嗽不止,在医生的建议下住院了。

我当时第一反应就是有点生气,因为我爸一直以来身体都不好,在家里都不让他做什么活,但是他不想让我妈太辛苦,经常一个人偷偷在家里做

很多事情，为此我们说了他好几次都不听。所以这次听他说因为做家务住院了，我又忍不住责备了几句，后来挂了电话有点后悔，但是也没想那么多。

结果当天晚上课程结束后，深夜我妈就打电话告诉我说，爸爸这次有点严重，问我明天能不能回家一趟。我当时想着自己才刚进入公司不久，"当众讲话"才讲第二次，并且已经上到一半了，很难请假，加上之前我爸身体也一直反复如此，这次我以为也跟以前一样吃两天药就没事儿了，所以我就安抚我妈说等周末我就回家。

但是就在第二天一大早，我妈又打电话告诉我，我爸已经转院到市里的医院了，已经没办法走路了。当时我意识到有些严重了，赶紧跟华东的主管张严老师请了一天假，一大早我就赶回常州，马不停蹄地赶去医院。

到了医院我才发现，我爸这次病得比我想象中还要严重，才一天时间，他已经无法行走了，只能坐在轮椅上。爸爸见到我来了，笑着招呼我陪他出去走走，接着他就强撑着站起来，我赶忙跑上前去扶着他，此时的老爸还不忘转身嘱咐妈妈在座椅上休息一下。

爸爸在我的搀扶下，来到了医院外面的大厅。一出大厅，我爸就吃力地拉着我的手，告诉我这次跟以前不太一样，可能以后就要我自己一个人照顾好妈妈了。爸爸在叮嘱我的那一刻，我的心瞬间一沉，那种感觉就像一双铁手一下子要掏空我的一切。之前虽说也住过好几次院，但爸爸从来没对我说过类似的话，而就在那一刻，我突然感觉无限恐慌！

结果真的像爸爸说的那样，吃过晚饭他就开始呼吸不畅，晚上十点就进了ICU病房，医生连着给我们下了两次病危通知书！整整一晚上我都没睡觉，人生中第一次遇见这样的事情。之前也从未想过，电视剧里的情节会在我身上上演！当时的我，整个人都处在无限懵的状态！

第二天才想起来，我只请了一天假，我还有很多生活用品在苏州，所以我就赶最早的车回苏州收拾行李。途中，我去了一趟公司，想当面跟领导请个假，可是我却不知如何开口……到了公司我就一个人坐在教室里面，坐着坐着我就哭了起来。第一是担心爸爸的状况，还有就是那时的内心有一种逃避的心理，不太敢面对。

最终我还是拨通了张严老师的电话，电话一接通我就哭了起来，从来没有哭得那么难过，张严老师见状赶紧在电话那头询问我的情况，我把自己的现状告诉了她。我以为张严老师会很难办，因为我知道临近年底所有人都在冲指标。但是没想到张严老师在了解了我的情况后，立马就安慰我，并告诉我："现在你什么都不要想，首先要做的就是回到爸爸的身边照顾好他，其他工作上的事情我来安排就可以！"

那一刻，最真实的感受就是：有这样的领导真的很幸福！

挂电话后，我立马回去收拾行李。在火车站等车的时候，我就陆续接到华东各位老师给我发来的消息。先是接到云霞老师给我发来的消息，云霞老师原本休假，但是听到我的情况后，毅然帮我接了剩下的一部分课。志超老师原本在合肥上课，也不惧合肥与苏州来回奔波，利用剩余时间帮我接了一部分课，王珂老师也是如此。几位老师在各自都很忙、很累的情况下，主动帮我分担课程，并且尽他们所能地安慰我，关心我……后来接连的请假，领导、同事们都没有一句抱怨，非常理解我。这些都让我一直铭记在心，每每想起，依然很感动。印象很深刻的还有当时苏州园区的李敏雪校长，虽然我们认识不久，而且我在园区也只上了半期课程，但是当她得知我的情况以后，主动与我联系，开导我，并配合各位咨询老师与学员沟通调课情况……

最后，我请了一个月的假，陪在爸爸身边。在所有人的挽留之下，爸爸还是走了。

对我来说，2018年绝对是我人生中最黑暗的一年。这一年最爱我的爸爸走了。没多久，最疼我的外婆也离我们而去。这一年的我，都是在浑浑噩噩中度过。后来再回想起这段经历，我能够走出这段黑暗的时光，除了有家人的陪伴以外，还有一直陪伴在我身边，关心我、帮助我成长的同事。离开了我从小生活的家乡故地，他们就是我最亲密的战友和家人！我也知道，在当时的那个情况下，如果没有华东老师们对我的鼓励关怀，我一个人真的很难熬过那段时光！

在2018年年终述职会上，有一个问题是：2018年，你最想感谢的是谁？我便毫不犹豫地写下：华东全体老师。

最后，我想再次真诚地向曾经帮助过我的华东的家人们，道一声真挚的感谢！"感恩遇见，谢谢你们！"

## 心想事成的秘密

叶微微

你希望自己拥有心想事成的能力吗？你相信自己能拥有心想事成的能力吗？记得张德芬老师写过一本书叫《遇见心想事成的自己》。每到新年，很多人都会祝愿亲朋好友心想事成。

一个人真的能够做到心想事成吗？是的，心想事成真的有方法。你之所以能，是因为相信能。

我想分享几件发生在我身上的事。

### 一

我在小学、初中的时候，非常恐惧当众讲话，老师一点名起来回答问题，我就立刻低头，心里不断祈祷，"千万不要叫到我"。

高中时，一句话改变了我的人生。当时学校举办讲座，台上的老师对着几百人激情地演讲，我的同桌跟我说："未来的你一定会成为台上的那个人。"听完，有些恐惧，但是我默默告诉自己："是的，我要成为他！"于是，我开始了一次次突破自己，在众人面前讲话。

大学时候，我成了校记者站的一名记者、编辑站站长。有了更多机会采访、讲话、主持、演讲甚至培训。同时在《西江日报》《青年网》《三下乡报纸》《校记者站报纸》写了很多的新闻稿和文章，同时，也合力出了第一本大学创业书籍《不做白领做首领》。

毕业后，我成为讲台上一名传道授业解惑的讲师。近 10 年来，全国 70 个城市，2 000 多场演讲，帮助了数万人，培养了上百名导师。

我相信了心想事成。

### 二

在大学时，我见过一个人将一本书正背、倒背、抽背、点背，对答如流；将一副打乱的扑克牌不到两分钟一张不差地记下来。"记忆力怎么这么好?真是神人!"我想我这一辈子都不可能拥有这么超强的能力!但内心却暗暗发誓,这么神奇的能力我一定要拥有!很巧,毕业找工作时,在公交车的电视屏幕里,看到一个人把一整屏幕无规则的数字正背倒背如流,又一次激起我内心的渴望。更巧的是,投简历的时候就遇到一家这样的全脑培训公司。参加培训第一天的三个小时,我就能正背倒背圆周率一百位,后来还背下来一整本的弟子规、一本大学四级英语词汇,再后来记下了一整本的道德经,哪一页哪一行是什么内容都能够回答出来。再后来,我还成为了传播记忆法和思维导图最早的一批讲师,成为了第19届世界脑力锦标赛的裁判,不断推动全民提升学会学习的能力。

念念不忘,必有回响,我更相信了心想事成。

三

在我工作了三年后,我非常想转型到成人的教育培训。在朋友推荐下,我去了当时广州卡耐基管理顾问有限公司(新励成前身)。大半年时间,每

个月的工资都不如我之前的五分之一。在能力还没达到之前,"像比是更重要",为了让自己像做成人培训的讲师,我开始了自我打造之路。于是从内到外,全方位提升。

外在形象方面,敢下血本。最开始,一套职业装的价格都可以超过我一个月的工资,我也开始学习化妆,每天要比平时早起一个小时,化妆盘头发。我是特别害怕麻烦的人,化妆这种麻烦的事换作是以前,我一定坚决不做,可是现在为了自己像个讲师,再麻烦,也要逼自己去做。现在虽然不是形象礼仪老师,有时候都会被误认为就是形象礼仪老师。

内在素养方面,不断提升。刚开始,我的能力并没有真正达到能够去培训成人的水平。于是每天高强度地备课,听课,演讲训练,每天只睡5个小时左右,持续了一年多。学习演讲课程,身心灵课程,销售课程……运用记忆法和思维导图这两个高效工具,更高效地总结提炼。

进入公司经过3个月的培训考核后才开始授课,3个月到一年的时间,学员的反馈时好时坏,我知道自己的能力还远远不够,除了所备的那些课程外,我并不能给学员更多关于人生、家庭、事业、心理、关系等方面的指导,课后和学员聊天有时内心甚至会陷入一种恐慌的状态。当时我还兼顾全国几家分校的排课,甚至有某些校区直接对我说:"你的课能不能排成其他老师的?"当时公司还非常小,全职讲师也就4位讲师,我是4位讲师中授课能力最差的一个。当听到这种赤裸裸的否定,内心是崩溃的。但是我知道,我没有退路,只能往前走,不断提升自己才是王道。于是我养成了每年都学习成长的习惯,每年我都会给自己设定成长计划,向更牛的人去学习。

现在在这家公司已经六年多的时间了,见证了公司从3个分校到现在全国的80多家分校;从挂牌新三板到即将上市;从4个讲师到现在全国近100位讲师;从原来对学员的不了解到现在可以给学员讲授各种课程:演讲课程,心理素质课程,心灵成长课程,催眠课程,记忆课程,思维导图课程等。也可以在见到学员时,快速判断他们的性格、心理、人生状态,甚至限制性信念,并给予他们帮助。

现在,我的课程也受到了越来越多人的认可,甚至在公司创立了属于自己的品牌项目。也从只敢讲20几人的课程,到可以讲几百人的课程,甚至如今可以站在一千人的舞台上主持分享。我知道这是我"一定要"的信念一直在推动我不断往前走。

原来"一定要"的信念是推动心想事成最强大的助推器。

## 四

2016年，我越发感受到互联网平台的力量和个人品牌的力量。于是，我开始在微信上免费开课分享，再到2017年在千聊平台收费开课。可是靠个人的力量一直没有得到很好的效果，于是我开始关注互联网中做得比较好的：樊登读书会、得到APP、千聊平台……

再到后来，我的一个很好的朋友开始学习个人品牌课程，打造自己的个人品牌，看到她很大的变化，我知道了我需要更多的变革。于是，遇见了更多我想遇见的人。虽然在打造个人品牌的路上还在摸索着前进，但是我知道：你想吸引什么样的人，就让自己成为什么样的人。品牌路上，自律前行。

我，用心想事成的力量，不断地遇见我想遇见的人，不断地成为想要成为的人。

我的朋友，用心想事成的力量，半年内找到了跟想象中一模一样的知心爱人，结婚生子，幸福美满。

我的学员，用心想事成的力量，几年内从一个工地的工匠到拥有和自己想象中一模一样的房子车子，成家立业，甜蜜幸福。

原来这就是心想事成，头脑中想象的那个场景越清晰越好。就像我在心理素质课程中分享的一句话："潜意识无法分辨事实的真假，只要你不断地想象，重复并且相信，它终会变成事实。"

心想事成帮助的不是想要的人，帮助的是一定要的人。

未来，用你强烈的渴望，真实的想象，过上一定要的美好生活，遇上心想事成的自己。

人之所以能，是因为相信能！

## 做你所爱，爱你所做

黄金枝

2017年4月18日，坐标广州达镖国际中心1709，我来到新励成海珠校区面试，通过一系列的测评和长达1小时的面谈，最终成功进入试用期，那一刻，我觉得眼前的这位校长是值得我接下来一直追随的人。

在试用期3个月里，我参加公司组织的培训，不断练习，随着学习的深入，我也深深感受到公司企业文化的强大、课程品质的高度，以及老师服务的用心。然而从小自卑内向的我却迟迟不敢站到台上主持，迟迟不敢帮学员测评辅导，迟迟不敢劝说学员报名。我还记得原定我主持的课堂，因为人数爆满，我的同事替我上了；我还记得原定我测评的学员，因为对方气场太强，我的校长替我上了；我还记得当我对达到自己的转正业绩还一筹莫展的时候，我的校长帮我做到了。

7月的一天，我偶然从同事口中得知我的校长和同事都准备调岗了，那一刻，我真的懵了，我很恐惧，我无所适从，甚至在很长一段时间，我走不

出来。然而，现在来看，恰恰是那一次"危机"，让我从幕后走到台前，我开始从恐惧讲台到第一次勇敢尝试踏上讲台并完整主持，我开始从恐惧测评到第一次勇敢踏进咨询室并成功辅导第一个学员走进卓越课程，我从恐惧业绩到第一个月成功成为销冠。那一刻，我迎来了所有的掌声和鲜花，我得到了所有人的认可；那一刻，我感受到了自我价值感的体现；那一刻，我感受到了那一份强大的自信。就这样，这一干就是一整年，那一年的业绩保持得很好。很多人都会问："金枝，你是怎么做到的？"其实我想说，也许真的当你失去所有依赖的时候，你就成长了。

但是，好景不长，2018年年中汇报的时候，我汇报完工作，坐在下面的一位校长眼睛非常犀利地直盯着我说："金枝，你现在业绩这么差，你应该好好反省！"这句话，就像一把重铁锤一样，锤在我的心里，让我的心十分受伤，而且也让我无比羞愧，恨不得找个地洞马上钻进去。从销冠再到此时此刻所有人对我的评论和评价，我觉得我辜负了所有人的期望，因为他们觉得我原本可以！

然而就像常有人说的，当上帝关上一扇门的时候，必定也会开一扇窗。刚好年后公司组织了一次卓越培训，每个小组必须要有一个人上台讲课，听到讲课这个字眼我就瞬间没有了信心，我连讲话都讲不好，对于我来说这真是一个巨大的挑战，一个根本不可能完成的挑战！当时的龙哥带着我们一遍又一遍地演练，我们在台下不断地模仿一个导师如何讲课，不断给自己树立信心，然而不管我再怎样演练，还是不敢上台。特别意外的是我竟然被小组抽中并成为了全组"最幸运"的观众，要代表小组上台讲课。听到这个消息的时候，我整个人都懵了，心跳得十分厉害。依稀还记得快要到我上台的时候，手心还在不断地冒汗，汗珠从我的额头上滴了下来，整个脸一片潮红，我记得那几步路我走得异常艰难，仿佛就像把我推向深渊一样，每往前一步我就越紧张，到了快要上台的时候，当我一字一句地把我所准备的内容讲出来的时候，我脑海中出现了一个声音："金枝，不管怎么样，你拼了！"讲完之后，现场所有人响起了雷鸣般的掌声，特别是龙哥对我说："金枝，你讲得身心很一致，非常棒！"我简直无法相信，下了讲台后我又得到了很多人的肯定和认可，那一刻开始，我才真的相信，我可以！这次培训给我带来的改变一直都在深深影响着我，从找各种借口不想上台到主动上台，从逃避分享到创造机会上台分享，那一刻，我惊奇地发现，我真的不一样了。

这一路走来，我每天不管早班还是晚班，都争取早起打卡上班，目前已经坚持 400 多天早起打卡。从清晨到夜晚，我都会告诉自己，再努力一点点，再逼自己一把！凌晨的达镖大厦很安静，静得只听得见我手指敲动键盘的声音，静得只听得见我跟每个学员电话回访的声音，静得只听得见窗外的风声，这样的画面不知持续了多少个日日夜夜。后来我收到了越来越多学员的好消息，从他们对我的认可，到我在他们身上看到了很多变化，我终于知道自己一直默默地付出是如此有价值、有意义！在 2019 年的七、八月份，通过努力，我又重新回到了销冠的巅峰，我成功拿到了连续两个月的全国销冠，而且打破了我的业绩纪录。

很多人都会问我："金枝，你每天早出晚归，这么马不停蹄的，你不累吗？"我想说，我也时常想一觉睡到自然醒，我也很想给自己放个长假，出去走一走、看一看，但是每天早上一醒来的时候，我就会自然而然地想早点去校区，想多邀约几个学员来上课，想快点见到那一个一个可爱的面孔，因为他们的成长需要我的帮助。而每天和学员分享，推动学员成长，帮助学员勇敢走上舞台，这成为了我生命中的一部分。正是在跟学员的相处过程中，我也感受到了自己的成长，更重要的是，我能够帮助到我的学员成为他们敢于成为的样子，每当那一刻，我都能感受到我的付出是有意义的，而奋斗已经成为了一种习惯。

我特别感谢新励成的平台，因为每当我遇到压力和挑战的时候，每当我有一丁点想泄气的时候，每当我感受到迷茫和困惑的时候，总会有很多优秀卓越的导师和领导用他们的声音、语言在不断激励着我、推动着我。我每天都能在奋斗家园群收到赵总能量满满的分享，我每天都能准时收到本元老师的激活打卡，我每天都能感受到徐豪老师坚定的眼神所传递信念的力量！我更能感受到在新励成众多奋斗的身影所赋予我的那份能量！

亲爱的朋友们，每个人的生命只有一次，一定要为了心中所爱去全力以赴地奋斗！做你所爱，爱你所做，让我们一起带着目标和方向，每天付出，每时每刻督促自己，在奋斗的路上，我与你一同前行！

## 破茧成蝶

詹 静

人生真的很短暂，短暂到回忆过往时竟发现单调枯燥成了人生的主旋律，过着三十年如一日的生活。同时人生又很漫长，特别是每一次破茧成蝶的"痛苦"都延长了我们对于时间的感知，却又是痛并快乐着。现在这个社会需要居安思危之人，而这也需要莫大的勇气，以及非一般的格局和思维，人要走出舒适圈去破局，就需要不断地总结过去的经验，以及有对未来的远见和规划。

七年前的我在银行上班，朝九晚五的生活让我特别地安定，突然有一天我在想：难道我要一直三点一线这样下去吗？那我的生活和咸鱼有什么区别？一番思考之后我决定主动求变，后来在我40岁的那年加入了新励成。从佛山的咨询顾问做起，后来做到中山负责人，再到苏州，最后到了北京大区做负责人，整个过程很艰辛。尤其刚到北京，接手二手团队，从两家校区到11家校区，每天披星戴月，但内心充满喜悦，因为我知道，我在做一件有使命、有价值、有意义的事情。

在我们的学员当中，年龄最小的有6岁左右，年龄最大的有70岁左右。他们都有一颗改变自己、提升自己的心。6岁左右的学员走进课堂是为了未来的学习，为了在未来的各种场合当中能够应变自如。通过软实力的提升，学习演讲与口才，沟通与表达，让自己有着更好的未来。我们都非常尊重理解，将近70岁的企业家或退休人员来到我们的学习平台。他们想丰富自己的退休生活，更是对精神品质的一种追求。通过不断学习来丰富自己的生活色彩，印证了一句话，活到老学到老，因为只有这样人生才是鲜活的。

在训练课程当中总会有一些父母带着孩子来听课学习，父母在里面上课，孩子就在外面写作业。可是你会发现一个很神奇的事情，父母学习课程后，有90%的家长也给孩子报了相关的自信口才、思维导图、高效记忆、训练营这样的课程。有一次我就很好奇地问家长："你是自己来学习的，为什么给孩子也选择报名了呢？"家长回答道："你们的课程能够让我自信，我相信也能够让我的孩子更自信。我认为我现在的表达不够自信，就是因为小时候的培养意识不够强，没有相关的条件，现在有这样的条件了，就应该多学习软素质教育，演讲与口才这个能力的提升相当重要。"亲子一起学习在我们平台有很多案例。父母在左边的教室，孩子在右边的教室，这是一种非常和谐的画面。也有一些是单独给孩子来咨询报名的，后来因为孩子学得很好，父母也选择了报名大人班，就是因为大家看到了实实在在的效果，也看到了软素质能力在多方面的需求。

2019年，我接待了一个比较自闭的孩子，去过很多的医院，看过心理医生。孩子家长在网上搜，如何使孩子更加地自信，于是，就来到了我们这个平台。我们第一眼看到孩子的时候就特别的心疼。因为我们看到这位家长，他的语气以及处事方式都是极其地刚硬，我们可以想象到这个孩子在家

庭关系当中是多么地痛苦，属于被动的，属于被调教的。后来通过一番沟通和引导，整整三个小时的疏导，孩子喜欢了这里的环境以及讲师，父母也认可了我们这个平台，尝试着走进了我们的学训中心去学习。随着时间的推移，半年之后，这个孩子的表现让父母喜出望外。原来孩子的内心世界是可以得到释放的，一旦被释放出来，他的心态是那么的阳光自信！所以我们帮助的不仅仅是学员讲话的条理性、逻辑性、号召力，更多的是帮助学员内心世界充满爱。

　　在这七年的时间里，我们帮助了很多学员走进新励程的课程，印象最深刻的一个学员是孙同学，身体的疾病，生活的压力，让 45 岁的他对生活失去了信心。在推荐他报名课程的时候，我看到了他的质疑，感受到了他的无奈和无助。动机至善，私心了无。最后我用专业度和真诚帮助他走进了课程。我们说学习的最终目的不是知识而是行动！这句话不仅影响了我，也影响了这个学员，他上完课程后，把课堂上学到的东西都落地在生活中和工作中，他对我说："新励成让他第二次重生！"这让我想到自己，何尝不也是再次重生呢？我们在帮助别人的同时也在成就着自己啊！在这七年的时间里，我从一名普通的咨询顾问老师做到了区总，感谢新励成，课程帮助了我成长，企业文化给了我信念，平台给了我机会！

　　新励成这个平台不仅让我们的学员蜕变了，我们自己作为工作人员，更是一种蜕变！

　　 我们肩负着成就个人、幸福家庭、和谐社会的伟大使命，我们是中华民族伟大复兴最扎实的践行者！

## 未完待续的故事

肖 彬

又是一年春,每到这个时节,顿感万物复苏,一切都是美好的状态,一切也都是奔赴更美好的状态。也正是在 2015 年的春天,我来到了苏州这座城市,与新励成的故事也就此展开……

故事的开始得从她说起,2015 年 3 月底,正值倒春寒,苏州飘起了寒冷的春雨,我穿着一件黑色及膝羽绒服,走进了位于新天翔广场 21 楼的新励成苏州学训中心参加面试。当时整个校区就只有她一个人,我满怀疑惑地坐在教室外的沙发上,等候了一会,她走到我的面前,引导我进了教室。她就是苏州校区负责人郭云霞老师,后来的过程,与其说是面试,不如说更像是一次亲切的交流。由于具备授课经验,我把准备好的说课内容展示完就坐了下来,和云霞老师沟通了起来。她的微笑,她的声音,她带着高能量的讲解

和介绍让我迅速地被征服，就这样，我来到了新励成。

初到公司，华东就苏州这一家学训中心，华东教学部也就只有四位老师，我们在一起讨论学术，磨课，交流企业文化。就这样大概过了三个月，我和张严老师第一次去到了广州总部进行学习。在那的一整个月里，我们结伴去听其他老师的课，有的时候白天在天河校区，晚上就去白云校区，周一到周四在广州，周末就跟着授课老师赶去番禺……我们在不同老师的课堂上体验作为学员的感受，路上总是传来我们的欢声笑语，我们也仿佛有使不完的精力，像一块海绵一样贪婪地吸收着一切。

我的第一次授课是在广州天河学训中心，那是7月的晚班，由于我是外地的新老师，为了更好地了解学员和跟课老师们，我提前一天来到了校区。当被告知学员人数时，我几乎吓了一跳——这期课程有近30位学员！我的内心可想而知是有压力的，害怕学员体验不好，害怕不能帮助每一个学员都有进步，害怕因为时间的缘故不能顾全所有，等等。但当我一站上讲台，神奇的是这些顾虑仿佛一瞬间全部都消失了，我只想帮助大家得到进步，也期待这期课程结束后大家的变化。第一期课程非常成功，很多学员直到现在还保持着联系：这个班上有一对姐弟，试听了第一讲课程便加入了新励成的课堂，现在弟弟在美国留学；也有一个年纪比我小的妹妹，当时她说很羡慕讲台上的老师，现在她已经成家生子，并且自己也成为了一名老师；还有一个当时不惹人注意，讲台上表达并不出彩的学员，现在在一家培训机构担任主持，采访了许多具有影响力的人物……现在回首看着大家这几年来的改变，心里总是会感叹自己的工作充满了意义。

回到华东大本营，此时这里已开设了第二家分校——上海浦东学训中心。十分有幸，我成为了浦东校区的第一位授课老师，那一期课程是9月与10月的跨月班，班上只有5个学员，我们在课上多次训练，课后也加入了大量的练习，学员在这种喜悦的成长和蜕变中看到了更好的自己和他人，大家后续也成了非常要好的朋友。我们在一起度过了中秋与国庆，下了课我和伟娜校长、祥宇老师、伟胜老师一起回宿舍，路上听着学员发的语音作业，坐在公交车上看着已经属于秋季、别样美丽和肃清的上海，内心的丰盈冲散了一整天的疲惫。直至现在浦东校区墙上还裱着那一期的大合照。

2015 年初，我们全国所有的老师来到了广东总部进行培训和大考核，在激烈的考核中过五关斩六将，我以最高分成为新励成第一位金牌讲师。工作上得到了公司和学员的认可，身边也频频发生美妙的事情，同事们的喜事接二连三地传来，所有的一切事情都在往越来越好的方向发展。就像我们很多的学员会说到新励成的老师们都是男帅女美，老师们总是说心情好所以面相体态也跟着改变。在这样的工作环境和一直在做着有意义的事情，我想这才是心情好最深层的原因。

2016 年，华东的学训中心遍地开花，校区也越来越多，几乎每个月老师都会去到四五个城市授课。从这一年开始，作为老师，遇到的学员也越来也多，听到的故事也越来越多，感受到的人间冷暖也教会我生命的真谛。

2017 年，我在上海的一期沙龙体验课中遇到了一位女学员，她害羞、不自信，说话的时候总是不时地低头扭着身体。她在报名的时候说到，自己曾经陷入了三年的产后抑郁，状态也一直不好，现在想要提升自己。看到老师在课堂上的样子非常地神往，也希望像老师一样站在舞台上挥洒自如，从容自信地进行表达。带着这样的目标，她走进了课堂，这之后大概过了半年，我去上海上课，刚好碰到学习完影响力导师班的她在校区开设导师大讲堂课程。她在台上优雅大方地给大家讲解她的专业技巧，看不到一丁点从前的影子，台上那个实现了自己梦想的样子真美。

新励成多年来一直致力于提升国民软实力，创始人吴云川女士在 2013 年全员年终总结表彰大会的最后讲过这么一段话："有很多人问我们'新励成'究竟做的是什么培训，希望做出什么成果，今天就和大家讲一讲。在过去 8 年的教学过程中，我发现我们大部分学员在课堂上表现出紧张、不自信、不敢表达、不会沟通等，这些和他们小时候的经历都有着直接关系。所以我们希望通过自己的努力，可能是我们这一代人的努力，把那些学校里面不教但是对于我们人生非常重要的，比如人际沟通、心理素质、自信表达等软能力推进到九年义务教育当中去。等这些孩子们再过 10 年、20 年长大后，他们站在国际舞台上能够更加自信。这样我们这个国家、这个民族也会更加有自信。我们愿意用一生去成就这样一份伟大的事业"。

这些年走来，我看到身边的学员一个又一个经历蜕变，我经常会时不时地感叹这样的课堂简直是太神奇了。作为国内顶尖的软实力培训机构，新励成每年也在不断地精进自身，保持课程的更新迭代与课程的创新。在 2019 年初我也申请加入了新励成的研究中心负责"当众讲话"课程的标准化工作，希望为课程带来创新，为公司发展做出贡献，为民族软实力提升添砖加瓦。

与新励成的故事，一直在谱写，未完待续……

最后，附上小诗一首

每一个新的开始都值得被感激

——致新励成

紧张忐忑

大脑一片空白的我尽力在表达自我

微笑肯定

抚平我内心的忐忑

每一个新的开始都值得被感激

乖张无礼

仿佛像个跑错片场的小丑

色彩微笑

让我自己穿搭自己

每一个新的开始都值得被感激

呐喊歌唱

声音仿佛在禁锢自己

沉气练声

我和另一个声音相拥

每一个新的开始都值得被感激

冲突误解

肆无忌惮的我努力在显得合群

理解帮助

因为懂得变得温柔

每一个新的开始都值得被感激

理解支持

被注视着的历程

责任使命

被肩负着的荣光

每一个新的开始都值得被感激

## 学无止境，奋斗无止境

朱虹锦

2014年6月，我与新励成结缘，成为了天河LTC的一名兼职班主任。当时我还是一名即将升大四的在校大学生，对一切都充满了好奇和期待。还记得当时我的面试官是美玲姐，她专业又不失亲和。面试结束之后，她微笑着对我说："虹锦挺好的，就是现在扎着马尾太学生气了，可以换个发型。"于是第二天我就把头发剪短了，顶着新发型怀着激动的心情开启了我的第一份工作。

投入工作之后，我简直是又惊又喜，惊的是新励成的老师们个个都那么年轻有为。当时玉超老师、云霞老师、微微老师、张龙老师等都是深受学员喜爱的资深老师，站在台上呈现出来的魅力和风采是我在大学时代从来没有看到过的。喜的是我作为班主任，不仅能免费学习课程，还能领到远远超出

当时大学生活费的工资，简直是太赚了！就是带着这样简单质朴的想法，我每天上班都非常开心，和学员的关系也很好，每次带班我都会记下每位学员的名字，认真地记录他们的表现，给予他们建议和鼓励，和他们一起成长。我记得我带的第一个班是张龙老师的"当众讲话"班，有一个男学员是从专程从清远来广州学习的，因为他性格内向自卑，一直没法突破，想要通过学习改变现状。所有人都能感受到他为人的真诚和想要提升自己的强烈渴望，我们都在不断地关注他、鼓励他，给予他专业的指导和建议，他也越来越自信了。课程结业的时候，他送了我一个小小的音乐盒，上面刻着这样一句话："美丽的虹锦老师，感谢您对我的关怀，你的可爱、优雅、微笑，一切都会一直留在我心中，加油！"现在回想起来我依然觉得特别温暖和感动。人与人之间不就是这样么？爱出者爱返，福往者福来。

作为班主任，我收获的是真诚和用心的力量。

三个月之后，我向当时还是天河校长的伟君姐提出想要转岗咨询老师，想帮助更多学员走进新励成，她欣然答应了。咨询老师可不像班主任那么简单，除了带班之外，更重要的是要达成业绩目标。从来没有做过销售工作的我，一开始给学员做测评时并不顺利。

很多时候我们都要面对学员的拒绝，甚至是学员的误解，还要面对业绩的压力，委屈、焦虑、挫败、不甘……这些情绪对一开始做销售工作的我来说都是很难承受的。但是我非常幸运，当时我所处的天河团队的每个伙伴都给予我力量，他们关心我、鼓励我、帮助我，我的很多学员也会给予我肯定和鼓励，这让我不断在磨砺中成长，慢慢变得强大。我记得每次月初会议上定目标时，詹总都会不断拔高我们的目标，并且给予我们非常坚定的眼神和充分的信任。每当我想退缩的时候，我就会想起詹总的眼神，心里自然就会浮现出"拼了，有什么是不可能的"这样的信念。詹总经常说："没有完美的个人，只有完美的团队。"我是真切地感受到了这句话的力量，不记得有多少个夜晚，在伟君姐的带领下，我们全力冲刺团队的目标，靠着团队完美的默契配合和不断奋斗，完成了一个又一个看似不可能的任务。这是多么令人骄傲的事情啊！

作为咨询老师，我收获的是相信和担当的力量。

后来，我不断地在帮助学员的过程中体会到幸福感和成就感，特别是当我给予学员专业上的辅导时，更能体会到无穷的乐趣，于是我萌生了成为一名讲师的念头。2016年4月，通过转岗面试和考核，我成为了一名教学部讲师，并且其中有半年的时间兼任大项目主管一职。我开始跟随赵永花校长学习"影响力导师班"课程，跟随徐豪老师学习"领导力口才"课程，跟随本元、本然老师学习"生命的绽放"课程。我惊叹于几位导师的讲课功力，并且在他们身上看到很多值得学习的宝贵品质，其中更重要的是，他们不仅有帮助学员的方法，更有帮助学员的强大信念。这让我明白了，一名卓越的导师，一定是以学员为中心的导师。

其实在最初备课和过课的时候，我也遇到过一些挫折，比如声音不够浑厚、气场不够强大等，但这丝毫没有影响我的信心和决心。我不断地练习，反复琢磨，坚持学习专业知识，不断拓展自己的知识面，努力做一个能发挥出自己优势的、以学员为中心的优秀讲师。我记得一次很有趣的经历，当时济南LTC的"当众讲话"课程上了一半，主讲老师生病了，于是我"临危受命"去顶班救场。说实话我的内心是很没底的，因为当时我才只是第二次上课的教员，而之前上了一半课程的主讲老师是一位经验丰富的高级讲师，前后风格的对比不知道学员能不能接受。果然，有一位学员刚在课室门口看了一下，就悄悄去找了东丽校长说："这位老师行不行啊，看着还太年轻，要不我等下次再来上吧？"东丽校长不答应，坚持让他上课，于是这位学员走进了我的课堂，课后他对我给予了肯定，说我很关注学员，是新励成最有亲和力的老师。后来我们还成为了关系不错的好朋友，相约一起去上了游美贵州信念之旅的课程。

作为教学部讲师，我收获的是勇气和坚持的力量。

2017年11月，赵总提出建新励成商学院，组建第一届新励成商学院理事会，我毫不犹豫地提出了申请并顺利通过，非常幸运地成为了新励成商学院创院理事。新院的校训"是以奋斗者为本"。方盛老师给奋斗者赋予了新的定义：通过持续的努力与付出，为他所服务的企业、客户创造价值，为社会进步做出贡献的人。在参与新院筹建工作的过程中，我感受到了每位理事的大爱和大格局，每次理事会会议都是一次理念的碰撞和思想的盛宴。当我们真正想去做一件事情的时候，无需顾虑太多，奋斗就是唯一的答案。

2018年3月，我的女儿出生了，我成为了一名母亲。为了能有多一些时间陪伴孩子，经过几个月的挣扎和思考，我最终还是作出了离职的决定，去了一家互联网公司做企业内部的培训讲师，离家近，工作时间也更加稳定。我当时给赵总发了一条微信，表达了我的感激和歉意，赵总回复我说："遵从你的内心，去做你认为最应该去做的事情和最合适做的事情，我们都支持你，也会为你祝福。如果在新的岗位上需要我做什么，你也可以随时跟我沟通，我会尽全力来帮你，最后也随时等候你回来。"听完赵总的语音之后，我的眼眶湿润了。我是何其幸运，能够在新励成遇到这么多贵人，无论是学员、同事还是领导，都在不断地滋养着我的精神世界。

2019年，新励成不断发展壮大，在全国各地开拓新的 LTC 和分子公司，员工人数越来越多，人才需求量越来越大，当然对内部培训和管理的要求也越来越高。2019年7月，我选择重新回到新励成，非常感谢美玲姐和礼宾姐的信任，让我成为了人事行政部的第一个培训主管。我将继续学习，继续努力奋斗，全力以赴创造更多的价值。

回想起自己的成长的经历，原来不知不觉中公司的"相信"和"奋斗"文化早已融入我的生命里，促使我不断踏出自己的舒适区、不断学习，不管是在工作上还是生活上，都能不断挑战新的角色、新的身份，过程中有过困顿和委屈，但收获的都是宝贵的成长、感动和感恩。同时我也深知，没有人可以无缘无故获得质的成长，只有深刻的体验才能种下坚定的信念，只有实实在在的行动才能提升生命的鲜活度。

未来的日子充满挑战，也充满了无限美好。愿我们全体新励成伙伴们一起携手共进，一路向上，学无止境，奋斗无止境！

## 常怀敬畏之心，方能行之高远

胡心一

常有人问我，为什么如此高强度地授课却依然慷慨激昂？

为什么长期奔波出差却仍然坚持不懈？

为什么工作忙碌不止却依然充电学习？

我想大概就是敬畏之心。

从开始学艺的那天，师父就教我们"做艺如做人"。这句话常伴左右，但我似乎一直没有理解它的真正含义。所谓"师者，师德；艺者，艺德"究竟指的是什么？何为师德？何为艺德？

一

步入职场,艺德之于师德一如舞台之于讲台。每时每刻工作对我的要求,瞬间把我拉回到毕业那年的舞台,让我每一次走上讲台时,都怀着对它的敬畏。

敬畏讲台,把每一次都当成第一次,把每一次都当成最后一次。当成第一次,回想第一次走上讲台时的初心,战战兢兢,如履薄冰,那种倾尽全力的巅峰状态一定记忆犹新。我们常常讲不忘初心,方能始终,把每一次都当作第一次那般珍视,用最初之心走永远之路。当成最后一次,试想这是我最后一次站在这个讲台,我会用怎样的状态、怎样的呈现来完成我在这个讲台上的谢幕。

所有的培训师,无论你曾经在行业内多么的优秀,无论你的专业水平多么优异,都要从头再来,如同我们常常讲的"归零"一样,从零开始,空杯心态。每一位培训师都要经过上千次的刻意练习,才有资格站上讲台,这正是培训师对课程品质、对讲台、对教育行业的敬畏之心。敬畏心是一个人思想灵魂中最基础的素质,更是一个企业乃至一个民族不可或缺的优良品质。

二

做艺如做人,走下讲台,走出舞台,面对生活,我们依然要保持着那份敬畏。

还记得前几年一档较火的综艺节目得到了广泛的关注,作为演员的陈道明,对即将成为职业演员的学员们说:"上山的人永远不要瞧不起下山的人,因为他们曾经风光过;山上的人不要瞧不起山下的人,因为他们不一定什么时候就能爬上来。"至今我还时常回忆和品味这句话,依然感慨万千。敬畏前辈,即使今天的他们不如此刻的你闪耀;敬畏后生,因为他们终将追赶并超越你。

如今，万事万物永远处于发展变化之中，不能用现在的位置成就预测未来的位置成就，做人要时刻保持谦虚谨慎的本色。孔子勤奋好学，他对真理、对理想、对完美人格的追求，他的谦虚有礼、善良好学，对国家的忠诚，对百姓的爱护，都深深感染着他的学生，而孔子则谦虚地表示："三人行，必有我师焉，择其善者而从之，其不善者而改之。"同样保持着谦虚心态的成功者还有很多，成功者尚且如此，我们为何不为之呢？

我们更应做到日三省吾身。作为讲师，站在讲台上，我是一个演讲知识的分享者；在台下，在学员们各自的专业领域，人人都是我的老师。庄子说："吾生也有涯，而知也无涯"，学无止境，倘若我们把所知道的比作天上的一颗星，那么知识就是浩瀚的宇宙，辽阔无边。一个人唯有谦虚好学，心怀敬畏才能不断前行。

敬畏学习与工作，尽心尽力，才能有所成果；敬畏他人，懂得尊重、关心和包容，才能受人尊敬；敬畏生活，用心经营，才能让人生变得丰富多彩。

常怀敬畏之心，方能行之高远。

## 唤醒沉睡的自己

黎水秀

在一个培训课堂里，我听过这样一个故事。凌晨 12 点多，有个年轻人看到一户人家起火了，看着火势蔓延，他很想大喊，去叫醒那户正在沉睡的人家，却发现自己的喉咙卡住了，根本发不出声音来。焦急万分的时候，他听见天上传来一个声音："你愿意变成一只狗吗？如果你愿意，你就可以发出声音叫醒他们了。"年轻人思考了片刻，立刻点点头，努力地回答道："我愿意。"终于，他可以发出声音了。于是，他开始嗷嗷地叫，声嘶力竭地叫，终于叫醒了那户沉睡的人家。

听完这个故事，我陷入了沉思：如果我是那个年轻人，我愿意吗？答案

是：我愿意。因为我的父母曾经就是那熟睡的人家。

在6岁那年，我被留在外婆家里三年多的时间，成为了一名留守儿童。在那三年的时间里，舅舅会把吃剩的鱼骨头夹在我的碗里，表姐也经常问我："你怎么总在我的家里，你为什么不回你自己的家？"在我小小的心里，第一次品尝到不受欢迎的滋味。听舅妈说，我经常在夜里喊妈妈，喊到哭醒。但我却不能回家，因为父母超生，我一旦回去他们就会被计划生育的人抓走，因此，我必须住在外婆家里。可是，我太想回到爸爸妈妈身边了。于是，尽管才6岁，我就知道自己要努力，因为只有努力读书、考试，我才能有机会离开那里，回到父母身边。我要向爸妈证明，我是他们优秀的孩子。所以，上二年级的我，每天早早背着书包，从偏远的乡村，穿过整个村庄，穿过一片都是墓地的丛林，再穿越一片甘蔗林，走40多分钟的路程到达赤伦小学。去到学校，我努力听讲，如饥似渴地看书，认真地考试，期待着回到父母的身边。

终于，凭着优秀的成绩，我回到了父母的身边。在父母身边，我依然一如既往地努力念书，但心里却并不开心。因为爸爸妈妈经常吵架，甚至只要一见面就吵，爸爸还会摔碗、摔门而去，这让我经常感到很害怕。逢年过节的时候，爸爸也很少回家。我经常在阳台上看着别人家的孩子在阳台上开心地烧烤，快乐地聊天，内心感到无限地羡慕，而自己则只能独自坐在阳台上，眼巴巴地看着、听着、羡慕着。因为，弟弟在房间玩游戏，妈妈在客厅打彩票，而妹妹在旁边看电影，空气中充满了冷漠，我不想要这样冷漠的家，想逃离这里。

我和爸爸重逢了5年不到的时间，他就开始远走他方，后来很少再见到他。父母吵架的声音少了，但是流言蜚语四起，妈妈也经常委屈地哭泣。我看着哭泣的妈妈，心想，我一定要努力，努力改变家庭的环境，努力守护好妈妈。

可是，人真的可以改变自己的境遇吗？我发现真的好难啊，很多时候我都想满不在乎，就像睡着了一样。

上了大学后，无论我多么地努力，都无法融合到 314 宿舍，另外六个女生都来自北方，她们喜欢吃面食，喜欢手拉手一起去逛街，喜欢上课迟到，喜欢逃学，喜欢一起到澡堂裸着身体为另一个人擦背……我却无从适应，我不习惯吃面，害怕到澡堂去，没有来自南方的同学，没有知心的朋友，非常孤独。我时常一个人到教室去自习，去听空中英语，因为除了看书学习，我不知道如何打磨时光。时常躲起来哭，原本想离家远远的，想不到却越加孤单，举目无亲。就这样孤独地度过了大学时光。可是，我真的努力了。于是，我告诉自己，就这样吧。

就在这种"就这样吧"的状态里，我进入了一家世界 500 强的公司担任供应链计划的 Planner，几年后又被猎头挖去东莞一家意大利公司担任全球供应链计划主管，感觉人生终于有点起色了。心中窃喜，我终于可以活出一个更好的状态，活出一个更好的自己了。

然而，当我想要在意大利公司大展拳脚的时候，"她不行啊，这些预测的数据根本用不了，意大利口音的英语她听不清，这怎么跟总部沟通啊……"就这样，我黯然地离开了。我终于确信，我没办法成为自己想要的样子，我就是这样了。

好吧，就这样吧。

然而，在公司一次偶然的培训中，我突然接触到心理学，并且深深地被吸引，它似乎把我心中的一颗种子唤醒了。就像电影《肖申克的救赎》中说过一句话：这个世界上有一样东西可以穿越一切的高墙，那就是心中的希望……活着就有希望，活着就有机会成为你想成为的样子。

我开始如饥似渴地、疯狂地上课。我独自一个人去中山参加李中莹老师的课程，甚至飞到杭州去上课，坐火车到烟台去上课……因为在课堂里，我发现我一次又一次地疗愈了自己的内心，也越来越接受过去发生的一切。在一次又一次的浸泡中，我发现在这个世界上，我是被爱的、圆满具足的，是可以轻松地活成自己想要的样子的。

特别是当我来到新励成后，我发现新励成有"智慧父母"课程，而且使命是成就个人、幸福家庭、和谐社会，心中更是确信这就是我想要的工作的归宿，事业的归宿。随着自己一天天地学习、一次次地分享，我慢慢地融入了新励成，也感到越来越快乐，越来越喜欢自己，越来越成为了自己想要成为的样子。感恩新励成。

我相信，在这个世界上，依然还有很多的父母，他们不懂得教育孩子的方法和技巧，每天都在用自以为对的，却可能错误的方式给孩子造成各种心理的创伤。每每想到这些，我都非常地心痛，仿佛又回到了儿时的痛苦当中。

因此，在传播家庭教育的路上，我愿意化成一只狗，天南地北地叫、声嘶力竭地叫，去叫醒更多沉睡的父母，叫醒更多沉睡的夫妻。去告诉他们，在这个世界上，有一种方法，叫做自我学习、自我提升，它可以帮助我们过上想要的生活，同时，影响我们的孩子，让孩子拥有快乐的童年，最重要的是，让我们有勇气唤醒自己！

## 用初来之心 走未来之路

杨东丽

2015年1月16日,我以行政专员的身份入职了新励成。当时我们在职的同事有苑伊曼、赵帅还有云绮。公司规定早上9:00上班,可是当我每天早晨8:30赶到校区的时候,总会发现他们都已经到了。一整天里,除了偶尔能开开玩笑、聊聊天儿,其他时间大家都在忙,不是在测试接待学员,就是在打电话或者微信联系学员。时间长了,我发现,周一到周五我下班了,因为有晚班课,他们在忙;周六周日我可以休息了,因为有周末班,他们也在忙。每次统计考勤的时候,我都会发现,他们都没有休息呀!

那时候,我就在想,是什么东西在支撑他们这样工作呢?

直到有一件事,让我找到了答案。

2015年春节过后，新励成所有销售和教学部一起去广州总部参加集中培训和学习，海淀校区只留下我和一位出纳看家。每天上班后，领导交代我的第一件事就是打开电脑上线百度商桥，回复前一天学员的留言和在线进行疑问解答。

有一天，一个在校大学生在商桥上咨询，她说她的学习成绩特别好，也喜欢学校的社团活动，现在想竞选学校的学生会主席。但是因为平时上台发言的机会很少，而且在台上会紧张、忘词，讲话一团乱，想问下我们有没有对应的课程可以解决。这就是我们可以做到的呀，于是我给她推荐了新励成的"当众讲话"课程。因为我们是山东老乡，聊得也比较愉快，她很爽快地就约了下一周的课程。

这件事在同事们回来后我交接完就忘记了，直到有一天的下午三点，有一个小女生来校区指名要找我。原来，她就是年初我在商桥上沟通的那个学生，今天来是特意感谢我的。她说，因为我的推荐，她学习了"当众讲话"课程，然后很成功地竞聘上了学生会主席。说实话，我听到后感到特别开心，特别骄傲，因为我的一个小小推荐，竟然可以给她这么大的帮助。一瞬间，我也突然明白了我的同事们不顾休息地努力工作的原因了。帮助别人达成自己的目标，这是一个多么令人自豪的事情呀，这份成就感和价值感足以抵消所有的疲惫和劳累。

2015年12月10日，华北区召开管理会议，赵总和詹总也从广州飞来参加，整个校区充满了奋斗的味道。当我正在给新入职的老师办理入职手续的时候，赵帅突然叫我，说："老板们让你进去参加会议。"结果我刚进去坐下，詹总就斩钉截铁地说："杨东丽，我今天正式地通知你，你已经被转为销售了，一个礼拜之内找到接手你工作的人，春节后去总部参加培训，4月份去山东济南选址，你来做负责人！"

天啊，这是多么大的信任啊！

2016年9月，我来到济南，从选址、装修、招聘到开课，经历了从不会到会、从稚嫩到成熟，这期间真的要感谢新励成总经办的各位领导给予我的信任和鼓励。爸妈来到济南看到我的工作和成长，由衷地说道："只要公司不辞你，千万不要离职。"而我们的大家长赵总在听我说完后也说了一句话："只要你不走，公司绝对不会辞退你！"

陆续地，我们从1个学员、1个员工、1个学训中心，到现在的一千多名学员、10个员工和2家学训中心！

而在入职新励成的5年时间里，我从单身到结婚，再到生子；从北漂到济南，再到安居。生活的方方面面都发生了巨大的变化。新励成不光给了我工资，还给了我莫大的精神支持和后备力量！

很多学员在来到我们学训中心上课时，很好奇为什么我们每天工作那么长时间还那么开心、那么有激情。我的回答永远都是：因为我们爱这份事业啊。它不仅能让我们赚到钱，还能让我们接受如此高质量的培训，认识如此多智慧卓越的学员，怎么能让我们不爱呢？

我也一直坚持着我最喜欢的一句话：用初来之心，走未来之路！公司和同事相信我，学员朋友选择我，我就要把最好的状态和服务，带给大家。在这5年的时间里，不是没有遇到困难，不是没有受过委屈，但是我从来没有想过要放弃。或许是性格原因，上一秒还很生气或难过，下一秒就状态满满。受得了委屈，禁得起诱惑，扛得住打击，放得下成功！我与公司一直在一起！

我始终坚信，即使是平凡的生命，只要融入到伟大的平台中，也一定会闪出最耀眼的光！

## 我和新励成的故事

卞晶晶

2018 年 4 月 23 日,刮大风,我入职了新励成,故事就在这一天开始了。

在我通过一周的培训之后,金校长给我布置了第一个任务,一个月内转正,达成业绩目标。我觉得对我而言,应该是很容易的。我记得我接触的第一个学员,来自北京同仁堂大连分公司的负责人张爽,33 岁,一个说着一口地道的北京话,有 8 年多的销售经验,双商非常高的,胖胖的可爱的男人。我们都喊他爽哥,在"当众讲话"的课堂中,我俩被安排到一组互相对练,整个过程中我们配合得特别默契,爽哥上台讲话的灵感顿时全打开了,他不再拘束了,他觉得我一个小女人都能放得开打得开,自己就更加有勇气去突破了,从那天开始每次上课爽哥都抢在第一个上台。付出了一定会有收获的,爽哥越来越自信,甚至越来越享受在众人面前去表现自己,他看到了自己的改变。于是在第二周的时候,爽哥就拉着我说:"谢谢你,卞卞,是你一次又一次地推着我走,给我这么多想法,让我成长如此迅速,我想走进更多的课程中,去更好地提升自己。"虽然我只是做了一个顾问老师应该做的事儿,可是不知道为什么,当听到这些话的时候,身上鼓起一股劲儿,这股劲儿告诉我,我是一个有能量的人,我虽然只是一名顾问老

师，但是同样也能帮助越来越多的人，这大概就是我想要的。我的爸爸是一名警察，妈妈是人民教师，在他们眼中只有像铁饭碗一样的职业才能带来成就感，但是我想跟他们说，我此时此刻就在享受这份工作所带给我的快乐。

如大家所愿，仅仅一个月的时间，我就转正了。我妈妈曾经在我选择到新励成上班的时候告诉我："作为一个女孩子，找个安安稳稳的工作，当个老师不需要挣多少钱，多好，非得弄得天天那么晚下班，让自己那么累。"可是我的性格使然，我不愿意坐在办公室过朝九晚五的生活，虽然我每天都在测评、上课、加班，但是我依然觉得特别开心，虽然会有业绩压力，但是我反而觉得这是我的动力，能让我开心充实地过好每一天。学员们在一期的课程结束做总结的时候，我总能听到大家站在台上对我的感谢！那一刻我是幸福的……有时候看到学员学习前后的对比我会开心到默默流泪，而恰恰是这样一份有开心、有感动、有泪水的工作，让我觉得无比充实，让我觉得自己当时的选择是正确的。

接下来的日子过得很快，每天都在开开心心、忙忙碌碌地工作，跟不同的人沟通打交道，在这个过程中我也在不断地学习成长。其实真的特别感谢新励成这个平台，无论是连总还是身边所有的学员，都在包容我，给我机会，让我大胆地向前奔跑。身边的每位小伙伴，都会在我遇到各种困难的时候帮我一起想办法，一起渡过难关！

在这近两年的时间里，我收获了越来越多的自信、认可。很多人对我的评价都是"卞卞是一个无论遇到什么事，都会迎难而上，说做就做，坚持不放弃的人"。我想说其实是新励成这个大家庭给了我最大的勇气和力量，让我觉得人活着，不仅仅是要自己快乐和开心，更多的是生命影响生命，让更多的人有面对现实和挫折的勇气和信心！

这一年半，是我步入社会以来最开心最幸福的，也是唯一一份能让我的妈妈认可并鼓励我的工作。我始终坚信新励成一定会走在教育机构最前线，服务越来越多的中国人，让越来越多的中国人软实力变强变大！大家好，国家才会好，国家好，我们才真正地做到"以人为本，和谐幸福"！

## 成就个人，幸福家庭，和谐社会
董秀丽

有人说人一生会有很多不同的机遇，但是并非每次的机遇都能够抓住。那么我想我是幸运的，幸运的是能够在还没有大学毕业，还没有真正踏足社会、感受社会的时候，就进入了新励成这个温暖的大家庭，在这个家庭里，我收获了成长、友谊以及阅历，我相信这些收获会对我以后的人生产生不一样的意义！

其实员工最大的改变还是来自于企业的文化氛围。在加入新励成的第一天，所有的员工都会感受到公司的企业文化，我才知道，原来企业文化是一个公司的灵魂，是真的能够给员工带来影响力的，是使命一样的存在。

新励成的企业使命：成就个人，幸福家庭，和谐社会。这12个字已经深深地刻在了每位员工的心里，同时很多的学员也非常地认可这12个字。这其实也是以人为本，以奋斗者为本，从每位学员、每位员工出发所考虑的。

我是辽宁大连LTC的一位咨询顾问老师。东北大区的负责人是连总。连总对我们每一位员工的影响是非常大的，不仅仅是在工作中的雷厉风行，同时他也是一个特别热爱学习的人。我们每一次开会都是以培训的方式进行，这个习惯也一直保留下来，而每次的培训不仅仅是为了传递思想和理念，更多的是让每一位顾问老师都能真正地从中获益，让自己变得更加优秀。

其实听过身边很多的同学或者朋友讲到自己的工作，大多数工作中的奖励机制都是金钱或者其他的物质奖励，但是连总为了鼓励我们多去学习，拿培训当做奖励机制，甚至有时候会自掏腰包。我想对于大多数员工来说，一份工作的意义并非只是满足自己的物质生活，同时也可以实现自身价值，所以作为东北大区的一员，我是非常感动的。在这样一个有着不断的鼓励和学习的氛围中，每个人的突破都是大家有目共睹的，从自身做起是多么有影响力的一件事情啊，我相信这也是新励成的初心，让每一位学员都能在这样一个氛围下不断提升突破，实现自我价值。所以，这也是我理解的成就个人。

对于每个人的一生中，家庭是陪伴自己最久的，如何能够做到家庭幸福，这也取决于每个人怎么去做。在我入职两年当中，对我印象最深刻的是一名叫做杜强的学员，特别记得强哥刚开始打算学习的时候，也是经过了反复对比，最终选择了新励成。在后来的相处中了解到，他因为生活工作等多方面原因，患有重度抑郁症，都快要和爱人离婚了，家庭是不幸福的，但是强哥想改变自己的现状，所以选择了新励成。从单门课程到最后的一卡通，强哥的变化是大家有目共睹的。从上台紧张、脑门冒汗到现在能够在百人以上的场合随意发挥，是经历了一天又一天，一个月又一个月的努力，通过课程的不断磨炼，和坚定的信念所达成的。他知道新励成对他的帮助有多大，所以非常愿意帮助学员加入到新励成更多的课程。很多学员私下都说强哥是不是我们找来的托啊，我都会把这些事情跟强哥去表达，我说强哥你都快成我们的兼职顾问老师了，强哥说："我并没有其他目的，我是在感恩。"这句话我一直记得。现在强哥和嫂子的感情非常地好，他还把嫂子一起拉过来上课，很幸福，所以成就个人的同时，整个家庭也会跟着幸福。

当今社会，我们每一个人都有自己的责任和义务，我们应该在做好自己本职工作的同时也要为社会做出贡献，这也是一个人格局的体现，新励成正在为了和谐社会做出自己的贡献，为提高中华人民软素质而奋斗。我相信只要每个人努力一点其实就是很大的一步，也是在为和谐社会做出贡献！

新励成的核心价值观其实还是以学员为主，以服务学员为核心，成就学员的梦想，是我们存在的意义，新励成也在不断奋斗。我们关心每一位学员的成长，我相信学员自己真正在新励成获益了，对于我们来说就是最好的名片，最好的广告。这里的能量场是很强大的，所以不仅我们自己在奋斗，我们的学员也在奋斗，不管是大学生、研究生，还是普通员工、管理层、创业者，都是奋斗者，我们要陪着学员一起，从刚进来到走出去，变成我们新励成的"活广告"。相信我们自己，相信我们的学员，大家都是为了自己的梦想以及目标在不断前行。

回首在新励成工作的两年，其实收获到的远比我想象的多很多。成长突破是我们的代名词，未来我相信新励成会带给我更多的创新。在公司企业文化的熏陶下，以服务学员为本，不断相信、不断学习，让每一位新励成人不光是有家的感觉，更多的是拿绩效作为话语权，更多地为企业贡献自己的一份力量，带领学员走在别人的前面；在企业文化的熏陶下，更加明确自己的目标，与学员同在，做到知行合一，多问多想多思考，跟随企业一起成长。

企业用自身的力量在影响着我们，我们也要用自身的力量来影响学员，用学员的力量来影响更多的人。我们是中间的纽带，是企业的文化氛围带给我们更多的力量，是学员的突破改变带来了更好的方向，我们也要义无反顾，勇往直前。我们能做到的远比我们想象的多得多，我们要相信我们可以改变更多的人，我们也要相信新励成可以改变更多的人，新励成是一个以学员为本，立志提升国民软素质的培训教育机构，相信我们也会越做越好，让更多的人看到我们新励成！让我们一起：成就个人，幸福家庭，和谐社会！

## 与企业文化同在

罗宪珠

在不知不觉中,我进入新励成这个平台工作已有半年的时间。半年前,我还是一个初出校园、懵懂无知的女孩。幸运的是,我的第一份工作便遇上了新励成。与新励成海口LTC的结缘,使得我的人生轨迹变得不一样。

进入这个平台工作后,我最大的改变就是我不再是一个害怕上台、不太善于表达及与人交际的人。刚进入新励成接受培训时,我们认真理解和背诵口才课程的内容及相关知识,每天负责人都会考察我们背诵的成果,同时教给我们更有效的背诵方法及课程中包含的更深层次的理解。紧接着到了电话邀约、客户接待的阶段,在同事们的热心指导和帮助下,我也顺利地完成了任务指标,大家一遍一遍地陪着我练习,直到我熟练掌握。在那一刻,我感受到了新励成家人们手牵手、心连心的团结友爱,以及互帮互助的精神。练

习测评阶段，无论是张琦老师、授课老师还是比我早一步进行学习的咨询老师都对我进行了耐心的指导和陪练。测评对我而言确实是个有难度的挑战，特别是某些重要部分，所以在新的一年里，我一定会加倍练习，把测评熟练掌握，帮助海口 LTC 一起创建更加辉煌的成绩。

看到过一句话，感触良多："自信源于成功的鼓励和积累。"还记得我第一次以学员的身份走进"当众讲话"的课堂，上台进行自我介绍时，我的双腿不自觉地在颤抖，手部姿势非常僵硬，说话声音也非常小。那时站在台上的我大脑几乎是一片空白的，想不到自己想要表达的语言，最后只能生硬地憋出了几句向大家问好的话及简单介绍了自己的名字……经过一整期的课程学习过后，我深刻地体会到了"当众讲话"的魅力，因为经过课程的学习，渐渐地发现自己变得不那么惧怕上台了，而是享受舞台和观众的目光。新励成的企业愿景和使命是"成就个人、幸福家庭、和谐社会"。在面对新员工的培训上，新励成的做法让我真心感受到了这一点，首先成就个人，让员工拥有自信，因为相信而看到。在新励成工作后，我感觉到新励成的每个员工，即使在最平凡的岗位，也倍感自己的意义和伟大，因为我们每天都在为成就个人、幸福家庭、和谐社会而做努力，尽一切可能去帮助学员们实现梦想，帮助他们成为自己想要成为的口才界佼佼者。每个人心里都渴望某种崇高和伟大，渴望能够找到可以为之付出一生的使命，平凡的生命只有融入到伟大里面，才能不孤独，才可以找到存在的意义。在此，新励成让我有机会成为了这样的人，我由衷地感谢新励成这个平台。

新励成的企业文化之一是以规则为前提，相互尊重、共同协作、懂得感恩的大家庭式的亲情文化。爱与规则，有爱有纪律，是新励成创立以来就形成的文化特质。新励成在做一个有温度、有温情的公司，虽然在不同发展阶段，员工的感受会有差异，但每一个员工的温度就是公司的温度总和，每个人都在持续给这份亲情加温，不减热度。在这一点上我的感触最深，因为自从进入海口学训中心工作以来，我们的团队精神以及团队氛围让我更加深刻地理解公司的这一条企业管理理念。无论在任何时刻，只要有需要，大家都可以放下一切，用心做好自己的事，同时还会一起帮助身边的同事，每一个人的力量都是校区不可或缺的一部分，在紧要时刻，彼此之间的一句鼓励和支持，都能让温暖永存。在面对业绩上，没人会去排挤业绩最突出者，而是会相互取经，每当有新的业绩产出，都会由衷为团队的业绩增长感到开心，同时会在心里暗示自己，更要加把劲儿了！

在新励成企业文化的九大理念中，我们的服务理念是：动机至善，私心了无。我们要的不是学员的感谢和回报，而是学员真正的进步和改变。只要始终把帮助学员的成长、成就学员放在第一位，为学员服务的动机和发心是善意的，我们的心和行为就是坦荡荡的。在每一次打邀约电话时，都会有很多的人问：为什么一定要到校区面对面地交谈呢？电话里不可以说吗？难道你们是传销公司吗？……对于种种问题的产生，我并不诧异，但这不意味着我们理亏，本着为帮助学员变得更好的初心，同时让学员到校区做测评也是为了更好地了解学员的情况，这是对他负责任。在测评最后的环节，会有很多学员提出担心课程效果又或是惧怕自己冲动消费等各种原因，不愿意马上进入新励成课堂的学习。此时，测评老师需要有相信的力量，用为学员考虑、帮助学员成长的初心，坚定学员报名学习的信念。同时在服务学员的过程中，细心体贴，让学员感受新励成大家庭的温暖，除了学习上的联系还要更好地走进学员的生活中，和学员建立良好的师生、朋友关系。学员愿意找你是相信你、喜欢你，那么我们更要对他负责任，把服务学员做到极致。

我始终坚信新励成的核心价值观：以学员为中心，以奋斗者为本。为学员持续地创造价值，成就学员的梦想。新励成从1家学员中心，到90多家学训中心；从最初的几个学员基数，到如今近30万的学员；从一门"当众讲话"课程，到拥有一套自主研发的软实力课程系统……新励成从2005年至今，15年来一直向上前进，始终走在上坡路。在此，祝愿企业新的一年再创辉煌，再创佳绩！

## 我与新励成的十年

黄伟娜

时光荏苒,一眨眼,我来到新励成十年了。

2017年的年度峰会,我站在舞台中央,面对全体新励成人表白:"我是超生游击队,拥有四个孩子,那就是我家源源、浦东LTC、长宁LTC和杨浦LTC。"

### 初恋

新励成是我第一家工作的公司,2009年9月20日,我入职新励成广州天河学训中心,踏上人生的新历程。

其实,我一开始是新励成的学员。因为公务员面试时过分紧张,就这样跟公务员系统擦身而过。所以我跟很多来新励成的学员一样,痛下决心,必须努力克服紧张的情绪,提升在公众前讲话的能力。

我在新励成学习的日子里，不断地走上讲台，反复训练。这让我的紧张程度得以改善，让我在沟通表达的时候更有方法。学习了一段时间后，我被新励成的企业文化所深深吸引，最终选择留下来工作，而这一做就是十年。后来，我还影响我的先生、我的兄弟姐妹们一起走进新励成，加入这个卓越的大家庭。

做班主任还是在十年前，第一次带"当众讲话"晚班，和刘志欣老师搭档。那是 2009 年 10 月的晚班，深秋 10 月，广州渐渐微凉，每天课程结束后，已经快 11 点钟。独自一人在广州的我，每天下课后都有一种莫名的伤感，可能是因为天气，可能因为和我的老公刘校长分隔两地的思念。

印象特别深刻的就是那期"当众讲话"的第六讲——"感动的事"。下课后，我一个人坐公交回家，路上，微风吹来，树叶沙沙地飘落在地面，我特别地伤感，那晚抑制不住地哭了。我不喜欢这种孤独的感觉，当时的我很想放弃，想回到家人的身边，想回到自己熟悉的城市。

而就在我快要放弃的时候，在那期"当众讲话"第八讲"获奖感言"的环节中，我在新励成服务的第一位学员，站在台上特别地感谢了我，他说："感谢伟娜老师让我改变了自己，克服了紧张！"听到他的感谢，我的心暖暖的。我觉得，这就是我在职场中越来越开心的原因，也更多地让我感受到自己这份工作特别地有意义，特别地有价值。

那期"当众讲话"第十讲的晚上，我们课后来到了 KTV。当时，同学们给刘志欣老师和我准备了一个大大的惊喜——毕业演说。每个人都突破特别大，演讲的时候感染力非常强，又一次深深地感动着我……

回想起来，这十年，让我每天这么有激情、有热情工作的主要动力绝不是经济上的收入，更多的是一次次收到学员给我的反馈，学员对我的感谢。他们说自己进步了，改变了，越来越好了，这才是推动我不断前行的动力。

## 初生

2015 年 7 月 20 日，我和刘校长从广州飞到上海，经过漫长的旅途，终于在第二天凌晨 3 点多，抵达了上海的酒店。这一次的旅程，我们带着公司布置给我的的重要使命——开拓上海市。

7月的上海，就像一个大烤箱，在这座举目无亲的城市，我俩每天跟着房地产中介游走于浦东陆家嘴附近的写字楼，直到晚上汗流浃背地回到酒店。持续十五天的寻找下，最终遇到了现在的浦东学训中心所在地——世界广场一楼1D5室。8月6日，我们开始装修。谁知装修期间，便有很多人来到学训中心门口咨询。那时，我们无法让咨询学员直观地感受到校区的教学环境，毕竟当时只有正在装修的毛坯房。于是，我把学员接待和沟通的场所安排在了学训中心隔壁的星巴克。

就是在这样的环境下，我们迎来了上海的第一位学员——周娜宇。仅凭我简单的描述和三言两语的沟通，她就在星巴克把学费交了，这是娜宇姐对我的一份信任。我当时特别地感动，感动这份信任，感动这份认可，感动这份缘分……更巧的是娜宇姐的名字真的跟我特别地有缘分，恰好就是我和刘校长名字的组合。

2015年9月19日，浦东校区顺利开业。当天也是上海浦东的第一期"当众讲话"开班，共有六位学员走进课堂。大家一致反馈收获和提升特别大，从不敢讲、紧张、怯场，再到侃侃而谈，逻辑条理越来越好。看到学员有这么大的改变，我自己分外地开心，每天都充满了动力。

但是随着时间推移，我心中对广东的思念越来越深。

当初，就在我和刘校长踏上广州飞往上海的航班那天，我的孩子源源，刚刚满6个月。其实，当时的我有点犹豫，因为孩子还比较小，是刘校长特别地坚定，因为他坚信年轻的时候就是奋斗最好的时机。

### 初心

可孩子也越来越大了，作为母亲的我，一直对孩子都有些愧疚。从他出生6个月以后，我就没有陪伴在他身边，错过了孩子的第一次爬，错过了孩子的第一次走路，错过了孩子的第一次喊爸爸、妈妈……

因为过分的想念，当2017年12月份，孩子快3岁的时候，我跟赵总、詹总提出了想回去广东的想法，因为想回到孩子的身边，伴随他成长。

记得那是一个晚班课下课后，已经十点多了，我和刘校长同时跟上海两个学训中心的小伙伴们说道要回去广东的想法。刚说完，她们都哭着说："娜姐和祥宇哥去哪里，我们就跟着去哪里！"一瞬间，我们拥抱着哭了起来，很舍不得，很放不下……

她们也只是比我小几岁的妹妹们，她们也像是我的孩子一样，是我一手带大的，我也不舍得离开她们。那晚，大家聊到凌晨一点，都不想分开，甚至回到家后几个小伙伴还在群里沟通直到早上六点，彻夜未眠，就想留下我和刘校长。小伙伴们鼓动了当时几位特别有影响力的卓越学员，结伴来说服我和刘校长，想尽一切方法让我们继续留在上海。

真的特别地感动，感动拥有这么好的团队，感动拥有这么多优秀的学员，是你们的认可，是你们的信任，是你们的进步，让我越来越相信自己是拥有无限能量的。所以，最后我们留下来了，而且找到了更好的方法——把孩子接过来上海一起生活。也感谢新励成的老板们，让我带着孩子上班。新励成是一家充满爱，给员工、学员带来无限幸福感的公司。

我经常在做口才测试的时候，告诉第一次来新励成的学员，今天的我在演讲的舞台上，可以有如此大的能量，其实都是通过大大小小的机会训练得到的。一个人没办法随随便便成功，他们都是通过不断地学习，不断地雕塑，不断地自凿，才能遇见更好的自己。我也相信只要我们努力，只要我们坚持学习，美好就在拐角处。

此时，我想感谢三个人，感谢我热爱的伴侣——新励成，是你让我成长了；感谢我亲爱的同学们，是你们让我在上海找到了家的感觉；最后，感谢我挚爱的上海团队的小伙伴们，是你们不辞辛苦，每天陪伴着学员成长，促进学员的学习，即使有时推动学员学习还是会被学员拒绝，但是你们都很坚定地告诉学员应该学习，因为你们就是课程最大的受益者！

同时，希望各位学员坚信，一位愿意推动您学习的老师，一定是对您最负责任的人！因为这个世界上除了父母，没有谁会愿意苦口婆心地让我们学习了，你们一定要好好爱你们的咨询老师哦。

今天，我依然站在新励成的舞台上，大声表白："我是拥有两位爱人的小女人，那就是我家先生和新励成！"

　　新励成对我而言就像自己初恋般让人热爱；就像那颗炙热的初心，滚烫温暖……

# 附 录

# 知识产权成果

## 专利

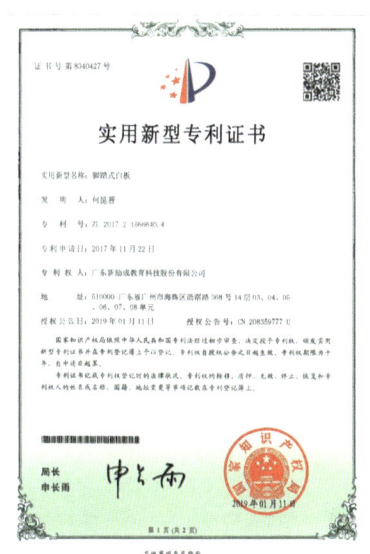

实用新型名称：脚踏式白板
专利号：ZL 2017 2 1566640.4

实用新型名称：开腔弹
专利号：ZL 2016 2 0392645.9

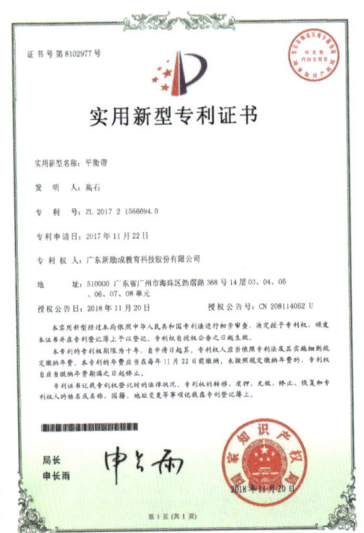

实用新型名称：平衡带
专利号：ZL 2017 2 1566694.0

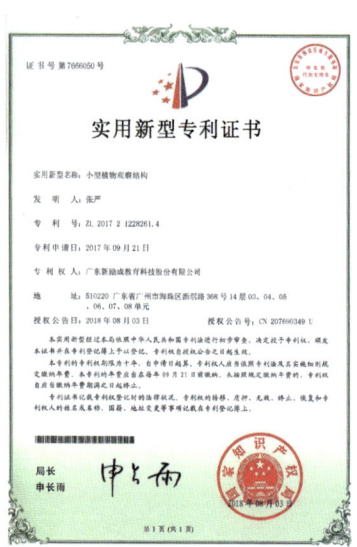

实用新型名称：小型植物观察结构
专利号：ZL 2017 2 1228261.4

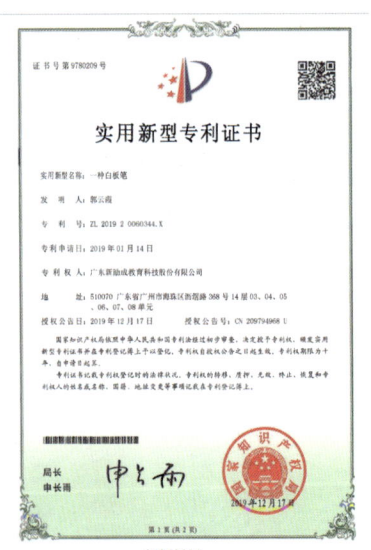

实用新型名称：一种白板笔
专利号：ZL 2019 2 0060344.X

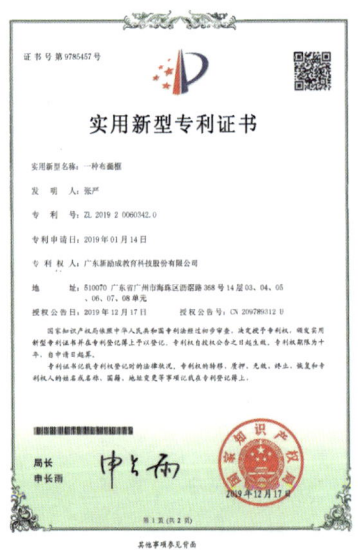

实用新型名称：一种布画框
专利号：ZL 2019 2 0060342.0

实用新型名称：一种单手持的可视麦克风
专利号：ZL 2018 2 0002658.X

实用新型名称：一种读忆本
专利号：ZL 2019 2 0059685.5

实用新型名称：一种记录手环
专利号：ZL 2019 2 0059684.0

实用新型名称：一种教学用计分器
专利号：ZL 2019 2 0060343.5

实用新型名称：一种手执计时器
专利号：ZL 2018 2 0002346.9

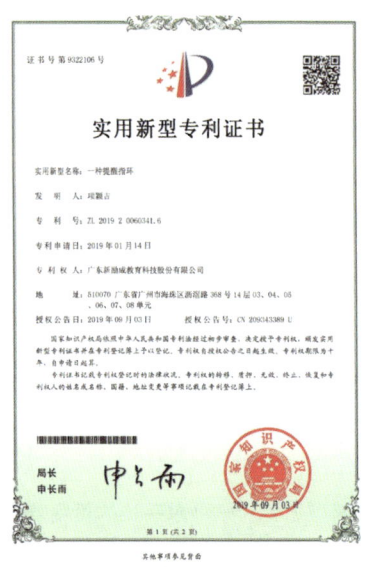

实用新型名称：一种提醒指环
专利号：ZL 2019 2 0060341.6

## 出版书籍

书籍名称：《修炼公众演说》　　ISBN 978-7-5405-8978-3

书籍名称：《修炼人际关系》　　ISBN 978-7-5405-8976-9

书籍名称：《修炼心理素质》　　ISBN 978-7-5405-8977-6

书籍名称：《企业文化》　　　　ISBN 978-7-5153-5569-6

## 软件著作权

软件名称：新励成启蒙教育学习方案平台 V1.0　　登记号：2016SR109998

软件名称：新励成自我鉴定学习系统 V1.0　　　　登记号：2016SR110158

软件名称：新励成讲师绩效考核系统 V1.0　　　　登记号：2016SR130362

软件名称：新励成讲师信息数据控制系统 V1.0　　登记号：2016SR130199

软件名称：新励成教育实践活动学习平台 V1.0　　登记号：2016SR131865

软件名称：新励成教育视频学习平台 V1.0　　　　登记号：2016SR130179

软件名称：新励成教育资源数据分析系统 V1.0　　登记号：2016SR109936

软件名称：新励成考试题库练习系统 V1.0　　　　登记号：2016SR130401

软件名称：新励成口才培训软件 V1.0　　　　　　登记号：2016SR129974

软件名称：新励成在线学习平台 V1.0　　　　　　登记号：2016SR129968

软件名称：学员大数据管理登记软件 V1.0　　　　登记号：2019SR0325051

软件名称：讲师在线互动软件 V1.0　　　　　　　登记号：2019SR0324912

软件名称：在线直播价格核算系统 V1.0　　　　　登记号：2019SR0323895

软件名称：在线教育视频软件 V1.0　　　　　　　登记号：2019SR0323930

软件名称：网络课程在线互动平台 V1.0　　　　　登记号：2019SR0325022

软件名称：远程网络成人口才培训软件 V1.0　　　登记号：2019SR0328750

软件名称：学员远程教育签到系统 V1.0　　　　　登记号：2019SR0328760

软件名称：学员课时到时提醒软件 V1.0　　　　　登记号：2019SR0330025

软件名称：学员管理综合信息处理软件 V1.0　　　登记号：2019SR0330028

软件名称：学员上课在线人数核算系统 V1.0　　　登记号：2019SR0326009

## 2. 演讲口才培训行业报告（2019年）

### 目录

一．演讲口才教育培训的行业概况

1. 教育培训行业的整体环境

2. 生命周期

3. 行业特性

4. 规模与增速

5. 价值链

6. 痛点

7. 市场竞争

二．演讲口才教育培训行业的客户分析

1. 男女性消费者比例

2. 消费者学历构成

3. 行业消费者职业构成

4. 消费者年龄层构成

5. 消费心理

6. 感兴趣的关联品类

7. 咨讯获取渠道

8. 辅助学习的偏好

三．演讲口才培训行业的趋势和展望

1. 进化方向

2. 四大趋势

四．研析综述

五．演讲口才培训行业的 SWOT 分析

## 一．演讲口才教育培训的行业概况

### 1. 教育培训行业的整体环境

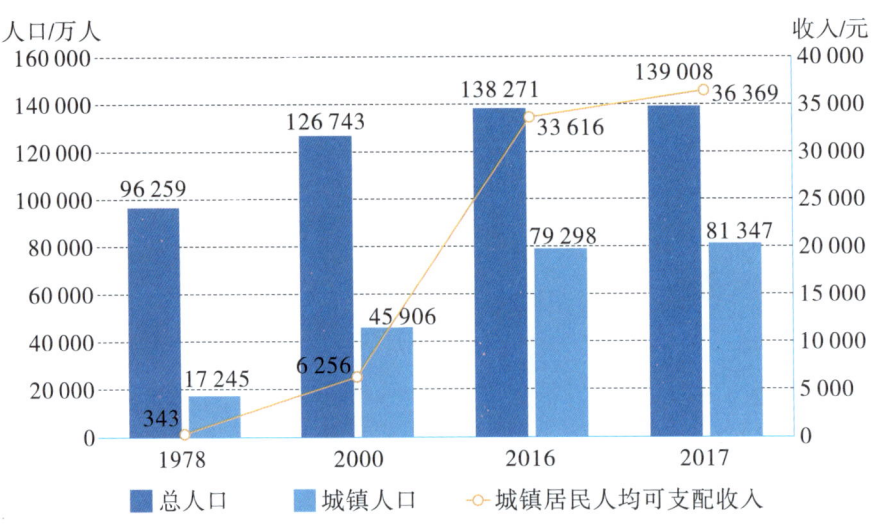

城镇化总量指标

中国经济高速增长，人均可支配收入上升至 30000 元，人们的教育意识逐渐崛起。中国教育产业正迈入"黄金时代"，无论从整体行业规模还是市场活跃度来看，皆处于扩张阶段，2015 年，中国教育产业的总体规模为 1.6 万亿元，预期至 2020 年，将增长至近 3 万亿元，演讲口才行业作为其中的细分，面临极好的产业形势。

中国经济正处于转型升级阶段，对于复合型人才的需求增大。政府对于教育培训行业持续加大经费投入，国民教育意识也逐渐崛起，教育培训产业处于高速扩张阶段。

目前我国经济面临技术变革与产业变迁，正处于转型升级阶段。转型的关键新兴产业人才的培养，对人才素质（创造型，复合型、高感型等）要求较高，而不再仅仅局限于专业能力，这对于教育产业升级提出重大要求，演讲、口才、沟通等软实力教育逐步得到人们的重视。

城镇化速度稳定，人口增加，人均可支配收入提升，带来了消费升级。消费内容在满足基本生理和安全需求的基础上，增加了更多元化的社交和自我发展的需求，更多的对于自我及自身软实力发展的需求。

在人口结构层面，城镇化进程加快，中产阶层崛起，收入水平提高带动教育诉求增长，逐渐朝发展型消费靠拢，人们在教育培训上相应支出增多。

2015年，中国的城镇化率已经达到56%，2009-2015年城镇化增长率基本维持在2%的速率以上，城镇化率不断提高带来城镇消费者增加，带动消费增加。

中国的中产阶级数量虽然仅占全国成年人口的11%，但按绝对值计算却是全球最多，达1.09亿，到2030年，这一数字将达到4.8亿人（占总人口的35%）。

从中产阶级对教育的消费意愿来看：中产阶级热衷教育消费，重视自身能力的投资，有57%中产阶级有过自费参加课程培训的经历，主要参加的课程类别是语言类、管理类等。

### 2. 生命周期

在中国，演讲口才课程正式作为产品进入市场，是在1999年，已经有20年的历程，20年口才行业的发展，使得商业化的产品和行业持续的走向秩序化和规范化。

可以说，演讲口才培训行业是一个非常朝阳的行业，也是一个非常稚嫩的行业。同时，由于行业的特性，行业整体解决的社会问题，又是面对人性的普遍底层需求，这种需求不会随着社会的发展而褪色，反倒会因为社会的进步而更加迫切。可以说，演讲口才培训行业会变成一个普世面非常广，而且非常长久的行业。

同时作为商业，演讲口才培训行业也必然会面临一个相对确定的生命周期。

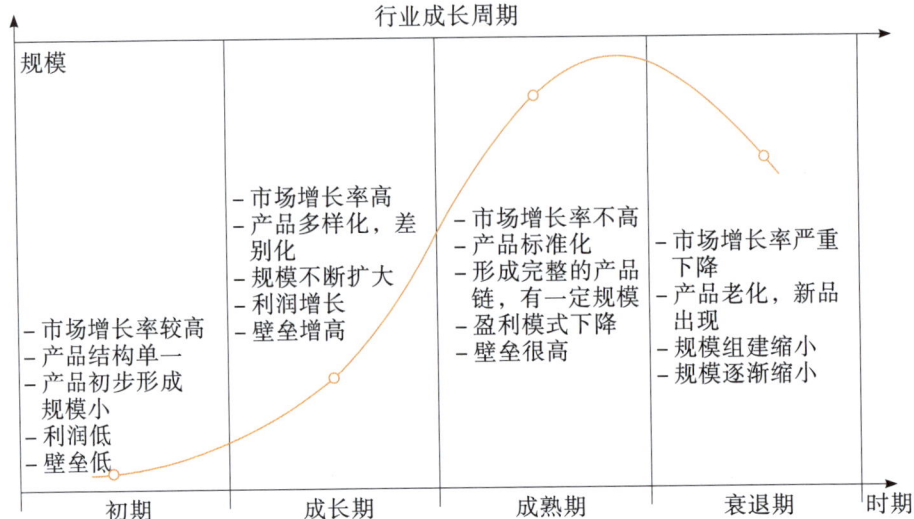

### 3. 行业特性

作为整体教育培训行业中的一个细分方向，演讲口才培训是指通过外界的力量培养及提高人们运用声音和身体态势语言综合表达的能力，使人们能针对特定场合和情景合理地对自身或他人的思维进行扫描和表达，以达到特定目的的训练。

演讲口才培训的主要分类有心态类训练、语言类训练、表现类训练和沟通类训练等。

演讲是指讲演或者演说，是指在公众场所，以有声语言为主要手段，以形态语言为辅助手段，针对某个基础问题，鲜明、完整的表达自己的观点和看法，阐明事理和抒发情感，进行宣传鼓动的一种语言表述行为。

口才是指在口语交际的过程中，表达主题运用准确、得体、生动、巧妙和有效的口语表达策略，达到特定的交际目的，取得圆满交际效果的口语表达和艺术和技巧。

### 4. 规模与增速

行业规模及增速：根据中国现阶段教育培训CAGR（复合年均增长率 compound annual growth rate）数据推测，演讲与口才培训行业预计到2020年市场规模为57.8亿元，年均涨幅超过20%，行业前景乐观。

中国教育市场整体规模庞大，增速稳定，2016年较2010年7800亿的水平，CAGR达到16.1%，预计2020年将达到2.92万亿，五年间CAGR达到12.2%，较前一阶段稍有下降但总体仍保持稳定增长态势。其中教育培训占2016年整体教育行业规模40.5%，达到6659.89亿元，至2020年占比将进一步提升至51.2%，规模增至14977.09亿元，五年间CAGR达到17.6%，显著高于行业整体12.2%的水平。

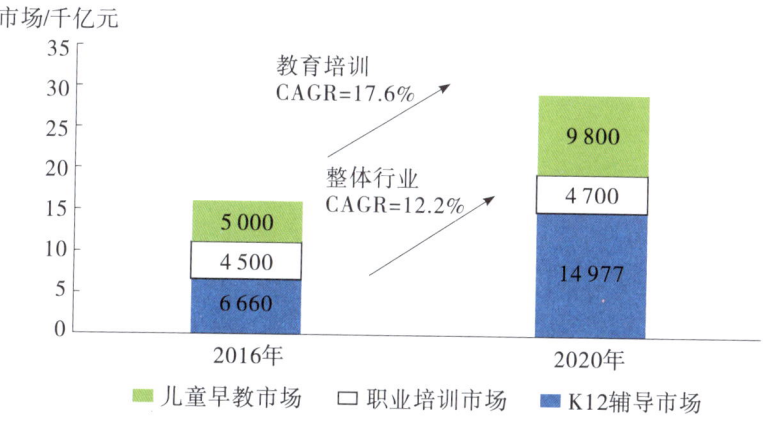

演讲口才培训市场的规模和增速

演讲口才培训市场的规模和增速

### 4. 价值链

截止2018年底，中国演讲与口才培训行业，工商注册的机构接近3100家，其中有74家注册性质为社会组织（协会），剩余接近3000家为企业性质。其中 93.8% 的机构注册资本在 0~100 万区间，100~200 万的机构接近 3%，200~500 万的机构约占 1.4%，500~1000 万的有接近 1%，而 1000 万以上的则有接近 0.8%。据和君调查研究，演讲与口才培训行业中，东部地区培训机构占 53%，约为 1590 家，中部地区为 810 家，约占 27%，西部地区占 20%，为 600 家。地方经济的发展以及人均消费力情况一定程度上影响着培训机构的发展。

消费区域分布：从演讲口才培训的区域消费者关注程度来看，呈现出明显的地区差异，经济相对越发达地区对于口才培训的关注度越高，欠发达地区尚有较大潜力可挖掘。

演讲口才培训行业产业链中，从价值创造角度来看，下游的利润率较低，利润率主要往中上游区域倾斜。从内容流转流程和课程开发的环节的角度划分上游、中游、下游，其中随着互联网和人工智能等技术的发展，下游存在颠覆式创新迹象和趋势。

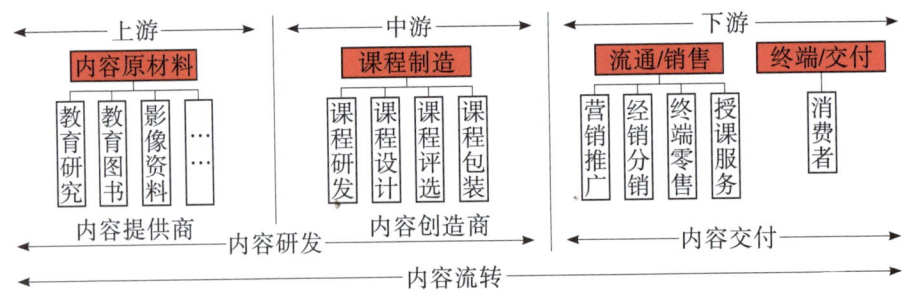

从价值创造角度看，利润区的分布往中游和上游倾斜。

按照价值链微笑曲线策略，为了获得更高额价值和利润，整个行业应侧重于高附加值的研发/技术/产品开发、市场/营销两端的构建。

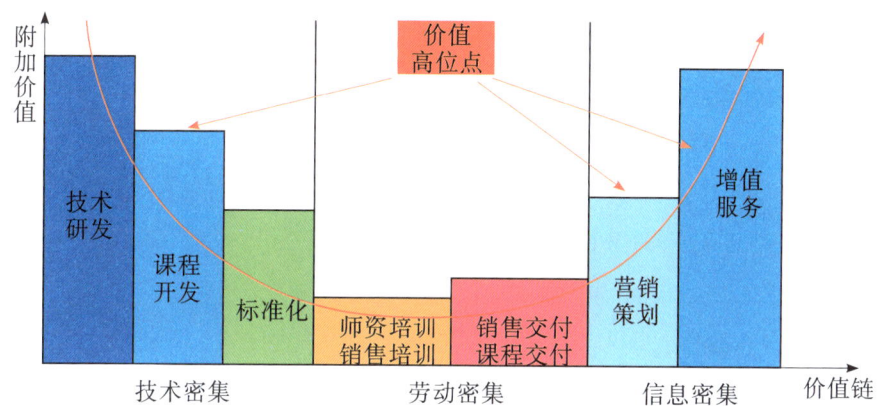

### 5. 痛点

政策缺失、产业链上的痛点及缝隙、同质化及低端竞争成为演讲口才培训行业痛点，影响供需两端。

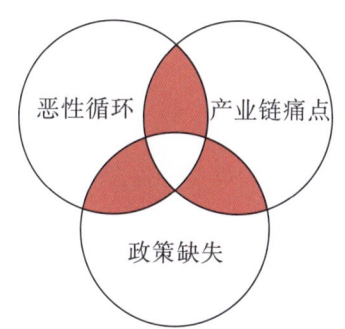

（1）产品同质化引发业内价格混乱。

◎ 演讲口才培训属于初加工产品，入行门槛比较低，不少小企业没有开发能力，品质没有办法保证。

◎ 低价竞争削弱了培训产品的毛利空间。

◎ 质量事故带来负面影响。

（2）高度集中化引发竞争加剧。

◎ 北上广等发达城市，但竞争度也高。

◎ 同一区域常常十几家品牌聚集。

（3）竞争加剧引发营业成本增加。

◎ 演讲口才培训企业倾力开路，增加诸多推广费用，争抢一席之地，广告商们常常收取高额。

◎ 广告等费用提高中小演讲口才培训经营压力。

（4）顾客。

◎ 顾客上课时间和机构授课时间难以匹配。

◎ 现代口才培训品牌众多，"选择困难症"。

（5）培训机构。

◎ 行业中存在诸多不专业的机构，鱼龙混杂，顾客对于相关产品的信任度低，销售不易。

◎ 社会新品良莠不齐。

◎ 产品同质化程度高。

◎ 目标客户推广成本高。

◎ 课程品类单一，吸引力弱。

◎ 课程复购率低。

◎ 由于顾客和机构时间不一致，导致课程交付困难。

## 6. 市场竞争

行业壁垒低，产品生产相对简单，进入者和代替品偏多，议价能力上供应商偏高、消费者偏低，业内竞争激烈，价格战，产品单一化／同质化现象严重，是目前的市场竞争形态。

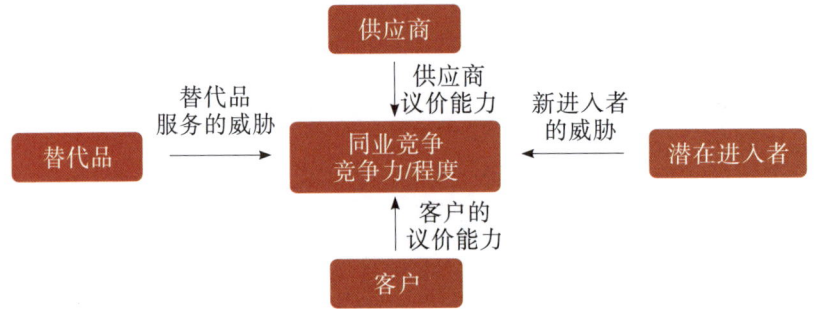

竞争热度：行业进入门槛低，竞争激烈，同业对手多，且参与者广泛。

经营模式：侧重广告营销方式，低价价格战，深度售后服务缺位。

产品同质化：产品差异较少，不突出，模仿/假冒品现象较多。

品牌：影响力、文化传承。

进入壁垒：行业壁垒低，投资起点比较低，市场准入门槛不高，产品标准低。

替代危险：初加工，且无专利或高技术要求，被替代的风险较高。

市场资源稀缺：高端的演讲口才培训要求高品质高质量，对老师，授课内容、授课方式等都有较高要求。

议价能力：高质量的原材料替代品少培训课程可以根据市场供需情况设定价格，市场议价能力偏高。

消费能力：沿海 > 内地，城市 > 农村（一类城市 > 二类城市），女性 > 男性。

议价能力：功效、价格、听课方便程度、品牌等（达标 – 购买者议价能力低）。

关联：口才培训消费比例与居民收入基本呈递增关系。

影响因子：营销。

课程渗透：由于口才培训是基础需求，诸多培训机构均含有相关的课程，例如 k12 和企业内训，上述机构可能通过课程渗透进入市场。

外资涌入：国外演讲口才培训机构通过营销带来威胁。

跨界：拥有大规模使用人数的自媒体和媒体机构或个人进军演讲口才培训行业，进行消费升级，抢占线上市场。

## 二．演讲口才教育培训行业的客户分析（数据来源：新励成研究中心数据库）

### 1. 男女性消费者比例

在所有学习演讲口才的人群中，男女的性别比例分别是 45.33% 和 54.67%，女性学员比例多出近 10%。

女性相对男性来说，更重视语言能力的提升，也更重视语言、语感、声音、形象等等软实力给工作和生活带来的变化。

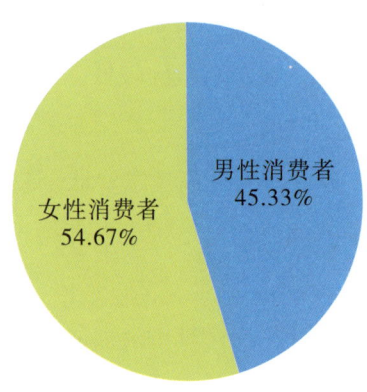

### 2. 消费者学历构成

在所有的统计样本中，本科学历的占比最高，达到 42.29%，其次是专科，占比达到 28.04%，本专科的合计比例达到 70.33%，研究生的占比是 8.26% 这个整体比例基本能反映出城镇化和中产的特质，透过数据反应出的信息是，越是高学历人群，在工作和生活中，对于语言应用的场景也会越多元化，预言的质量要求也更高。

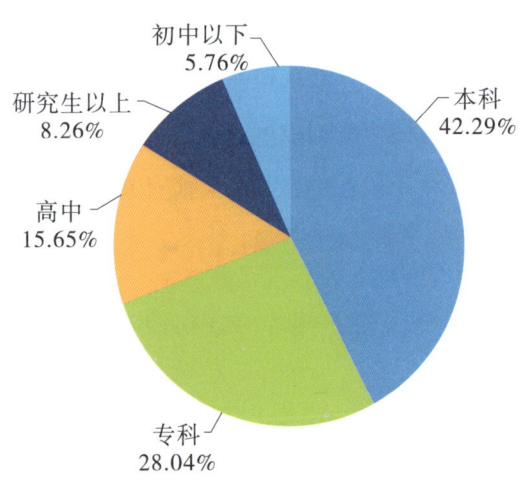

**演讲与口才培训行业消费者学历构成**

### 3. 行业消费者职业构成

在所有的统计样本中，占比最高的是企业职员，占比约 45%，同时私营业主的占比约 14%，两者的总合近 60%，数据反映出的信息是竞争激励的企业中，人们对于口才能力的需求会更普遍也更急迫一些；另一个值得关注的数据，在校学生的占比竟达到了 16%，而且这些学生以大学毕业前后或者出国深造的人群为主，这说明很多家长或者学生自己也充分意识到了，在进入社会之前，好口才对于职业生涯的重要作用。

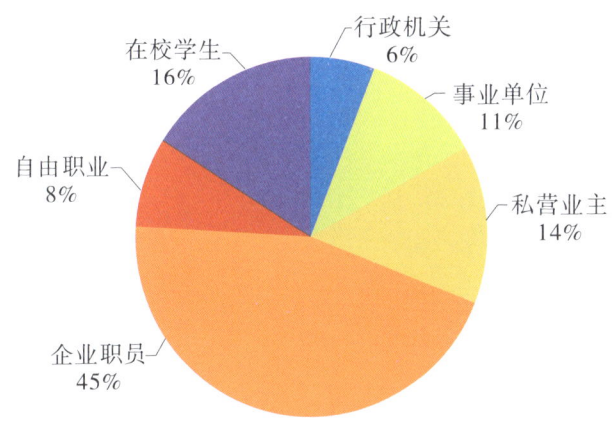

演讲与口才培训行业消费者职业构成

### 4. 消费者年龄层结构

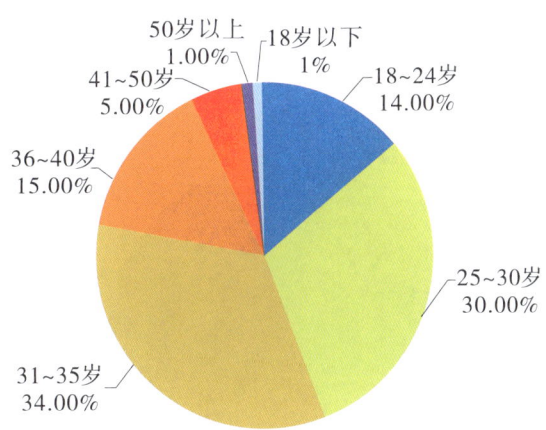

演讲与口才培训行业消费者年龄构成

在所有的统计样本中，年龄区间占比最高的是 31~35 岁这个区间，这个区间也正是职业生涯非常关键的时期；同时，25~30 岁的区间占比也高达

30%；数据反映出的信息是，演讲口才培训的学员主要集中在 25~35 岁的年龄段，这个年龄段既是职业生涯非常主要的时间。

同时也是婚姻家庭生活非常主要的时期，同样，主要的时间段，人们对于口才能力的需求也是最旺盛的。

### 5. 消费心理

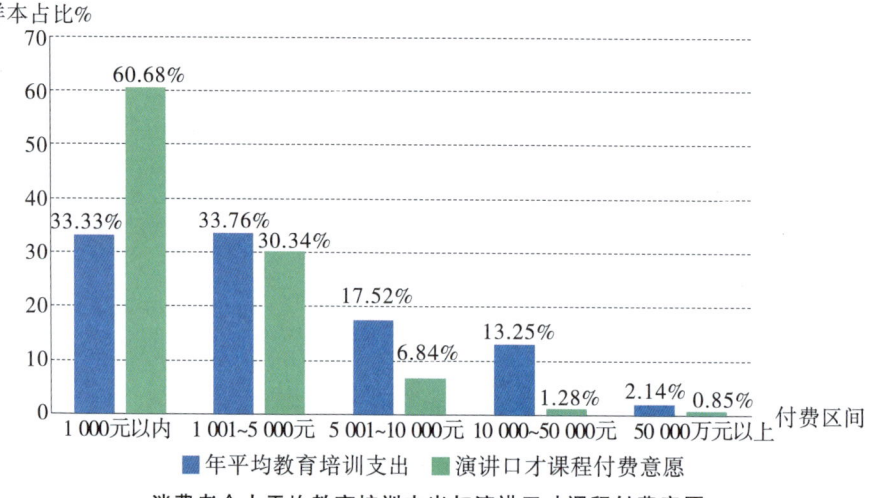

**消费者个人平均教育培训支出与演讲口才课程付费意愿**

通过对比可以看出，相比传统教育培训课程，对于演讲口才课程学习的成本有超过 90% 的消费者愿意接受的费用区间是 1000~5000 元。

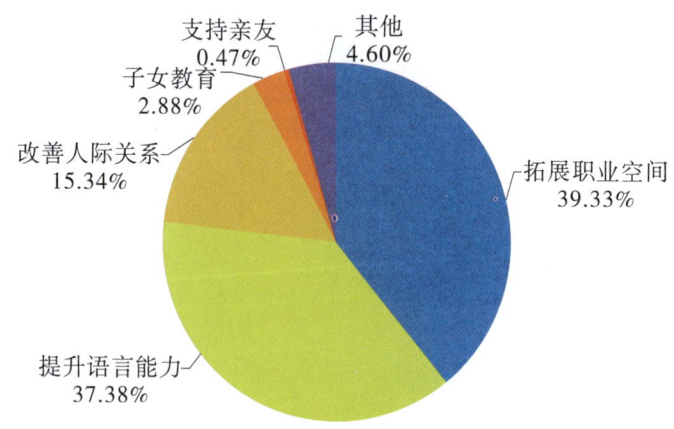

通过样本数据反映出的信息，进行演讲口才训练和学习的学员中，有 37.38% 是想综合性的提升自己的语言能力；有 39.33% 的学员目的更为直接，就是要将更好的语言能力，作为一种软性们能力用来拓展自己的职业空间；还有 15.34% 的学员是为了综合性的改善人际关系的质量。

### 6. 感兴趣的关联品类

学习演讲口才的学员，同时也会把学习投资其他的方向，排名前五的类别分别是企业经管类、财经法律类、外语类、艺术类和运动健身类。

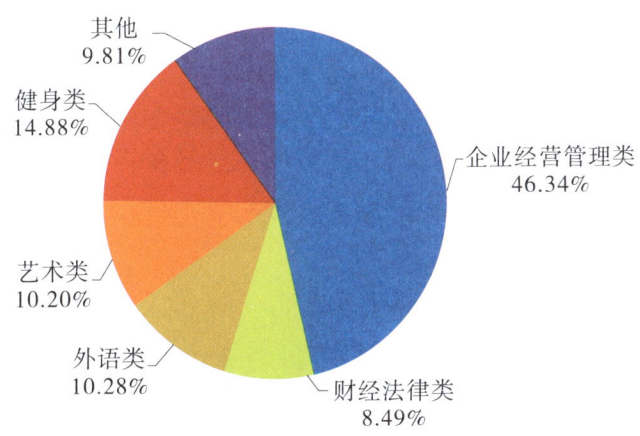

### 7. 咨询获取渠道

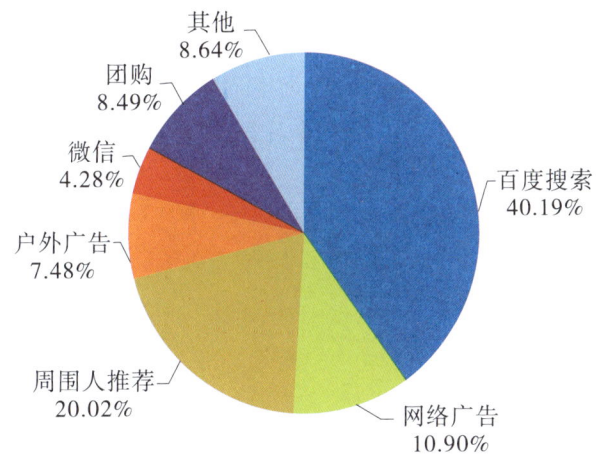

目前，客户获取课程信息的最主要渠道还是搜索引擎；其实是口碑传播，再次是网络广告和定点户外广告。

### 8. 辅助学习的偏好

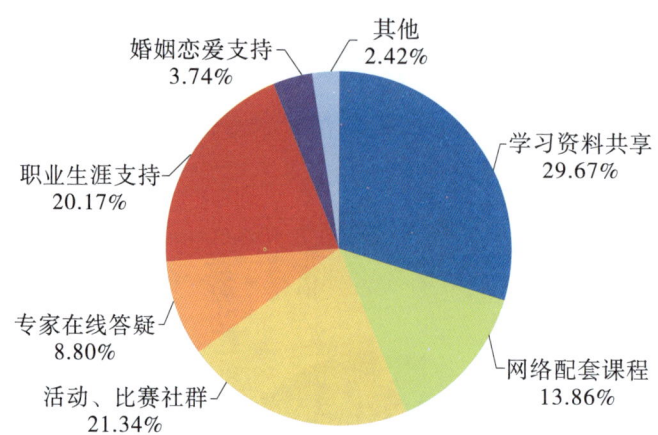

同学们最喜欢和易于接受的辅助学习方式，排在前 4 位的是共享学习资料、网络配套、社群和职业生涯支持，这些方式也是为同学们提供增值服务的空间。

同时，有 78% 的消费者更倾向于通过线下现场的方式来学习演讲口才培训课程，认为现场实训会更为有效。

## 三. 演讲口才教育培训行业的趋势和展望

### 1. 进化方向

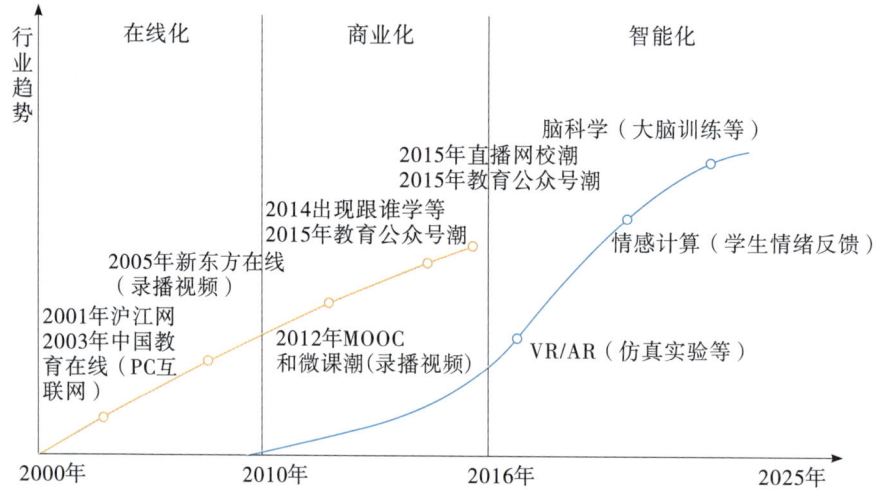

未来，以人工智能、VR/AR、大数据为代表的新一代技术创新在教育行业的广泛应用会改变原有的教育产品结构，对教育产业产生重构性变革。

线上线下讲练结合的训练方式，是演讲口才培训行业的方向。

非商业化的产品将缺乏持续的竞争力，不合理的低价产品等等将退出舞台，行业标准化和商业化，是一种必然。

对于演讲口才的实训，VR以及人工智能等技术的成熟，会压缩原有的训练空间，使得培训会有更好的空间条件和智能条件。

### 2. 四大趋势

演讲口才培训行业未来的发展趋势主要体现在四个方面，包括市场潜力潜力增值大增速快、线下用户分流到线上、课程进一步标准化以及行业公司抱团作战。

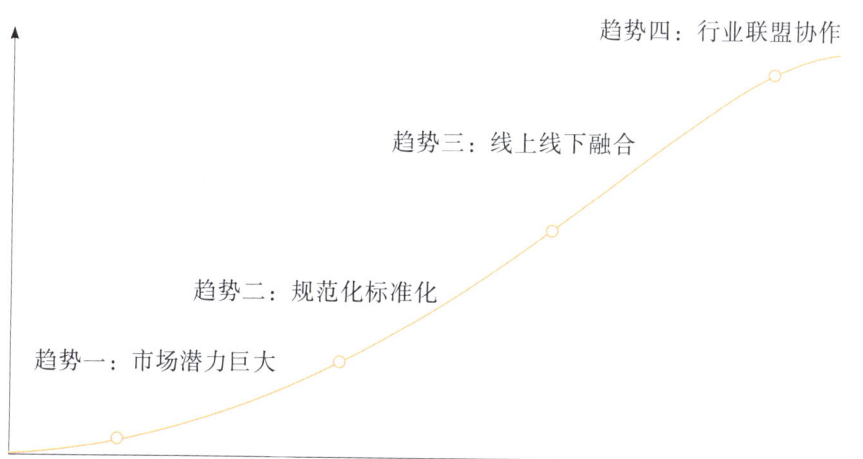

发展趋势一：市场潜力巨大。人口老龄化和全面二孩政策引发未来幼儿和青少年将占人群结构的主要部分，同时政策支持、消费升级等利好环境为教育增速发展和空间扩张打下了基础。

发展趋势二：规范化标准化。演讲口才培训行业当前缺乏统一标准、课程水平参差不齐、服务质量没法保证以及消费者需求不断精细化，课程的标准化成为行业提升的重要因素。

发展趋势三：线上线下融合。移动互联网等新兴技术的普及、用户消费行为更多关注演讲口才教育学习的便利性,线上教育将重构行业产品形态与教学方式,成为传统培训手段的有效补充。

发展趋势四:行业联盟协作。现阶段演讲口才行业市场分散,地区发展不平衡,师资水平、课程质量等等问题导致用户对演讲口才培训学习的认知不均,通过构建行业内的企业联盟实现师资共享、课程共享成为发展行业的重要手段和大势所趋。

## 四．研析综述

中国演讲与口才行业尚未成熟,在消费者中认知程度较低,市场规模和市场容量之间悬殊巨大,对标成熟的美国市场发现,市场成熟、品类集中为行业发展的必经过程。

我国演讲口才培训行业发展历史尚短,居民消费意识尚未完全建立。在以美国为代表的发达国家,每年学习口才与交际课程的人数超过300万,直接推动的经济效益超过3500亿美元,折合成人民币约23064.3亿。演讲口才行业存在巨大的增长空间,发达国家在演讲行业直接推动的经济效益约是我国的700多倍。

根据市场资料所了解,美国演讲业发展起初只有不足40家企业,经历25年的发展现已超过400家,其中4~5家占据超过80%的市场份额,行业集中是行业发展的必经之路。

现阶段演讲口才培训的市场容量为810亿,其中成年演讲培训市场规模在648亿,青少年演讲培训市场规模接近162亿,市场潜力巨大。

演讲口才行业的市场规模和市场容量之间的将近25倍的差异反映出演讲口才行业具有较大的潜在空间,需要一个"开拓者"前去开发。

## 五、演讲口才培训行业的SWOT分析

### 机会(opportunities)

◎中国教育培训市场的战略机遇已经来临。

◎我国的人均 GDP 已达到 8016 美元，人们对于教育的需求不断升级，正是教育培训产业发展的机会。

◎政府对于教育培训行业持续加大经费投入，国民教育意识也逐渐崛起，教育培训产业处于高速扩张阶段。

◎教育培训行业发展得到了国家大力支持，出台一系列产业政策，其中着重强调素质教育培训和促进民办教育的合法性。

◎我国政府提出全面二孩政策以来，为幼儿和青少年教育打开了增长空间。

◎收入水平提高带动教育诉求增长，逐渐朝发展型消费靠拢，人们在教育培训上相应支出增多。

◎新一代技术创新在教育行业的广泛应用会改变原有的教育产品结构，对教育产业产生重构性变革。

◎教育行业借力资本实现跨越式增长。

### 威胁（Threats）

◎政策缺失、产业链上的痛点及缝隙、同质化及低端竞争成为演讲口才培训行业痛点，影响供需两端。

◎行业壁垒低，产品生产相对简单，进入者和代替品偏多，议价能力上供应商偏高、消费者偏低，业内竞争激烈，价格战，产品单一化/同质化现象严重。

### 优势（Strengths）

◎演讲与口才培训行业预计到 2020 年市场规模为 57.8 亿元，年均涨幅超过 20%，行业前景乐观。

◎目前演讲与口才行业正处于行业的初期阶段，市场增长率高，行业发展的潜力较大。

◎经济相对越发达地区对于口才培训的关注度越高，欠发达地区尚有较大潜力可挖掘。

◎从价值创造角度来看，下游的利润率较低，利润率主要往中上游区域倾斜，其中伴随着行业发展，下游存在着颠覆式创新迹象。

**劣势（Weaknesses）**

◎中国演讲与口才行业尚未成熟，在消费者中认知程度较低，市场规模和市场容量之间悬殊巨大，对标成熟的美国市场发现，市场成熟、品类集中为行业发展的必经过程。

◎行业产品结构单一，利润和壁垒较低。

◎口才商业化产品开发时间较短，行业需不断规范化和秩序化。

◎中国演讲与口才培训行业各类注册机构数量接近 3100 家，其中 93.8% 的企业为小微企业，多分布在东部地区，整体而言，培训力量极其及其分散，尚未有效形成合力。

**SO 战略（发挥优势，利用机会）**

◎借助行业发展势头与机会，快速布局市场，做大市场，做更大更长远规划。

◎积极响应政府政策，利用民办教育政策优惠助力发展素质教育。

◎借助全面二孩政策机遇，为幼儿和青少年教育打开了增长空间，随着消费支出增长，教育培训支出相应更快更多增长。

◎随着移动互联网、新一代技术革新，教育行业积极做出产品结构调整，发扬移动在线产品和新一代技术产品作用。

◎利用资本实现跨越式增长。

◎全国市场乃至全球市场，市场不同，采取市场策略不同，充分挖掘潜力。

◎顺应价值链定律，沿着产业上游和下游，掌控自身优势，发现产业价值，挖掘新的增长点。

**WO 战略（利用机会，克服劣势）**

◎在行业发展初级阶段，发挥自身优势，挖掘有长期价值的产品或品类。

◎丰富行业产品，挖掘市场需求，创造更高利润产品，增强市场进入壁垒。

◎逐步建立企业内部的标准化规范化体系以及与外部的规范化秩序。

◎充分利用资源和资本能力，与其他同行机构合作，形成合力，抱团发展。

### ST 战略（利用优势，回避威胁）

◎充分做好利润分配，做好长期价值分配与短期价值分配，做好上游价值分配与下游价值分配。

◎有选择参与同质化竞争市场，谨慎同质化竞争及低端竞争。

◎利用自身优势，提升行业壁垒，借助技术手段等方式，提升议价能力。

### WT 战略（减小弱势，回避威胁）

◎关注同行动态。

◎学习外部成熟市场产品，需结合自身情况，以试点方式，由小及大。

新励成研究中心<br>何昆晋

# 新励成之歌

作词：杨纳、赵璧
作曲：杨纳

1 = E

| 0 5 5 | 1 5 2 1 1 | 0 5 5 | 1 5 1 2 2 - | 1 1 1 1 0 1 1 1 |
越过 千山万水　　我们 在此相遇　　勇往直前 是我们

7 7 7 3 3 3 - | 1 1 4 4 0 4 4 4 | 5 5 6 1 1 - |
奋斗的证据　　不断前行　为梦想勇敢追寻

4·4 4 4 4 3 2 1 | 2 - 0 5 1 2 | 3 3 3 2 2 1 | 5 - 0 3 6 7 |
坚持不懈永不会放弃　我们要一起 踏上新历程　那是我

i i i 7 6 5 | 3 - 0 3 4 5 | 6 3 2 2 3 3 4 | 5 2 1 1 - |
的 家 有梦想相伴　一起抵挡风雨　一起分享阳光

4 3 4·3 4 3 2 1 | 2 - 0 5 1 2 | 3 3 3 2 2 1 | 5 - 0 3 6 7 |
一起追逐初心不敢忘　我们要一起 踏上新征程　那里有

i i i 7 6 5 | 3 - 0 3 4 5 | 6 3 2 2 3 3 4 | 5 2 1 1 - |
伙 伴 和亲密爱人　哪怕荆棘密布　哪怕艰难险阻

4 3 4·3 4 3 2 1 | 2 - - - | 0 0 1 7 | i - - 0 |
我们前行再苦不在乎　　　　不 在 乎

## 《新励成赋》

### 新励成赋

**国家一级作家 吴清汀**

锦绣羊城,岭南明珠。沐改革之春风,纳海内外之精英,创历史之奇迹,图民族之强盛,写时代之风流。

新世纪前景无限,新励成横空出世。驻足于天河,办学于天俊,倡导软素质教育,传播经典企业文化,借鉴卡耐基理念,打造中国一流教育服务品牌,缔造基业长青的业界神话,光荣地服务和回报社会,共同享受丰盛的人生。

新励成敬畏自然,崇尚文化,承民族精华,兴相信文化、育人文化、亲情文化、感恩文化、奇迹文化五大文化特色,建立中国软素质教育一代经典模式。

新励成英姿勃勃,海心塔直入蓝天。怀壮志,展宏图,迎世界浪潮,建中华伟业,为国家、人民和社会无私地奉献青春和智慧!

赋作于 2012 年 6 月